Classical | 经典译文

# 清新的原野
Fresh Fields

【美】约翰·巴勒斯◎著
任显楷◎译

四川文艺出版社

图书在版编目（CIP）数据

清新的原野/（美）约翰·巴勒斯著；任显楷译. -- 成都：四川文艺出版社，2018.7
（经典译文）
书名原文：Fresh Fields
ISBN 978-7-5411-4949-8

Ⅰ.①清… Ⅱ.①约… ②任… Ⅲ.①游记—作品集—美国—近代 Ⅳ.①I712.64

中国版本图书馆CIP数据核字(2018)第147046号

QINGXINDEYUANYE
## 清新的原野
约翰·巴勒斯 著
任显楷 译

| | |
|---|---|
| 责任编辑 | 李国亮　奉学勤 |
| 封面设计 | 叶　茂 |
| 内文设计 | 史小燕 |
| 责任校对 | 蓝　海 |
| 责任印制 | 崔　娜 |

| | |
|---|---|
| 出版发行 | 四川文艺出版社（成都市槐树街2号） |
| 网　　址 | www.scwys.com |
| 电　　话 | 028-86259285（发行部）　028-86259303（编辑部） |
| 传　　真 | 028-86259306 |

| | |
|---|---|
| 邮购地址 | 成都市槐树街2号四川文艺出版社邮购部　610031 |
| 排　　版 | 四川最近文化传播有限公司 |
| 印　　刷 | 成都东江印务有限公司 |
| 成品尺寸 | 140mm×203mm　1/32 |
| 印　　张 | 8.25　　　　　字　数　190千 |
| 版　　次 | 2018年7月第一版　印　次　2018年7月第一次印刷 |
| 书　　号 | ISBN 978-7-5411-4949-8 |
| 定　　价 | 38.00元 |

版权所有·侵权必究。如有质量问题，请与出版社联系更换。028-86259301

# 目录

第一章　英格兰的自然 / 001

第二章　英格兰的树林：一个对比 / 033

第三章　在卡莱尔的家乡 / 044

第四章　寻找夜莺 / 072

第五章　英国和美国的鸣禽 / 104

第六章　对几种英格兰鸟儿的印象 / 120

第七章　在华兹华斯的故乡 / 134

第八章　不列颠野花一瞥 / 149

第九章　大不列颠的丰饶 / 166

第十章　切尼路的一个星期天 / 186

第十一章　在海上 / 252

# 第一章　英格兰的自然

一

在海上数英里之遥的地方，我们闻到的第一缕来自大西洋的气息就带着煤烟的味道。这味道从爱尔兰乡间农舍的烟囱中飘散而来。这炉火的味道多么令人陶醉！这味道似乎激荡起人心中长久以来已经淡忘的某些东西，那些属于欧洲旧大陆的特殊的气息，那种泥土的芬芳，或者像古旧物什的那种成熟馥郁的味道。我知道，没有哪种燃料能像泥煤这样散发出如此的芬芳。除非全体爱尔兰人缩减成很小很小的一个，他肯定得张大鼻孔，从这祖辈所使用的燃料的香味上嗅到一丝模糊的记忆。丰厚的油腻的泥煤——植被经年累月沉淀下来的精华——是那么的独特。它在人类出现之前就已经躺在远古的世界，慢慢成熟，集聚而成。它来自灭绝的生命和消亡的文明，亦承载着无数人双手和灵魂的成长与成就。可现在，泥煤的数量锐减，只够用来滋养霉菌了。

这时，伴随着炉火的气息，飞来了烟囱燕。燕子疲惫地落在蒸汽船的甲板上。烟囱燕受人欢迎，还具有象征意义——它是维吉尔和忒奥克里托斯（Theocritus）[1]的鸟儿。它们熟悉欧洲每一座农

---

[1] 忒奥克里托斯（Theocritus），约前310—前250，古希腊诗人。——除特别说明，注释均为译者所加。

舍的屋顶和烟囱，熟悉破败的修道院和城堡的断壁残垣。除了胸前的羽毛颜色浅一点以外，烟囱燕同我们谷仓里的普通燕子没什么区别。它们黑色的小脑袋瓜儿也是紧贴着眼睛向下长，黑蓝色的羽毛像钢铁一般闪着光泽。剪刀一样的尾巴，柔软的脚爪，还有欢快的叫声，这些都同普通燕子一模一样。不过，烟囱燕的习性却独一无二。在欧洲，这种燕子真的在烟囱里筑巢。而在北美，我们称呼的"烟囱燕"，或"雨燕"，则把巢建在谷仓或者房子的缝隙里。

我们一点都不怀疑这些小燕子能把我们带去陆地。事实也的确如此：这些身姿轻盈的领航员们总是从海港方向那明丽、温暖的天空中俯冲下来，而第二天一早，在明媚的夏日阳光中，我们发现我们已经穿行在海峡之间了。在犹如沙漠一样的茫茫大海上航行了十天，这痛苦的航程令人食不下咽，像是不得不守斋戒一般。而此刻，在五月中旬的一天早晨，天空阳光灿烂，大地苍翠欲滴，在这样一个美好的日子里，船终于驶入了克莱德湾（Firth of Clyde）[1]，然后溯流而上，从克莱德到达格拉斯哥（Glasgow）[2]。只有经历过的人才明白这样的航程意味着什么。在苏格兰，往往要持续好多个坏天气才会迎来一个好天气，不过当这个天气好的日子终于降临的时候，你会觉得一切的付出都是值得的。以往所有好天气带来的精神和情绪都融入在这一天当中。这个天气好的日子，是自然气象盛放的一枝花。如果把下雨起雾的日子比作荆棘，那这个天气好的日子就是棘刺上开出的那朵玫瑰花。别人告诉我说，在五月碰上好天气是很有把握的事儿，但像我们现在这

---

[1] 克莱德湾（Firth of Clyde），在苏格兰西岸，克莱德河的入海口，克莱德河在这里汇入大西洋。
[2] 格拉斯哥（Glasgow），苏格兰最大城市，位于克莱德河河口。

样，一连好多天遇到的都是好天气，那还真是运气不错。而我们进入港口那天的好天气，那可真是百里挑一。

平安驶入大西洋湾后，旅人们的情绪终于好转起来。大家恢复了精力，目光中充满了温柔和友爱。蒸汽船的甲板空旷，又有高度，是观赏风景的不二选择。而在所有这些适宜的条件之外，最重要的其实还是苏格兰让人沉醉的阳光，以及湾区的自然风光。在进入欧洲的所有路径中，苏格兰湾区的风光无可比拟。在短短几小时的航程里，欧洲最精华的特色被拼贴到了一起，一一呈现在你的眼前——这边看是典型的苏格兰高地，狭长的海湾，顶部像耸立的城堡似的哨壁；那边看则是低地，散布着园林和农庄，看得到庄园的礼堂，以及难以匹敌的绿野。面对这样的美景，人看事物的眼光会倾向于保守，会喜欢看到永恒与秩序，和平与完满。而苏格兰的海岸，连同岸上的石屋、细密的砖石、清新的田野、放牧的牲畜、爬满常春藤的古墙、阔大的树叶、优良的道路、苍翠的群山，这些都符合上述条件。我们在格里诺克（Greenock）[1]的海湾停留一个小时，之后，在海潮的浪尖上慢慢向前。海峡渐窄，风景在我们四周围拢过来。我们几乎可以听到牧场上牛群张口扯出青草的声音。这不免让人觉得自己也可以尝尝那青草。这里是天堂般的牧场。我们能看到雏菊和毛茛属植物。在右手边一片草场之上，一阵云雀的歌声传入我的耳中。的确，航程的这一部分充满新奇的景象，极富魅力，一点都没有让人觉得是在一艘海船上离家远行。紧接着，仿佛是在一瞬间，我们从荒凉的大海驶入了苍翠欲滴、阳光普照的绿地，目力之内的

---

[1] 格里诺克（Greenock），苏格兰西部城市。

风光里看不到一点儿水。在驶离格里诺克之后，克莱德湾迅速收拢，也就比一条运河稍微宽和深一点。两岸都是牧场。在这艘大蒸汽船的甲板上，最迷人的乡村风光和声音在迎接着你。你置身于田园构成的大海上。田园翠绿，农田长满苜蓿和谷物。放眼望去，一片农耕景象——播种、栽培、松土——跟在大西洋上看到的一样。代替跃出海面的海豚和翻滚在阳光下的剑鱼的，是嬉戏玩耍的小牛和蹦跳雀跃的小羊羔。蒸汽船行驶的航道两边，是芜菁田和数英亩新栽下的马铃薯地。这会儿，蒸汽船需要领航。在这狭窄的航道里，这样做用不着觉得奇怪。一艘小拖船走在蒸汽船前面，拖船的纤绳拖住蒸汽船的船头，往左使一点劲，往右使一点劲，拉着蒸汽船前进。另一艘小拖船在蒸汽船的船后，一会儿推蒸汽船的左舷，一会儿推蒸汽船的右舷。说话间我们到了克莱德的造船厂。在这儿，乡村牧场的景色和另一种完全不同的景象奇特地混在一起。"先是母牛，然后是铁船"，旅客中的一位观察到。这边是一片牧场或草地，要么是小麦或者燕麦田，而紧挨着这些田地，没有一英寸空地或间隔，耸立着数不清的船龙骨。龙骨细长，组成一座钢铁的森林，而在其间捶打敲击的工人们，则像林间聒噪不休的啄木鸟。这样的景象在世界上任何别的地方恐怕都见不到——对大型机械、商业和建造业的热衷，与宁静简朴的内陆农业和家庭劳作交织在一起。踏上一艘完成了一半的远洋蒸汽船的甲板，你可以从那儿一跃跳进随风翻滚的小麦地或温彻斯特大豆田里。这些宽阔的造船坞坐落在克莱德海岸边，却并没有影响这里的自然环境。

至于这些船厂和铸造厂是如何让这些钢铁龙骨成型的，你看不出一点儿端倪。在这儿，船只就像是从土地里长出来的一样。

没有废品或垃圾，只听得到永不止息的喧嚣。船只排列得密密麻麻，几乎挨在一起，好像拴在栅栏里挤挤挨挨的牛群。每艘船建造的进度不一，所以几乎所有的工序都能在这里看到。不时有造好的船只下水，留下空了的船坞。而别的船只立在船坞中，插着各色旗子，船骨涂着油脂或化学肥皂[1]，只等一声令下便即入水。两艘这样庞大的远洋蒸汽船正立在一旁，等着我们从它们面前滑过。待越过这两艘船之后，我们向后方观看，只见固定住其中一艘船的插销或楔子即刻被敲了出去。随即，这艘庞然大物缓缓入水，你可以想象得到它滑入洋流中时的那种优雅从容、闲庭信步的姿态。我对大船入水时的缓慢速度和它姿态的优雅冷静惊奇不已。不过这问题经过周密的研究得到了很好的解决——保证刚好足够的动力，连一盎司都不多。由于航道狭窄，所以船下水的角度与洋流呈四十五度角，顺流或逆流都可以。这些个船只，是世界上最大的船。它们把自己的影子落在这个宁静的小河河岸上。四周静谧的乡村景色环绕。看着这一切，真是新奇的体验。然而这就是英国——一个小岛，岛上有小湖、小河，安静的旷野长着灌木，可同时又有巨大的热情和力量，影响到整个世界。我想到，这样的场面放在我的家乡恐怕不会令人愉快。那儿的造船厂的格局不会像这里这么紧凑，也不会这么整洁。那儿更不会看到造船厂同芜菁园肩并肩挨着；不会看到制干草的农夫同造船的工人在毗邻的土地上劳动；奶牛饮水和钢铁汽船下水的景象，也不会同时出现在彼此的视野里面。在我的国家，土地的利用率很低。我们留下大片空置的土地及其不规整的边缘。而且，无论是那儿的

---

[1] 油脂或化学肥皂用于润滑。

人或者自然，比起旧大陆的来，都变得更高大，更舒展。

至于其他，也许最让我意想不到的，是群山的寂静，绝对的寂静，或者换个词，"家园般的"宁馨。群山遥遥显现时，一抹嫩绿的沃土覆盖在山顶，似乎一伸手就可以把它抹下来。待山渐渐走近，看得出那是绿草。这样的山坡看起来同牧场草地也差不多。戈特山（Goat Fell）[1]山势险峻，山石嶙峋，可即使如此，它看上去也并无蛮荒的样子。在我的家乡，一说到山，人们想到的要么是贫瘠的巨石堆叠起来的大片大片的山崖，要么是被原始森林覆盖着的陡壁。可是在这儿，山势很高，但却非常平坦。山顶呈圆形，上面树很少，草很多，是上佳的牧场。群山仿佛浸染在春天的泉水中，永远翠绿。我不希望我的卡茨基山（Catskills）[2]有任何不同，可是我希望知道，需要做些什么，才能让它变得像苏格兰的这些高地一样。砍掉卡茨基山上的森林，把起伏的山峦表面磨平，把松动的巨石碎成粉末，再全部铺上草皮，只留一些石头好标明位置——最后，留几处黑色的地块种上石楠花，加上温和湿润的气候所带来的温润效果，假以时日，卡茨基山一定会得到改善，变得有几分类似于苏格兰的这些牧人之山。这样一来，整个地貌也会换上新颜——旷古悠久的大地被自然披上了一件新的衣衫，这件衣衫成熟而富于传奇，一半源自人类的呈现。这样的呈现在绘画和文学作品中为人熟知，但在大西洋的另一边，在我们国家的土地上，土生土长的美国人却从未在粗粝平凡的现实事物和广袤旷野中体会到这样的经验——这是在对时间和人类历史的

---

[1] 戈特山（Goat Fell），或意译为"坠羊山"。苏格兰地区克莱德湾的第一大岛阿伦岛（Isle of Arran）上的主峰。
[2] 卡茨基山（Catskills），在美国纽约市西北部。

情感之上加入的魅力，是漫长的时代中对土地的亲近和劳作的热爱所产生的影响，这影响丰厚而有益。在苏格兰温和湿润的气候下，这土地肥沃而丰饶。

苏格兰的大地有一种无法预期的诱惑和莫可名状的吸引力——空气本身就带有一种怅惘和怀旧的气氛。在这种温润的气候下，自然生长得醇厚丰盈。而在美国更加酷烈的气候下，自然就变得粗糙而严峻。于是你立刻意识到这块散发着芬芳的旧大陆为何统治了我们的画家和诗人的情感与想象：因为它融入了人性，因为漫长的岁月而变得肥沃；它，是时间的精髓。

## 二

来大不列颠，我去著名景点的次数少于观赏质朴自然风光的次数。我想让自己长久充分地沉浸在这丰饶温润的景色中。十一年前的一个秋天，我有过一次行色匆匆的英伦之旅。这一次，我希望能加深上次旅行的体验。横竖我只打算在乡村闲逛，所以目的地是哪儿没有什么关系。就像某个存放着古董或传家宝的阁楼，在英国，没什么地方不是自然与文化相辅相成的。你有可能随时从自然景观转向具有深厚的历史背景、或发生过传奇故事、或具备艺术特征的地方。

我的旅行日志非常简略，只是记录了一些大概的线索。在格拉斯哥停留了几天之后，我们向南，到了彭斯（Burns）[1]的

---

[1] 这里的"彭斯"指罗伯特·彭斯（Robert Burns），1759-1796，苏格兰诗人。

家乡——阿洛韦（Alloway）[1]。在那儿，我们第一次切身感受到了不列颠乡村风光的迷人和甜蜜，第一次亲身领略了苏格兰小客栈的宁静与舒适。天气格外晴朗，杜恩河（Doon）在艾尔郡（Ayrshire）[2]肥沃的土地上蜿蜒流过，浪花泛起无尽的快乐。之后我们转而向北，在苏格兰高地间做了一次短途旅行——往北走到洛蒙德湖（Loch Lomond）[3]，往南走到卡特琳湖（Loch Katrine）[4]，穿过特罗萨克斯山谷（Trosachs）[5]走到卡伦德镇（Callander）[6]，之后走到史特灵（Stirling）[7]和爱丁堡（Edinburgh）[8]。在苏格兰的首府停留了几天之后，我们出发前往卡莱尔（Carlyle）[9]的家乡。在那儿，我们度过了五天非常愉快的时光。后面的一周我们在华兹华斯（Wordsworth）[10]的故乡。六月

---

[1] 阿洛韦（Alloway），曾经是村庄，现已经并入苏格兰西部城市艾尔（Ayr），是艾尔市的市郊。阿洛韦是彭斯的出生地，也因此闻名。

[2] 杜恩河（The Doon），苏格兰西部艾尔郡的一条河流。艾尔郡（Ayrshire），在苏格兰西南部。

[3] 洛蒙德湖（Loch Lomond），苏格兰西南高地断层上的一座淡水湖，是整个英国内陆地上河流中最长的一条。

[4] 卡特琳湖（Loch Katrine），苏格兰西南高地断层上的另一座淡水湖。

[5] 原文拼作Trosachs，今天该地名的拼法为Trossachs，特罗萨克斯山谷，在苏格兰中南部的史特灵行政区内（Stirling council area）。今天特罗萨克斯山谷同洛蒙德湖是苏格兰国家公园。

[6] 卡伦德镇（Callander），洛蒙德湖和特罗萨克斯国家公园东面的小镇，重要的旅游集散地。

[7] 史特灵（Stirling），苏格兰中部城市。今天是史特灵行政区的行政中心。

[8] 爱丁堡（Edinburgh），著名文化古城，苏格兰首府。

[9] 这里的"卡莱尔"指托马斯·卡莱尔（Thomas Carlyle），1795-1881，苏格兰哲学家，讽刺作家，散文家，历史学家。威廉·华兹华斯

[10] 这里的"华兹华斯"指威廉·华兹华斯（William Wordsworth），1770-1850，英国浪漫主义诗人。

十号那天抵达伦敦（London）。在伦敦待了一周以后，我南下去了萨里郡（Surrey）和汉普郡（Hants）[1]，在那儿逗留了四五天寻找夜莺的踪迹。一直到七月中旬，我都在伦敦四周闲逛，多次到乡村远足——东西南北各个方向都走遍了。有一次我还越过英吉利海峡，进入法国。在那儿，我翻过布洛涅（Boulogne）[2]周边的山丘，徒步了很长的距离。七月十五日我们开始返程向北，先在斯特拉福德（Stratford）[3]停留了几天。在那儿我发现"红马客栈"由于游客量过大，服务不比以前，这不免让人有些遗憾。于是我们再次深入湖区。这次在那儿停留的时间比以前要长。从格拉斯米尔（Grasmere）[4]我们前往北威尔士（North Wales），在那儿的山区之间做了一番常规的游览和观光之旅。七月的最后一周我们回到格拉斯哥。七月二十九号我们从格拉斯哥的港口踏上回家的航程。

如果有一个情投意合的旅伴，我也许会计划些路途更远的徒步旅行。但根据当时的条件，在英格兰和苏格兰两地，我徒步的路程都不长，不过都很愉快。另外在爱尔兰北部的莫维尔（Moville）[5]，我逛了半天的时间。那儿的乡村真是绝佳的徒步圣地——道路干燥，坡度平缓。人行步道数量众多，且方便易寻。再加上天气凉爽，令人精神振奋。有一天晚上，我和一个朋友一

---

[1] 萨里郡（Surrey），英格兰东南部郡名；Hants是Hampshire的别称，即汉普郡，英格兰南部沿海郡名。
[2] 布洛涅（Boulogne），法国北部城市，在英吉利海峡以南。
[3] 斯特拉福德（Stratford），又被称作"埃文河上的斯特拉福德"（Stratford-upon-Avon），英格兰中南部小镇，以莎士比亚的故乡闻名。
[4] 格拉斯米尔（Grasmere），英格兰北部小镇名，著名旅游地，在英国北部湖区的中心，华兹华斯在此地居住了十四年。
[5] 莫维尔（Moville），爱尔兰东北部海滨小镇。

起从罗切斯特(Rochester)走到梅德斯通(Maidstone)[1]。路上下了蒙蒙小雨,有一段路摸着黑行进。路上有不少小客栈,我们原本计划找一家歇息一晚,第二天一早看看肯特郡(Kent)[2]的旷野。可结果没有一家客栈接纳我们,因此我们不得不在夜里走完八英里的路程。后面的四英里我们走得非常快,因为梅德斯通的旅馆在十一点关门,我们得赶在关门之前走到那里。这天晚上我才认识到英格兰接骨木花开花的时候有多么芬芳。这八英里的路途因为这股花香而让人心醉神迷。我摘下一丛花,这花看起来同美国的完全一样,凑近一闻,花香浓郁得让人有些难受;退开几步,花香飘散入湿润的空气,就变成了一股令人愉悦的香味。在美国,接骨木花完全长成了树。我曾经就看到过直径七八英寸,高达二十英尺的接骨木。第二天早上,我们选择了一条不同的路往回走。途径博克斯利(Boxley)[3]教堂。曾几何时,那些去往坎特伯雷(Canterbury)[4]的朝圣者会在此地停留休整。在归途中,我们还饱览了肯特郡的盛景——大片的稻田和啤酒花地。道路有时蜿蜒曲折,变成一条乡野步道,穿过如画美景。道路两边,就是长势繁茂的庄稼。一块新近才犁过的田地呈现出一幅古怪的面貌。土壤已经被翻在白垩地表之上,上面铺满了大块大块的燧石。经过这样一番劳作,土壤被翻成一段一段,颜色是白的,使

---

[1] 罗切斯特(Rochester),英格兰东南部肯特郡城镇;梅德斯通(Maidstone),肯特郡另一座城镇。梅德威河将罗切斯特和梅德斯通连接起来。

[2] 肯特郡(Kent),英格兰东南郡名。

[3] 博克斯利(Boxley),肯特郡梅德斯通的一个村庄。

[4] 坎特伯雷(Canterbury),在肯特郡,英格兰历史文化名城。坎特伯雷大教堂是著名的朝圣地。

整片地看上去像是铺满了骨头——按透视技法等比例缩小的大腿骨。不过，在能工巧匠的手中，这些古老的"骨头"能成为非常有用的建筑材料。在英格兰南部所有的古老教堂和古代建筑里都有这种材料。把燧石切割成方形，其表面呈现出漂亮的半透明状态，同其他更粗糙的材料结合使用，会有一种水晶般的奇妙效果。我在英格兰看到的所有建筑装饰中，给我留下最美妙印象的，就是由这些小燧石镶嵌起来的装饰砖。那是在坎特伯雷大教堂。大教堂有数栋古老的附楼。其中一栋的前墙上有这样的燧石镶嵌。燧石镶嵌那种清爽、透彻，又晶莹剔透的效果，恰到好处地陪衬出铅灰色砖墙的温暖与热情。

我们从罗切斯特步行走到格雷夫森德（Gravesend）[1]，其间翻过了甘德思山丘（Gad's Hill）[2]。天气多云间晴，温暖宜人。空气中充满了云雀的歌声。我们被肥沃丰饶的土地环绕：滚滚的麦浪正值开花，绯红色的罂粟花间隔其间。而在右手边，泰晤士河（The Thames）此刻映入眼帘，河上船只点点。肯特郡的土地上看不到牛群或放牧的牲畜，因为这儿的土地实在太珍贵了，所以全部让给了小麦、燕麦、大麦、啤酒花、水果和各种蔬菜。

几天之后，我们又从费弗舍姆（Feversham）[3]走到坎特伯雷。当我们爬上哈勃顿（Harbledown）[4]的山顶，坎特伯雷大教堂在一瞬间映入我们眼帘，气势恢宏。数个世纪之前，大教堂也同样如此地震撼了那些走酸了双脚的虔诚的朝圣者。据说，朝圣者

---

[1] 格雷夫森德（Gravesend），肯特郡西北方古镇。
[2] 甘德思山丘（Gad's Hill），在肯特郡。
[3] 费弗舍姆（Feversham），肯特郡城镇名。
[4] 哈勃顿（Harbledown），肯特郡村庄名，在坎特伯雷以西。

们走到此地往往不由自主地跪倒下来。这种情形应该很有可能，因为这儿的风景以及教堂实在令人心神荡漾。大教堂从城市中拔地而起，高耸在城市之上。城市看起来更像是大教堂屹立其上的基座。顺着这条路，我们经过了肯特郡好几个著名的樱桃园。我从来没有见过如此茂盛的樱桃树，也从来没有见过如此鲜美的樱桃果。我们走进一个樱桃园，打算向里面采樱桃的人买一些来尝尝。可是他们拒绝卖给我们，说他们没有权利这样做。不过其中一个人跟着我们穿过整个樱桃园，神秘地对我们说，他愿意让我们得到些樱桃。于是他在我同伴的帽子里装满了樱桃，笑逐颜开地接受了我们给他的先令。我们越过铁丝网栅栏走回到大路上。我没有留神，结果我的衣服上沾上了柏油。柏油和别的油脂混合，涂满了栅栏上的铁丝网——这可是个聪明的设计，这样一来，擅自侵入果园的人就会被识破。我和我的同伴坐在树荫下，吃着樱桃，擦拭衣服。一列自行车队从我们身旁掠过。我躺在草地上，躺在坎特伯雷大教堂高墙的阴影里，凝视寒鸦盘旋。这群寒鸦在离我头顶三百英尺高的大教堂主塔周围飞来飞去，从被风雨长年侵蚀而成的缺口处飞进飞出。自从在哈勃顿山上第一次看到坎特伯雷大教堂之后，这是大教堂给我的最美妙的景象。数座蛮荒的山峰和岩脊耸入空中。空中的禽鸟在山顶建窝筑巢，远离侵扰。这些鸟儿在巨大的山石上修建家园，这种筑巢的方式倒也很有意思。鸽子、欧椋鸟、寒鸦、燕子、麻雀则选择在树林或崖壁上安家。但愿在那儿也有着相应的对自然的触碰，以及对生命的内在悸动！可是它们的内部却只是令人印象深刻的坟场，一座大墓中无数的小墓。你自己的脚步声就像是过去时光的回声。大教堂像是属于人类宗教史中的"更新世"[1]时期，是庞然大物存在的时代。它的美和力量是多么宏伟，多么巨大，多么震撼！可是在今日我们的时代，它空旷和死寂得像海滩上躺着的贝壳。冰冷、空洞的宗教教义隐身于大教堂之内。这教义现在再也激不起教堂主殿过道上的灰尘。在坎特伯雷大教堂，我看到五名信教者做唱诗仪式，而旁边好奇的观众也有这么多。至于我，我的目光离不开教堂墙壁高处的那些历经岁月、历史悠久的彩绘玻璃窗。假如我也信奉教义，那么这些无上的遗迹将接受我虔诚的赞美。我毫不怀疑那能激发创造这些遗迹的信仰。在古老的彩绘玻璃窗下面，是较为现代的彩绘窗户。其内容同宗教纪念相关，造型则华丽而堂皇：彩绘玻璃窗，定然如此！夺人眼球，鲜艳夺目，薄薄的玻璃上施以浓墨重彩。彩绘玻璃窗就像是珍奇宝石的拼贴，充满了厚重和丰富的色调。而在所有这些之外，彩绘玻璃窗肃穆庄重，并不靠招摇来吸引你的目光。一开始，我的目光并没有被这些玻璃窗户给摄去，那正面对着我的光芒冷峻、耀眼。眼睛没法停留其上，一瞥之下就连忙收回。

离开坎特伯雷，我去往多佛（Dover）[2]。途中我用了一点时间沿着海边的峭壁走到福克斯通（Folkestone）[3]。有一条很好的步道就贴在峭壁边缘，离悬崖非常非常的近。紧凑和整洁可算是不列颠这座小岛的一大特点。海边没有一英寸的土地闲置和浪费。连绵起伏的肥沃土地上小麦和大麦在随风招手，长势喜人的

---

[1] 更新世是地质纪年中的一个时代，大致为2,588,000年到11,700年前，属于冰河世纪中的一个。

[2] 多佛（Dover），肯特郡城镇名，重要的港口。

[3] 福克斯通（Folkestone），肯特郡城镇名，重要的港口。

牧草在等待镰刀的收割。大海把陆地的边缘切割得平直方正。犁和收割机可以一直走到白垩峭壁的最边缘。你可以坐在莎士比亚的悬崖边,把双腿垂到悬崖以外,在三百五十英尺高的空中荡荡悠悠。而向后一伸手,你就能扯得到谷粒的穗儿和绯红的罂粟花。如此静谧的田园美景就这样突然跃入广袤的空间,这番景象我前所未见。从某种意义上讲,这样的景象是温驯的:一点野性和蛮荒的痕迹都没有;岩石似乎是柔软松脆的白垩面包,海浪轻易地就能将其蚕食;山丘像是才切出来的面包,一片片被饥肠辘辘的阴云给吞没。坐在这儿,我没有看到"乌鸦"在"半空中盘旋"[1]。我看到的是一种老鹰,"山上的野鹰"[2],因为受到了惊扰,在我脚下四散飞起。

> 澎湃的波涛
> 在海滨无数的石子上冲击的声音,
> 也不能传到这样高的所在。[3]

---

[1] 本处引文典出莎士比亚剧作《李尔王》(*King Lear*)第四幕第六场。中译文采用朱生豪译本。朱译作"在半空盘旋的乌鸦"。参见:[英]莎士比亚.《李尔王》.朱生豪 译,方平 校.《莎士比亚全集》(九).北京:人民文学出版社,1978.243

[2] 本处引文典出莎士比亚剧作《无事生非》(*Much Ado about Nothing*)第三幕第一场。中译文采用朱生豪译本。朱译作"我知道她的脾气就像山上的野鹰一样倨强豪放"。参见:[英]莎士比亚.《无事生非》.朱生豪 译,方平 校.《莎士比亚全集》(二).北京:人民文学出版社,1978.117

[3] 本处引文典出莎士比亚剧作《李尔王》(*King Lear*)第四幕第六场。译文引自:[英]莎士比亚.《李尔王》.朱生豪 译,方平 校.《莎士比亚全集》(九).北京:人民文学出版社,1978.243

我曾经奇怪，为什么莎士比亚在他的海滨上布置石子而非沙滩。现在我明白了：这儿的海滩上真的全是卵石，找不到一粒沙。正如我前面提到的，这儿的白垩地表上布满燧石岩球；随着海滩被大海侵蚀，留下的就只有这些圆圆的石头了。这些石头很快就被潮水冲刷成光滑的卵石。卵石在海潮的冲击下发出奇怪的咔嗒咔嗒、咯吱咯吱的声音。在海峡对面法国的那一边，海滩上则更多沙，但却是泥淖的颜色，不忍卒观。

在英格兰其他的徒步旅行中，我回想起来就觉得非常愉快的一次，是一个星期天从泰晤士河到温莎（Windsor）[1]。那天天气极好。泰晤士河上全是划艇，热热闹闹。人们蜂拥到河滩上散步或者野餐。年轻又充满活力的伦敦，男男女女们拥出家门，享受户外清新的空气和水。人群挤挤挨挨，像山上放牧的牲畜争相吃盐一样。我从未见过或想象到这样的场面。泰晤士河的河滩，有时候是左岸，有时候是右岸，似乎都属于公众。私人属地，不论其主人地位多高，都不允许同时独占河道两岸。

另一次非常愉快的徒步旅行，是在温彻斯特（Winchester）和索尔兹伯里（Salisbury）[2]周围。这一次我看了更多的教堂。在这些教堂当中，最具人文特征的，是一尊雕像。这是一尊古代骑士或贵族勇士的雕像，骑士脚边还有他忠心耿耿的爱犬。整座雕像树立在这位骑士的坟墓之上。人们塑像纪念这只忠犬，这让我非常感动。不论何种情况下，这只忠犬看上去都保持警惕，注视着四周，就好像在主人睡着的时候守卫着主人。我注意到，克伦威

---

[1] 温莎（Windsor），在泰晤士河南端，以温莎城堡著名。
[2] 温彻斯特（Winchester），英格兰南部城市，位于汉普郡。索尔兹伯里（Salisbury），英格兰南部城市，位于威尔特郡（Wiltshire）。

尔（Cromwell）[1]的士兵们打坏了塑像的好些地方，但他们打坏的狗的鼻子和耳朵的部分比打坏的骑士的要少。

在斯特拉福德我走了更多的地方。在河上泛舟之后，我们信步走过一座教堂前面低洼的草地，回想起牛群和苜蓿草，之后又在溪边空地闲坐了一个钟头，享受美丽的田园景色和阳光。下午（那是星期天）我穿过原野走到肖特利（Shottery）[2]，之后沿着小路穿行在样子古怪的茅草小屋之间。小路的尽头是几级台阶，台阶后的步道越过洒满阳光的广阔原野，接上宽阔的公路。为了对仲夏时节英格兰的乡村风景和声音再做一点简要说明，这里我打算引用一些我笔记本里的简短记录。这些记录是我在当时当地写下的：

"7月16日。肖特利郊外的原野。天朗气清，微风徐徐，远处看起来有些微雨。气温大约华氏七十度左右，是适宜工作的温度。原野上的苜蓿花——白的、红的和黄的（白的占绝大多数）——在我周围满是的。红的娇艳，白的硕大。唯一能够明显听到的鸟叫声是黄鹂，三两声传入耳中。这叫声更像是麻雀的歌声，只是更加谦卑：嘻，嘻，嘻，看见了；或者，愿，愿，愿，你快乐。蜜蜂停在白色花上。草皮又厚又软，长着两三种草，很像是红顶草和有芒刺的黑麦草。窄叶车前草，一些毛茛草，一种我不认识的黄色小花（可能是秋葵），还有一种蒲公英和夏枯草属的植物。因为花草，整片土地明显地宽大了二十英尺。原野的另一边，

---

[1] 这里的"克伦威尔"指奥利弗·克伦威尔（Oliver Cromwell），1599-1658，英国政治家，军事家，宗教领袖，17世纪英国资产阶级革命领袖，逼迫英王退位后自任护国公。

[2] 肖特利（Shottery），埃文河上的斯特拉福德以西一英里地方的一个村庄。

两个主日学校的女孩子躺在草地上。几个小伙子坐在相邻的另一片草地上,在玩着什么,多半是扑克牌。我完全感觉不到任何仲夏的迹象,大自然还没有迎来成熟。草儿鲜嫩多汁,溪水奔流,水量充沛。我坐下的草地里还有西洋蓍草和委陵菜属的花儿。车前草开了花,气味芬芳。沿着埃文河,绣线菊花儿怒放,送来浓郁的肉桂香气。篱笆墙上一种野玫瑰随处可见。野生铁线莲就快开花了,样子同我们美国的差不多完全一样。小麦和燕麦长势喜人,但还未到成熟的程度。云朵又轻又软。夏枯草呈深紫色。没走几步,我走上一条公路。这是我见过的最宽的公路。路基坚实平整,大约十六英尺宽。两边的路肩长着草,有十二英尺宽,白色和红色的苜蓿花散发着芬芳。西边青山隐隐,好一幅富饶的田园风景画在我四周铺展开来。凉爽、清新的天气像是六月时节一般。大黄蜂到处飞来飞去,比美国的更加毛茸茸一些。路边的田地里扔着一具犁。我试了试,这犁可真沉,我完全没法搬动——这把犁至少比美国的犁重上三倍。犁的横梁非常长,方形的尾部有四英寸宽,犁身的木板非常厚实。土壤很像泥灰,干燥的时候碎裂成又小又硬的土块,而湿润的时候则变得又黏又稠——这是莎士比亚的土壤——品质优良,用途广泛,找遍世界也无出其右。这样的土壤是黏稠结实的地层的产物!这片田地上交替出现的田垄都很小。较大一些的田垄高出一截,看起来像是融化的样子——这是真正的草皮的波浪,上面装饰着白色的苜蓿花朵。

"7月17日。在去沃维克(Warwick)[1]的路上,离斯特拉福德两英里。早晨,明丽的天空中洁白柔软的云团一团团堆起。粉

---

[1] 沃维克(Warwick),英格兰中南部城镇,坐落在埃文河上。

红色的黑莓花朵盛放，沿着大路满是的。汉荭鱼腥草也开着花。另外一种花看起来像是美国的"所罗门之印"，即玉竹。还有一种像是一枝黄的花，散发出仲夏的气息。黄鹂和鸫鹩的歌声随处可闻。山毛榉树上结满了果实，大黄蜂在树枝间嗡嗡作响，大概是在采蜜。英国似乎比我们美国更盛产蜂蜜。大地上点缀着挺拔的大树。大树投下的阴影像是绿色海洋中的小小岛屿。这样的风景更像是精心管理的公园一般。羊群在吃着草，牛群在丰饶的地上偃卧休息。一阵微风拂过，送来一阵割草机的嘎嘎声。在绝大多数草都靠人力收割的当地，听到这种声音倒也很是稀奇。风车的轮片像巨大的手臂，静静地立在地平线上。一位绅士的车队经过，车轮闪闪发亮，整队人马疾驰而过。绅士驾驶马车，身着制服的仆人步行在后。车子下坡，我听到绅士落下车闸的吱吱声。一只云雀放声唱歌。随后听到一头母牛或小牛柔和的哞叫声，然后是羊儿咩咩的叫声，还有乌鸦沙哑的呱呱声。路边远远地散落着一些人家。他们的房子掩映在树下。我听到金翅雀的叫声，比美国金翅雀的叫声更响亮更尖锐，但也更不那么动听。唯有几处草地成熟的样子暗示着此刻已是仲夏时节。路边长着几种薄荷，还有些白色的伞状植物。到处都是不列颠的标志性野草——荨麻。造型美观的铺路材料和碎石相隔固定的距离摆放着。每一堆这样的材料最终会被铺成一个两英寸的圆环造型。路况的维修只在冬天进行，路面被维护得像岩石一样又平整又结实。路面上不会有鼓包或者横贯道路的排水沟[1]。这样的路面能像铺设圆形地砖的

---

[1] 原文这里在称呼横贯道路的沟壑时，用了一个很有意思的表达，叫作thank-y'-ma'ams'。

人行道一样把积水导流走。山丘上离斯特拉福德三英里的地方有个指路牌，牌子指向汉普顿·露西（Hampton Lucy）[1]的方向。我转过身，看到树木掩映下莎士比亚教堂的尖顶。教堂坐落在一处开阔平缓的山谷里，周围洒满了落叶。在一间农家小屋前我停下脚步，买了一杯姜汁汽水。屋主是一位老妇人，'我赞美上帝，并希望这美好的一切永远保持下去。'她说道。我的注意力被窗户上的一张标签吸引过去。'一便士，先生，如果你高兴的话。这是我自己做的，先生。我下园子去的时候不会让前门开着。'（她边说这话边打开前门好让我出去）一只鼬鼠在我面前穿过小路跑走，头顶一只小鸟冲鼬鼠叽喳，像是在谴责它。篱笆旁躺着一只刺猬的尸体，已经腐烂。有一种叫作'圣约翰的麦芽'的金丝桃属植物正繁花盛放，还有很多起绒草和一种旋花属植物。另外一种车前草的花朵长得有我的手指头那么大，紫色的花朵染着些许白色。路肩宽敞，铺满了草，苜蓿花散发着香气。篱笆里女贞正开着花，圆锥状的白色小花散发着幽幽的甜香。'像开放的女贞花一样洁白秀丽'，这是丁尼生在他的诗歌《走去邮局》中的一句。这条林荫路两边长着高大的树木，有山毛榉、梣树、榆树，以及橡树。这些庄重的大树排成行列，将田地划分隔开；因为树木的缘故，田间空地呈现为黑色。一大丛蓟草站在路边，流浪的大黄蜂停在蓟草头上，把这儿当成了家。有些大黄蜂头是白色的，而且没有刺。蓟草在这个国家很少看到。除了荨麻之外，别的种类的野草也很少见。看得到苏格兰蓟草的地方既不在苏格兰也不在

---

[1] 汉普顿·露西（Hampton Lucy），埃文河上的一处村庄，在埃文河上的斯特拉福德东北方。

英格兰，而是在美国。"

## 三

英格兰很像溪流边的空地，而且是才从其源头流出来时的溪流——总是那么绿意盎然，凉爽宜人，湿润丰泽。相比其他地方，这儿冬季没有霜冻，夏季没有干旱。这条"溪流"就是墨西哥暖流，也正是它赋予了"溪流"独特的性质。南方的海洋就像一个巨坑，墨西哥暖流把这巨坑搅动起来，洋流从大地深处带出独一无二的气候——气温较低，但温差不大，非常恒定；冬季有雾，夏季多云。夏季的雨水温和，滋养大地。润泽大地的雨水也许从未呈现为如此有形的地质形态吧。云气聚集，云朵聚拢，云层把大地保护在内。来自美国的旅行者看去，满眼都是云造就的绿色景象。这样的景象他从前从未梦到过。五月似乎永不离去，于是造就了这般的绿意。这绿意温柔，澄明清澈，随时在生长、更新。这绿意同洒落的雨滴一样绵延不断，弥散无边，覆盖在山脉、峭壁还有山谷等之上。一场大雪降下，给大地勾勒出柔和圆润又气韵流动的轮廓。深厚的腐殖土和土地上一望无际的翠绿将这样的地势赐予英格兰人。的的确确，在岩石凸起的部分，你都能看到这样的绿色，就好像它是从云上落下来似的——像是某种绿色的雪——这绿色也附着在岩石粗糙或倾斜的表面，好像是潮湿的薄片。在小山谷和地面的沟壑里，这绿色也深深地根植其中。唯有在苏格兰和坎伯兰（Cumberland）[1]最高的山峰顶上，嶙峋的岩

---

[1] 坎伯兰（Cumberland），英格兰西北部城市。

石没有绿色覆盖,裸露着破裂的表面。从这些山峰往下,没长树木的山体上立刻均匀地洒满这潮湿、清新的绿色。绿草,绿草,绿草,还是绿草。天底下还有哪一个国家是像这样铺满草的垫子、地毯和帘子?就连林间也绿草密布。我甚至见过人们在一片森林里割草。青草长在岩石上面,从墙缝中钻出来,在古老城堡的顶上生根,在房子的屋顶上招展。冬天时,干草种子有时候甚至会在羊背上发芽。盖在石头矮墙上的草皮也会像生长在泥地上一样长得越来越茂盛。空气中似乎有某种沉积物——黑色的泥煤土壤在一切裸露的地表上缓慢但稳定地累积着——长年累月,点点滴滴,滋润着那些低级或隐花植被(Cryptogam)[1]的生长。这些植被腐烂之后进入泥土当中,从而使草或其他植物得以继续生长。古老城堡或教堂的围墙维系了多种植物的生长。在罗切斯特城堡,我就看见过两三种很大的野花生长在离地面一百英尺的墙上。这花朵诱惑着旅游者冒险爬上墙去采摘它们。因为这花,筑墙的石头仿佛也发了芽。我的旅伴还为一簇绽放在罗切斯特教堂飞扶壁上的野花画了一幅素描。这簇鲜花有红有白,在飞扶壁上高高绽放,令人称奇。泥土似乎能爬到任何高度,真的,似乎有某种更优良的沃土在空气中飘浮。否则,还有什么别的原因能够解释这个国家的人的脸上和手上总是有洗不掉的灰土?他们为什么总也不可能让自己保持干净?在这儿,洗不净的手不论碰到什么东西,就迅速地在那儿留下印记。肥皂和水被长久地忽略,以至于让我觉得这儿的人身上要不了多久也会披上一层绿色的苔藓,

---

[1] 隐花植物(Cryptogam),与显花植物相对,指没有花结构的植物,如藻类、蕨类、地衣、苔藓等。

就像树林里覆盖着苔藓的树干一样。如果不是因为时不时有大雨把屋顶上的苔藓给冲下去，我会毫不怀疑地认为，要不了几年，英格兰所有房子的屋顶上都会盖上一层草皮，之后雏菊和毛茛就会在屋顶上绽放。要不了多久，新房子就会变成到处可见的那种古朴成熟，饱经岁月的模样！只有看过不列颠那些不朽的高大建筑和纪念碑，你才能真正欣赏莎士比亚的诗句——

你留在碑石上就不免尘封而腐朽。[1]

你也必须见过苏格兰或坎伯兰的高山，才能领略描写有力的另一诗句——

你那羊群所游息的茂草的山坡。[2]

这"茂草的山坡"即是那"尘封的石头"。它承载着那不停增长的土壤，利用其作为资源。这些巨大的山体中填满了泥煤；这就是房屋顶上的乌黑土壤，这就是人们手中洗不掉的灰土。它越积越深，越积越多，将绿草滋养得葱郁、丰茂。

这些大山所具备的绿草或草皮的特性——我很想说那是像垫子一样柔软的特性——是我没有在任何书上读过或在画上看过

---

[1] 该节诗歌典出莎士比亚《十四行诗集》(*The Sonnets*) 第五十五首。译文引自：[英]莎士比亚.《十四行诗集》.屠岸 译.上海：上海译文出版社，1981.55

[2] 本处引文典出莎士比亚剧作《暴风雨》(*The Tempest*) 第四幕第一场。译文引自：[英]莎士比亚.《暴风雨》.朱生豪 译，方平 校.载《莎士比亚全集》(一).北京：人民文学出版社，1978.64

的。插图或画布上的草皮看起来总是像坚硬皴裂的岩石，而在这儿，我眼中看到的绿草苍翠欲滴得像四月或五月时节的牧场——地势广阔，牧草丰茂，兔窝遍布，既没树也没有灌木，基本上也没有松动的大石头，尖利的岩石，或者陡峭的悬崖，相反，它通常更是丰腴的，阴柔的，像涟漪般起皱的。它给人这样的印象：品质优良的草地仿佛被巨大的力量撕扯着，将草地下的岩石给崩了起来，岩石带着草皮朝天空隆起，把草皮四下抛洒得到处都是，而每一小块草皮依然完好无损。

在苏格兰时，我曾登上过本维纽山（Ben Venue）[1]。这不是苏格兰众多大山中最高或最险峻的一座，但却是非常秀美的一个代表。登山过程中，我的脚基本上就没有从草丛或泥淖中拔出来过。脚陷在其中，就好像陷在吸饱了水的海绵里一样。每每我以为我找到了一块干燥的路面，走过去却发现它还是湿的。又厚又软的草皮一直在渗出水来。我没有被悬崖拦住去路，却在湿地中泥足深陷。本来阻碍我脚步的应该是盘根错节的灌木或杂乱嶙峋的砾石，可现在我却得从湿漉漉的草地中开条路出来，而且，这片湿漉漉的草地还以四十五度的角度向上延伸着。我的脚已经全部湿了，还好小腿上没有擦伤。有时候，某些地下有一大堆泥煤的地方，因为地表聚集的水太多太重而发生沉降，留下一个黑洞洞的坑，有几码宽，一码或更深。冰凉的溪流水量充沛，野花不多，遍地青草。某种律动在我面前展开——一对环颈鸫在一块岩石后面向我匆匆一瞥；绵羊和羊羔四下里到处可见。小羊羔一身白毛，很是显眼，它们紧挨着它们毛色肮脏暗淡但却几乎难以被

---

[1] 本维纽山（Ben Venue），特罗萨克斯山谷中的一座山。

发现的母亲。麦鹬竖起白色的尾羽,从一块岩石轻快地飞到另一块岩石上。山地鹨在展示它像云雀一样的尾巴。没有穿过林间的风声,根本就没有树林,所以也没有枯黄的树枝和树干来强化或衬托山顶的荒凉。在峰顶,风在裸露的岩石周围打着呼哨,在石楠丛里哼鸣,但整座大山则没有像那些有森林覆盖的山一样低鸣或吼叫。

我漫无目的地走了一两个小时,凝视着四周绵延的高山和山谷。向西八或十英里可见本洛蒙德山(Ben Lomond)[1]的顶峰,而此刻山峰只比我头顶高出几百英尺。在四个山头上能看到积雪或小规模的冰川。视野广袤,目力所及之处仅四五间简陋的小房子,大多是牧羊人的栖身之处。阳光忽而隐去,忽而洒下光辉。云层低低地在山顶上漂浮,有力地擦过最高几座山峰上的岩石。空气中仿佛弥漫着一种奇怪的白色薄雾,就像在水中滴上几滴牛奶的那种效果。在家乡美国,只有在起雾的日子才能看到这种景象。"总的来说,景色中有某种温和的性质,"我当时在我的笔记本中这样记了一笔,"究其原因,也许是因为山峦太过齐整、葱郁,不够庄重,不能让人留下深刻印象,没有沧桑和力量感。随处都有岩石冒出来,但并非一眼就能看到。因为岩石碎裂得很多,所以毫不明显。看不出皴裂的褶皱,更没有巨大的沟壑。头上没有崚嶒的山体,更不见险峻的山势。洪荒时代的神灵们没有留下它们暴怒或狂欢的痕迹。"

就算是在粗犷的苏格兰,自然的野性甚至都比不上一只岩羊,就更不如麋鹿或驯鹿了。四下望去,任何一处景色都显得那

---

[1] 本洛蒙德山(Ben Lomond),苏格兰中部高地一处高山。

么安宁和舒缓。精明和适度是苏格兰土生土长的气质。这种气质赋予了人们一种全新的感受。本尼维斯山（Ben Nevis）[1]上和四周是一片荒凉崎岖的不毛之地，而苏格兰旷野的典型特征却大为不同。在这里，旷野似乎被举起，变成高山。这旷野覆盖着低矮、宽广的小山丘，或者拉伸成波浪起伏般的平原。这的旷野可能是黝黑、寂静、沉郁的，但却绝不野蛮或特别蛮荒。"广袤但并不野蛮孤独"，当提到这旷野时，卡莱尔如是说到。旷野的黑土富含泥煤，像沼泽一样松软，石楠花像大草原上的牧草一样低矮，绝无参差。牧羊人的小棚屋和户外运动爱好者像"盒子"似的帐篷散落在山丘当中。高地牲畜毛发又长又密，生动如画。旷野和高山像被收割机裁剪过一样，各自的地势保持一致，不显参差。孤独感不来自森林中静止站立的树木和暗淡的景象，而来自广袤开阔的空间呈现出的严峻和忧郁。在我眼中，自然看上去并非是陌生或不友善的。当然，在这幅自然之境中，肯定有荒凉或某种荒蛮的凶险催生出上面的印象，但石楠花和金雀花就像永恒的影子，而人们渴望看见树木挺立，迎风挥舞它们的枝干。在山涧中雀跃奔涌的泉水悦人耳目。还有那些湖泊——再没有别的什么湖能比洛蒙德湖和卡特琳湖更漂亮的，尽管有人希望用新大陆那些过剩的岩石给这些湖泊加一个花岗岩的湖基。

四

在英格兰，古老的桥、大小教堂都用石头修建。这些石头质

---

[1] 本尼维斯山（Ben Nevis），不列颠诸岛上第一高山，在苏格兰北部。

地很软，以至于人们用把折叠刀就可以把他们名字缩写的大写字母刻在石头上面——这一点，同我们在树皮或松树木料上刻名字是一样的。这种松软的石头，可算是英格兰的一个自然特点。在斯特拉福德，一座古老教堂的外墙上贴着一张告示，请求来访者们克制这种不文明的行为。墙壁上的名字和日期比你一个世纪中能看到的还多。沿着公路走过路上的桥时，我靠着桥栏休息，却往往总能看到桥栏盖满了字母和数字。游客们甚至还搞点破坏。彭斯家乡的老杜恩河桥（Brig o' Doon）被敲碎了很多，结果桥栏不得不翻修。人们仅凭一把折叠刀，就能把拱顶的拱心石给撬掉。殊不知这些古老的建筑比大英帝国存在的时间还久。在离格拉斯哥数英里的某个地方，我看到一座古罗马石桥的遗迹。桥拱完好如初，和第一辆罗马战车在约十五个世纪之前经过它时一模一样。此后的世纪中，再无车轮经过，只有时间碾过了桥身。在这片土地上，时间缓慢优雅地驶过，仅在这些古老的大路上留下些许磨损和破败的印记。

英格兰不是花岗岩和大理石的国家，而属于白垩、泥灰和黏土。古老的火成岩神灵们没有维护好他们自己，他们被埋葬起来，变成了灰烬，更加现代的人性之神占据了统治地位。这片土地是个葱茏的墓园，安葬着灭绝的蛮荒之力。公路和铁路深深地割开山峦，在那里我说不出土壤是在哪儿消失，岩石又是在哪儿出现，因为它们逐渐同化、混合，最终成为一体。

这就是英格兰自然的关键：花岗岩石变得成熟而圆润，在绿草中流淌出独特的气韵，原始的力量和繁殖力变得温驯柔和，朝向更高级的形式转化——泥土原本坚硬、苦涩的表皮现在似乎变得香甜可口。这样的形体和实质，存在于事物的色彩和外观之中，让人认为真正的草根一定比通常扎得更深。粗糙的、原始的、参差不齐的，这些都在哪儿呢？在这片温暖的土地上，把自然转换到画布或诗歌上的步骤相对来讲更少更简单。因为不需要再增添什么，已有的就是最理想的情形。在旧大陆，人仿佛是腐叶土，这层厚厚的腐叶土把旧大陆深深地埋在下面，而在新大陆，绝大多数地方还是原始且未经开垦的沙土层。这也就是为什么这里的景象像回忆一般缠绕着人的心灵。所见到的每一片田野和山顶似乎都同你有某种联系，某种自孩提时候就形成了的联系。自然早已完完全全地获得了人的属性。土地同人的思想和品质混合了起来。凯尔特人、罗马人、不列颠人、诺曼人、撒克逊人，交替地融合到这片土地中去。他们迁徙过、行走过、交谈过、恋爱过，也痛苦过，也正是因此，你会感觉到自己依然和他们血脉相连，如同归家回乡一般。是啊，故乡。这里的每一寸土地都给了人生命。随着时间的流逝，这土地变得越来越温柔，甚至具有自己的意识。

英格兰像极了放在壁炉边的椅子，散发着人类居所和家庭生活的馨香。它有岛屿的温馨与整一。岛国的单纯简单同大陆各式各样的多样性截然相反。英格兰只有一位邻居，大海，无论在哪儿都是友好和熟悉的空气。对故土或家庭的渴望在这儿得到了最大程度的满足，同样被满足的，还有拥有这片挚爱的土地，并从这片土地上获得果实的渴望。相反，它不满足人们对荒凉、野蛮、原始的追求。这种追求在一位美国诗人的作品中有所描述的：

渴望着，渴望着，渴望着原始的活力和大自然的无所畏惧。[1]

不过,就自然景观来说,我们最为渴望的,恐怕还是那些能供给我们吃喝的东西。对于英格兰大地所给予人们的,人们很容易就能够得到满足。这一点,无论怎样都不难想象。

整个英格兰的地貌都印证了缓慢、整一、保守的行为特征。这里的每样事物都呈现出宁静平和的样子并且随时随地显现出来——这种内在的性质甜美温顺,令人吃惊,又让人着迷。人们不会忘记,在地球的这个角落,发生过人类的进化和演变,而时间似乎已经证明,这片土地上有些东西对人类的永恒和长寿更加有益。

对于英格兰大地,最深刻的印象莫过于它的宁静。从没有一方土地能像这般安宁,让眼睛感到满足——尤其是让美国人的眼睛感到满足。美国人的眼睛已经倾向于适应其土地上肮脏和壮丽的混合,各种强烈的对比,以及普遍性的变动不居。而在英格兰的野外,大自然如此完满,如此宁静,简直就像梦境一般。它像是潮水涨到最高时的静谧:治愈世界上的任何一处伤痛,覆盖每一处的海滩,遮掩每一个难看的污点。整个一圈天际线都满溢着碧绿而恬静的潮水(我没有看到林肯郡(Lincolnshire)的沼泽,也没有看到约克(York)的荒原)[2]。这种宁静,一部分来自于随时间沉淀而来的成熟圆润,以及数个世纪耐心和彻底的农牧业,还

---

[1] 该节诗歌典出惠特曼(Walt Whitman, 1819-1892)《草叶集》(*Leaves of Grass*)第114首《啊,时代》(Rise O Days)。译文引自:[美]惠特曼.《草叶集》.赵萝蕤 译.上海:上海译文出版社,1991.503

[2] 林肯郡(Lincolnshire),英格兰东部沿海的一个郡。约克(York),英格兰北部约克郡城市,约克郡郡治所在。

有一部分来自大自然自己的温和与节制。自然是心满意足的，是美满调合的，是丰衣足食的。她的子孙云集在她周围，她的道路通向快乐的终点。看那树叶多么稠密丰茂！看那田野上的草皮多么厚实整齐！看那河流和小溪又多么平静充沛！河流和小溪没有塌陷的河岸，没有大片沙化的河滩，也没有漂流而成的难看的卵石堆。对于一个刚回到美国的旅行者而言，美国的树叶、新英格兰地区和纽约的树林，相比于他在英格兰看到的那些而言，简直又稀疏又凌乱。这种现象多半是因为我们美国的土壤更粗糙，气候更恶劣。盛夏时节我们树木的样子就像根根毛发倒立在头顶，树林呈现一幅狂野惊恐的样子，又或者，像是人刚从酒色无度的状态中恢复过来一样。在英格兰，树叶片片舒展，朝向阳光，努力地向树枝尽头生长。相反，在美国强烈的阳光和高温下，可以这么说，树叶争相藏在别的叶子后面。为了避免受到阳光直射，叶片一律朝外，要么竖立着，要么保持某个角度。在不列颠，因为淅淅沥沥的细雨和太过潮湿的空气，树叶垂得更低，树枝也向地面弯曲。阳光照射的时间相对更短更弱，所以树叶想方设法长在更好的位置，从而能全部接受太阳的光和热。而也是因此，在观看的人的眼中，树叶生长得很多、铺展得更开。树叶在枝条末端的外侧密集生长，而树枝朝内的地方则没什么叶子。欧洲的悬铃木亭亭如盖，所有的叶子都长在外侧。枝条间的鸟鸣声就像在室内发出回响。丁尼生（Tennyson）的诗句如是说：

　　高大的悬铃木柱子似的暮影。[1]

---

[1] 该节诗歌典出丁尼生《奥德利庄园》（*Audley Court*）。

在稍高一些的树枝上,悬铃木的叶子密密匝匝,厚实得像是石头。欧洲枫树的情形和这一模一样。当欧洲枫树生长在大西洋我们这一边的美国时,它依然保持了它在旧大陆的习性。我家附近的一座公园里有几株欧洲枫。曾经有几年的时间我记录下了这几棵树的生长情况。同美国本土的枫树相比,这几棵欧洲枫的轮廓少了些优雅和纤弱,但树叶的颜色更深,叶子也更密更厚实,叶片更大,上面的绒毛更少,越靠枝头长得越密。其中有棵树是被太阳烤得最多的。每年夏天,这棵树有一侧的叶子就枯得特别厉害。到了秋天,树叶变黄,这几棵树看上去就像是镀上了一层又轻又淡的金子。树枝的最外面是淡黄色,颜色越往里越深,整体上树叶依然保持绿色。厚实、具有雕塑感,这是英格兰的树叶的特征,而正是这样的特征填满了画家的眼睛。美国的枫树,叶子上的绒毛很多,形状亦不鲜明,更不用说叶子有多薄。这些特点画起来不太容易,因此画的过程也并不让人愉快。

相似的情形还有田间和山丘上的草。在美国,就算是最悠久的牧场,草皮也呈现出坑坑洼洼,很不平整的特征。霜冻侵袭,阳光炙烤,草在这里厚实一点,在那里稀疏一些,在这里杂乱无序,在那里又变得柔软平整。只有经常使用重重的草碾子,大量地浇水,施最好的肥料,我们才可能把草皮打理得像英格兰和苏格兰高地上的那些牧羊场一样漂亮。

同我们的土地相比,这里的土壤里生活着数量巨大的蚯蚓。正如达尔文所揭示的那样,它们的活动与土壤的松软和肥沃程度似乎有极大的关联。这些微小却强大的蚯蚓像土壤里的引擎一样,把土壤变得肥沃和平整。在这方面,新英格兰地区的蚯蚓显然没有旧大陆的那么有贡献。故土英格兰更加湿润,黏土层更深厚，人类数个世纪的活动使土地更加肥沃，充足的养料，更加温和的气候，如此等等都非常有利于蚯蚓的生长和活动。确如达尔文所言，使英格兰成为一个大花园的园丁，非蚯蚓这微小的生物莫属。它耕地，排水，通风，松土，施肥，还平整土地。它没法搬动岩石和石块，但是它能把石头埋进土里。它没法拆除古老的石墙和步道，但是它能动摇它们的根基，并在上面厚厚地重新铺上一层。在每一亩土地上，达尔文说："在英格兰的很多地方，每年有超过十吨重的干土经过蚯蚓的身体，然后被送到地面。"他更进一步注意到，"当我们注视着一片开阔的青草地时，我们应该记住，它的美来自土地的平整。在很大程度上是因为蚯蚓一点一点的努力，把坑坑洼洼的土地给犁平了的。"

在美国，在我们自己的土地上，我认为，蚯蚓在上述方面的努力被我们严峻和恶劣的气候给抵消了，而英格兰看起来更像是出自像蚯蚓这样温和、不知疲倦、乐于奉献的行动者之手。当面对英格兰这般肥沃的田野，我总是把这效果比作是下雪。"雪"是从另一个方向，即地下，落到地面上。这来自地下的"雪"同天上的雪一样温和，一样均匀。

我前面提到过自然的静谧与平衡。这种静谧与平衡体现在草地和林间，也同样体现于农田。你能看到一望无际的小麦、燕麦、大麦、豆类等等。这些农作物长得整整齐齐，像平滑的湖面。不论是谷类还是豆类，每一茬都一般粗细和高矮。毫无疑问，此种情形说明了精良的田间管理，也同样表明其背后有温和适宜的自然条件。人类在自然界的活动强化而没有破坏自然的静谧。看那古老的拱桥是如何安卧于平静溪流之上。齐整的公路横跨拱桥，后者自然地成为公路的一部分。脚下好走的地方，眼睛看去也平坦整齐；身体感觉协调的所在，精神也感到同样和谐。那些青藤覆盖的古墙和废墟，那些收割完毕的田地，那些圆圆的篱笆桩，那些掩映在树荫下的小茅屋，还有那些灰色的宏伟建筑，全都增添了自然的这种和谐与静谧。也许没有哪个国家的牛羊能像在这里一样逍遥自在吧。春夏时节走进不列颠的田野，放眼是吃得饱饱的牛羊，要么卧在草地上休息，要么躲在树荫下打盹。此情此景给人的第一印象是，牛羊不等农夫发现，早已迫不及待地冲向牧场，让自己的肚子吃了个饱。随后，你会意识到这里到处都是牧场，或类似于牧场的地方。这里没有野草或杂草，更没有哪个牧场出现抛荒，让牲畜走来走去地寻找草料。在这里，抬眼看去，草间遍地是牛羊。牛羊在此心满意足，大地在此具备了静谧的另一种要素。

英格兰的气候温和湿润。它以两种方式加深这片土地上那令人讶异的绿色。一种方式是生长，另一种是衰败。草生长得极快，因此草的茎和干叶子也枯萎得极快。同美国不一样，在这儿不会把作物晒干储存。从冬天到三月开春，人们都不会储存晒干的麦秸，或干枯的树叶，不会让这些枯黄的颜色模糊了翠绿的新春。每一样死去的东西都很快地轮回为腐土，供新的植物生长。到了五月，在森林间就很难再看到去年秋天的黄叶，而在田间地头，小树林里，或者大路上，也再没有杂草或枯草的痕迹，而在美国那边，在牧场里或山顶上，总是会或多或少地看到些枯萎焦黄的景象。那都是前一年死掉后干枯变黄的植物干茎。相反，新春才长出来的嫩草反而就不容易被注意到了。在不列颠诸岛，一年中下雨的日子差不多有三百天。在这样的地方，从腐土转变成青草，或者从青草转变成腐土，其速度都是相当快的。

# 第二章　英格兰的树林：一个对比

很难找到恰当的语言来赞美英格兰乡村和牧场的美景——她的美，在田间、在园林、在山丘、在沙洲。在英格兰，只需一瞥，就能体会这个国家全部的美。精心耕作的土地展现出一种宽广的美。这种美神采奕奕、热情好客。的确，领略英格兰就是要领略其人力创造中的整饬、持久与精心维护之处，以及自然造物上的节制、慈爱以及统一之处。在你眼前，一小块最美丽的草坪扩展开来，覆盖了整个帝国；在你眼前，两千年的历史书写在茵茵青草的翠绿之上，书写在每一处美景的地平线间。整个大陆浓缩于一个国家，沙漠或荒地被排除在外。这里的每一寸土地都生气勃勃。广袤土地的精华积聚在一片片田地里面，又被吸收和转化进入最精耕细作的农业生产。田地的精巧整洁比得上在栅栏中饲养的牲畜。牲畜似乎满意地露出笑容。河流从未离开过河道。山峦是牧羊人的伊甸园。那些开阔的林间空地，半是森林仙境，半是人间牧场，整洁又庄严。一望无际的景色，整齐得像教堂的走廊——何处能够看到这样的美景？一切村野或野蛮均退却不见。青葱的草皮被岩石拉上身去，仿佛盖在岩石上的绿色被罩；长满植物的腐殖土覆盖了山丘，让山丘显得越发丰满；当山丘向左或向右扭曲时，其一侧显出皱褶，又好似脸上露出的酒窝，于是整个山丘就如同肥胖的绵羊一般。山丘的丰满,并不单纯是因为人力照料得好,还因为自然的因素。天上的降雨令土地肥沃,不像在美国,那儿的山顶交替发生洪水、干旱以及冰冻,导致土地开裂。英格兰的泥土日益累积,腐殖土逐渐增厚,草皮像铺在地上的席子,年复一年地扎下根去,不断巩固土壤。

人力对土地具有或已经发生作用,但上面所有这一切,都不仅仅单纯地是由于人力,这是事实,但只是一半。另一半,是因为自然母亲的情绪和心情是以家庭为重和以人为本的。自然似乎是同人类一起成长起来的,并且袭用了人的相貌和行为。她的灵魂就像一条充沛平静的溪流。你会让这条溪流穿过你的花园,或者任其毫无间隙地经过你的门阶。这样的小溪比打湿的窗台或湿漉漉的花圃更不会给你带来任何危险。自然的丰沛富足是南方海洋的特性。它由墨西哥湾暖流送来,又在凉爽的北方天空下获得新生并永久长存,去掉了它的獠牙和毒性,丰富但不狂热,精力健旺但不邪淫。

与在英格兰不同,在我们自己的国家,要用更大的尺度来丈量自然的美——这是野性的美、原始的美,是原始森林的美,是青苔覆盖的岩石和山脊的美。青苔是所有植物形态中最低级和最卑贱的,但是想想它给我们的自然景观增添了多么巨大的美感。青苔赋予岩壁和卵石最柔软和最令人愉悦的颜色。纽约和新英格兰山区的岩壁由时光刻上壁画,由永恒的笔触画成。而英格兰的青苔却没有这般突兀,在自然景观中也没有扮演如此显眼的角色。英格兰的气候太过潮湿。在威尔士,诺森伯兰郡

(Northumberland)[1]和苏格兰,岩石又黑又冰,毫不引人注目。林间的树木也不像我们的那样披上斑驳的淡灰色外衣。不列颠的山毛榉树皮更加光滑和致密,通常还略带一层绿色的地衣。欧洲赤松好像穿着一身褴褛的皮衣。大自然用苔藓代替了青苔。前者是比后者更高级的植物形态。古墙和屋顶上都覆盖着苔藓。苔藓腐烂之后很迅速地积累成一层土壤或腐殖土,从而成为开花植物的养料。

英格兰的岩石不值一提。也不像在我们这儿,有花岗石卵石,或蕨类、苔藓覆盖的碎石散乱在林间。这些石头都被用掉,要么用于建筑之需,要么用来铺路,就算有剩下的,也在潮湿的气候下分解不见。在威尔士我看到过大量的岩石,那是在兰贝里斯(Llanberis)[2]关隘。但是那儿的岩石风光同别处的比起来,比如说纽约肖旺刚克山脉(Shawangunk range)的莫洪克湖(Lake Mohunk)[3]的吧,就要平淡无奇得多。卡茨基山中的众多山口展现出野性的雄浑,远远超过威尔士山脉呈现出的任何景观。至于说到精致得令人震颤的美,恐怕世界上任何一处地方都比不上我们美国这边。四月,斑驳的岩壁上,有荷色牡丹从其植物聚落或突出的岩石上绽放;五月,耧斗菜一簇簇地从岩壁的缝隙中钻出来,橙色的花朵像铃铛一样;崖壁上到处附着蕨类或苔藓;忍冬草在岩壁上生出一道美妙的绿色线条。

---

[1] 诺森伯兰郡(Northumberland),英格兰东北郡名。
[2] 兰贝里斯(Llanberis),威尔士北部格温内斯(Gwynedd)的一个村庄。
[3] 肖旺刚克山脉(Shawangunk),美国纽约州一处山脉,从新泽西最北端延伸到卡茨基山。莫洪克湖(Lake Mohonk),本书拼作Lake Mohunk,肖旺刚克山脉中的一个湖泊。

美国森林里的财富,除了上面说的岩石之外,还有一种美和纯净是英格兰所不知道的。这是一份精致和甜美,是未谙世事的自然才有的魅力。这是美国的森林所独有的特质。

在英格兰,田园或乡村的自然风貌是那么繁茂丰富。没有哪一处树林或森林能够以其自身抵御自然片刻。自然的力量像潮水一般淹没森林。在茂密的林间,草长得郁郁葱葱。而在草儿凋零的地方,粗大的欧洲蕨占据了它地盘。这儿的树木没有灵魂,没有野性的气息。美国的森林对农田关上大门,将强光和热量排斥在外。当某片土地被清理之后,树林就开始伸出低矮的枝丫,或者林间的灌木丛沿着森林边缘生长,铸成一道屏障,仿佛守卫和保护着它们的领地。假如你举起或拨开这些枝丫,步入林间,你就进入了另一个世界。新的植物,新的花朵,新的鸟类,新的动物,新的昆虫,新的声响,新的气味。一个确确实实、完完全全不同的环境和所在。枯叶铺满地面,纤细的蕨类和苔藓从岩石上一直垂到地面,精巧美丽的花儿羞涩地从这里那里探出头来,修长的褐色树蛙敏捷地从你脚边跳开,小小的红色蝾螈用柔嫩的鼻孔呼气,或者躲藏在叶片下面,有着漂亮颈毛的松鸡冷不防从你面前窜出,灰色的松鼠从一棵树跳到一棵树上,美洲燕发出楚楚动人的歌声,娇小的莺雀啁啾着在枝头疾飞穿梭,最后,早晚你会被蚊子光顾。美国的森林暗示着新的艺术,给人新的快乐和新的生活模式。在天气晴朗的日子,英格兰的园林和小树林让人联想到永不结束的野餐,或五朔节的宴会。但我觉得,没有人会想要在英格兰的森林里露营。永不止歇的雨水,黑暗阴沉的天空,冰冷的气温,使得森林里面就像地下通道一般令人难以忍受。我很好奇,枯叶何以成为美国森林的特征,并且使美国的森林充满令人愉快的味道。这些枯叶有可能被耙拢在一起运走，而如果留在原地的话，枯叶在潮湿的气候下就会很快地腐烂，分解到腐殖土里。

在苏格兰期间，我探索过很大一片林地。其中绝大多数是冷杉，覆盖了埃克尔费亨（Ecclefechan）[1]附近的一座山头。只是这片林地依然是草太多，并不令人喜欢。在汉密尔顿公爵（Duke of Hamilton）的众多自然公园中的一个，我发现了一处被森林覆盖的峡谷。埃文河从峡谷中穿流而过（在大不列颠，我见过四条河流都叫这个名字）。河底岩石嶙峋，河水发黑，像黑啤酒的颜色。这是我所见过的最具野性的森林景观。我甚至有一种置身于哈德逊河（Hudson）或佩诺布斯科特河（Penobscot）源头的错觉[2]。这种静谧和蛮荒，以及那河水汹涌翻滚的样子令人印象极为深刻。可惜的是，那片森林并不吸引人。林间没有花朵，也没有鸟儿。森林中早已无人居住，弃置的房子变得冰冷且并不好客。河边有些房子，已经长满了荨麻，漆黑一片。我在房子的门厅里坐了半个小时，想看看还有没有人在林间生活，结果没有。我的确听到了鸫鹩断断续续的叫声，还有鹧鸟的唱和，但是这也就是全部了。林间再没有别的纯粹的叫声或响声，也没有任何气味。然而，朝我下方几码远的地方看去，是那些独一无二的石桥中的一座。这座桥跨过深不见底的峡谷，连接峡谷两端的道路。石桥非常坚固，道路建在其上就像是建在地表上一样安全。拱桥是弧形的艺术，是文明的集大成者，对抗着自然的原始与蛮荒。在更远处的森林

---

[1] 埃克尔费亨（Ecclefechan），苏格兰南部村庄名。托马斯·卡莱尔在这里出生。

[2] 哈德逊河（Hudson），美国纽约市和新泽西州之间的一条河流。佩诺布斯科特河（Penobscot），美国缅因州内的一条河流。

中,我不经意来到一座古堡的废墟前。有大树从废墟中长出来。野兔在废墟下面筑窝。众所周知,并非几棵树就能长成森林。在英格兰,我们对这句话有了更鲜活的理解。如果他们不将野性和纯洁的精髓放在神庙中供奉起来的话,他们就不会安心。在走去塞耳彭(Selborne)[1]的路上,我特意在伍尔默森林(Wolmer Forest)[2]的边缘绕了一下,可是我并不觉得这森林有多好看。翰尔(The Hanger)是一片茂盛的山毛榉树林,坐落在塞耳彭上方的山头上,依然差不多保留着怀特(White)[3]时代的样子。我去探查了一番,但却发现它同别的森林别无二致,没有任何特别的吸引人之处——就是一片长满了湿漉漉的山毛榉的地方。如果作为园林,树长得太密,而如果作为森林,则又太单调无趣。山林生长在山头最险峻的一面。土壤肥沃湿滑。在林间,男孩子们有一条"滑梯",夏天的时候可以从山上溜下去。林子中难以找到一片树叶或树枝。在怀特的时代,穷人们会拾捡乌鸦筑巢时落下的树枝,也许今天人们还在这样做。当你偶然走进翰尔的树林中时,会觉得林木和草地相得益彰,悦人眼目。山毛榉是当地数量最多的树木,在英格兰别的很多地方也是如此。但这儿的山毛榉比在美国的要长得好得多。深厚的石灰岩土壤似乎特别适宜山毛榉的生长。所以这儿的山毛榉长得像美国的榆木一样高大,连开枝散

---

[1] 塞耳彭(Selborne),英格兰汉普郡东部的一个村庄。因著名自然学家、鸟类学家吉尔伯特·怀特(Gilbert White)的著作《塞耳彭自然史》(*The Nature History and Antiquities of Selborne*)闻名。

[2] 伍尔默森林(Woolmer Forest),在英格兰南部汉普郡东边。中世纪时曾经是皇家猎场。本书拼作Wolmer Forest。

[3] 这里的"怀特"指吉尔伯特·怀特(Gilbert White),1720-1793,英格兰著名的自然学家、鸟类学家。

叶的方式都很一样。不过,它的树干不像我们的那样有斑驳的像补丁似的灰斑,而往往是浅浅地覆盖着一层深绿色的腐殖土。在莱德尔山(Rydal Mount)[1]的华兹华斯故居前,路对面立着好些山毛榉。其树干的颜色简直和周围的群山一样绿。山毛榉树的树皮又光滑又紧致,展示出这种树像运动员一般肌肉结实的特征,也很好地印证了斯宾塞的名言,"好斗的山毛榉"[2]。这些山毛榉在户外长得极好,沿着大路投下绝佳的树荫。英格兰历史上所有那些伟大的森林——什鲁斯伯里森林(Shrewsbury Forest),迪恩森林(The Forest of Dean),新森林(New Forest)[3]等等,现在实际上全都消失了。这些森林在某些地方还有些残留,但是这个曾经由森林占据的国家如今已经完完全全地成了牧场。

值得一提的是,在英国诗歌当中,很少或几乎没有对于森林的热爱。诗人们没有热情提及森林,更不会对森林大书特书。不列颠的田园诗缪斯对林间生灵毫不另眼相加,更不会偷偷看上一眼。她更愿意做一名温和、健康、有一点蠢笨的田野之神。弥尔顿(Milton)[4]赞美地歌颂道:

---

[1] 莱德尔山(Rydal Mount),是华兹华斯故居的名称,在英格兰湖区小村庄莱德尔。

[2] 这里的"斯宾塞"指埃德蒙·斯宾塞(Edmund Spencer),1552/1553—1599,英国文艺复兴时期的伟大诗人。"好斗的山毛榉"典出斯宾塞长诗《仙后》(*The Faerie Queene*)。

[3] 什鲁斯伯里森林(Shrewsbury Forest),什鲁斯伯里是英格兰中西部什罗普郡的郡治;迪恩森林(The Forest of Dean),在英格兰西南部格洛斯特郡西部,森林以橡树为首要特征;新森林(New Forest),位于英格兰南部,覆盖汉普郡西南并延伸至威尔特郡东南。

[4] 这里的"弥尔顿"指约翰·弥尔顿(John Milton),1608—1674,英国诗人、政论家。代表作《失乐园》(*Paradise Lost*)、《复乐园》(*Paradise Regained*)等。

到薄暮时分那些树木搭成拱形的幽径[1]

可是他的树林是座"阴沉的树林":

阴暗的额头上低垂的恐怖
威吓着凄苦漂泊的旅人[2]

以及:

极致的孤寂栖身在
洞穴和岩洞之间,在恐怖的树荫下精疲力竭[3]

莎士比亚写到"冷酷、广大而幽暗的森林"[4],——森林是抢劫,掠夺和谋杀的最佳场所。的确,在英国人的记忆里,森林曾经一度是强盗和罪犯的藏身之处,是一切杀人越货事件的发生场所。英国诗歌深深浸染了这种记忆。在莎士比亚的作品中,

---

[1] 该节诗歌典出弥尔顿诗歌《欢乐颂与沉思颂》(*L'Allegro and Il Penseroso*)中的"沉思颂"。译文引自:[英]弥尔顿.《欢乐颂与沉思颂》.赵瑞蕻 译.南京:凤凰出版传媒集团·译林出版社,2013.47

[2] 该节诗歌典出弥尔顿《酒神的假面舞会》(*Comus*)。

[3] 原文诗句恐引用有误,疑似亚历山大·蒲柏(Alexander Pope,1688-1744)的《埃洛伊莎致阿贝拉尔书信》(*Eloisa to Abelard*)。

[4] 本处引文典出莎士比亚剧作《泰特斯·安德洛尼克斯》(*Titus Andronicus*)第四幕第一场。译文引自:[英]莎士比亚.《泰特斯·安德洛尼克斯》.朱生豪 译,方重 校.《莎士比亚全集》(四).北京:人民文学出版社,1994.563

我唯一能够想到的,微微提及了一点我们美国的森林生活的段落,出现在《终成眷属》中。小丑对拉佛(Lafeu)说,"我是从山林里来的,大人,最喜欢生火取暖"[1]。这里所生的大火指的就是美洲。在欧洲,树木更加珍稀。弗朗西斯·希金森(Francis Higginson)[2]在1630年写道:"比起其他所有地方来,新英格兰地区以生火条件优越为荣,因为整个欧洲都不可能像新英格兰那样负担得起那么多的柴火。一个贫穷的仆人,有整整五十英亩林地可以供他支配,因此他可以用来生火的木柴比英格兰的很多贵族所有的还多。而且他的木柴同世界上别的地方出产的一样好。"直到今天,在新英格兰,纽约,以及宾夕法尼亚的很多地方,同数世纪以前一样的熊熊大火还在纵情燃烧着。华兹华斯,这位英格兰首屈一指的自然诗人,在他的字里行间完全闻不到深深森林里的微妙馨香。在领略过他的国土之后,你就更能从他的诗句中辨识出这个国家的特征和它的精神——那是令人感受深刻的孤寂,寂寞的山中湖泊,沉默的沼泽,青色的山谷,哗哗的瀑布。可是在华兹华斯的诗句中没有说到森林或树木。他诗句中的山峦看起来总是光秃秃的。华兹华斯的缪斯从未感受过森林的魔力——原始的野性内在的神秘感与吸引力。同样,在丁尼生那里,有荒原的呼吸,但是没有森林的气息。

在我们美国自己的诗人当中,至少有两位更为著名的诗人

---

[1] 本处引文典出莎士比亚剧作《终成眷属》(*All's Well That Ends Well*)第四幕第五场。译文引自:[英]莎士比亚.《终成眷属》.朱生豪 译,吴兴华 校.载《莎士比亚全集》(三).北京:人民文学出版社,1978.388

[2] 弗朗西斯·希金森(Francis Higginson),1588-1630,新英格兰殖民地早期清教牧师,也是马萨诸塞州塞勒姆(Salem Massachusetts)的首位牧师。

听到了我们原始森林的呼告。他们是布莱恩特（Bryant）和爱默生（Emerson）[1]。这两位诗人有很大的不同，但是他们都怀有一种印第安人式的对森林的热爱和幽居森林的情怀。无论是布莱恩特的《森林颂》（*Forest Hymn*）还是爱默生的《森林鸟鸣》（*Woodnotes*），都不可能出自英格兰诗人之手。《森林鸟鸣》带有美国北部松树林的气息。人行走其间，双眼圆睁，时刻小心戒备、保持警惕。

> 在未开垦的缅因州，他追寻着伐木者的队伍，
> 在那儿，年轻的河流从成百个湖泊中发源；
> 他踩在从未耕种过的森林里面
> 在那儿，洞察一切的太阳数个世纪以来从未照临过大地；
> 在那儿，养育着麋鹿，也走过暴躁的狗熊，
> 在高高的山毛榉枝头，有啄木鸟奔跑。
> 他看见下方昏暗的小径，在发出味道的河床，
> 那些纤小的北极花垂着它们双生的花朵，
> 祝福爱花人的纪念碑，
> 穿过北方的树荫，纪念碑呼吸着那人的美名。
> 在树林里，他间或听到，
> 突然一声，老松树轰然倒下，——

---

[1] 这里的"布莱恩特"指威廉·卡伦·布莱恩特（William Cullen Bryant），1794-1878，美国浪漫主义诗人，记者，报纸编辑；这里的"爱默生"指拉尔夫·沃尔多·爱默生（Ralph Waldo Emerson），1803-1882，美国散文家，演讲家，诗人，超验主义运动代表人物。

> 那一声巨响,这完美树木的死亡颂歌,
> 宣告它那绿色纪元的终结。[1]

爱默生的缪斯则温文尔雅。而正是这种充满智慧的温文尔雅使得以森林为家和以城镇为家没有什么区别,也正是这种充满智慧的温文尔雅能把花园造就成森林。

> 我的花园是森林的背脊,
> 在那儿更古老的森林与之相邻;
> 河堤倾斜,向下伸到蓝色湖边,
> 然后跃入幽邃的深渊。[2]

反过来说,从英国人的角度看,我们美国也没有田园诗,因为我们没有像英国那样有压倒性地位的自然田园风光。美国诗歌的缪斯并不模仿,通常她散发出松树一样的森林的气息。这种气息在更古老的文学作品中是全然陌生的。朗费罗的缪斯温柔、文明,富有教养,但是他也欣然沉醉于那些来自森林远古时代的传奇故事、音律以及田园美梦之中。梭罗对森林有天赋的领悟——他有印第安诗人或先知的灵魂。他尽管毕业于哈佛学院,但却从未失去他对于旷野的感觉。霍桑羞怯又神秘。他的天赋在森林里展现得比在家里更多。读一读《红字》中描写森林的部分。这些是这本书中最具暗示性的段落。

---

[1] 该节诗歌典出爱默生《森林鸟鸣》(*Woodnotes*)。
[2] 该节诗歌典出爱默生《我的花园》(*My Garden*)。

# 第三章 在卡莱尔的家乡

第二次跨过大海,我对苏格兰比对英格兰更加好奇。部分原因在于,对于后者,十一年前我已经很好地领略过了。更重要的因素是,相较于英格兰人而言,我更加倾向于苏格兰人(我在年轻时就已经见识过并且很深地领略过英格兰人的做派了)。而更加特别的一点是,我当时对卡莱尔非常着迷,所以我想亲眼看看那片生养了他的土地和居住在那儿的人民。

我猜想,不管怎么说,对我而言,凯尔特民族比盎格鲁-撒克逊民族更有吸引力——至少就单个凯尔特人来说。整体来讲,盎格鲁-撒克逊民族给人的印象更加深刻;他们的成就更加伟大;他们国土和城市的面目令人更加愉悦;他们拥有帝国的恩惠。但是,我认为,应该没人会质疑,凯尔特人,或至少苏格兰的凯尔特人比起英格兰人而言要更加诚恳、热情和好客。他们更有好奇心,更外向,具有更敏感更真挚的同情心。他们很容易就能同别人打成一片,融入进去,而英格兰人在这一方面则很难。在这片土地上,"约翰牛"就像是砖泥里的鹅卵石,不论你怎么研磨、挤压或者烘烤,鹅卵石始终还是鹅卵石——是砖里的一个硬块,而非真正砖的一部分。

我对苏格兰民族性格的每一次细细观察都印证了我对他们

的喜爱。最让我愉快的一次经历发生在艾尔。在杜恩河边的一处小树林里，我偶然遇到一位年轻人。我们聊了聊在我们周围唱歌的鸟儿。结果这个年轻人叫出了我的名字。这番巧遇让我结识了年轻人的家人以及一位教区牧师，并且给我在彭斯家乡的短暂旅程增添了一份真诚的人情味。在格拉斯哥，我深入到了一户人家中。这户人家社会地位一般，但是道德和素质非常高。我爬上好多层盘旋的石头阶梯，在最高一层楼上找到了这户人家。他们住在这一层的三四个房间里。父亲、母亲、三个儿子和一个女儿。其中两个儿子和那位女儿都已成年。父亲和几个儿子在附近的一所铸铁厂劳动。在他们杂乱的小厨房里，我们围坐在餐桌边。我掰开面包分给大家。这家人不停地给我还礼。大家彬彬有礼得像是坐在贵族大厅里享用宴席一样。在就座之后，我们朗读了一章圣经。每个人又轮流读了一节诗篇。吃完饭后，我们去另一间屋，大家一起唱苏格兰歌曲。大部分歌都来自彭斯。三个儿子中的一个负责低音部。这是我所听过的最动人的低音。气势恢宏，显示出典型的苏格兰风格，既有活力，又宽厚温柔。这个男孩子在一次公开的歌唱比赛上获得了第一名。那比赛的参赛者来自整个苏格兰。这孩子的母亲同样也有一副甜美的好嗓子。我对母亲说，她儿子的这份天赋，可以让他在任何一个地方找到自己的未来。可是我却发现这个想法引起了她极大的恐惧。她害怕这会毁了这孩子——用她的话说，就是害怕他会用这天赋来同魔鬼做交易，而不是用来赞美上帝的荣耀。她说，她宁可跟随儿子去死，也不愿意看到儿子为了金钱在歌剧院或音乐厅里唱歌。她希望儿子一心工作，把他的声音完全作为一份虔诚和神圣的恩赐。当我邀请这个年轻人到我们住的旅馆来唱唱歌时，这位母亲非常担心。后来她告诉我，她直到知道我们住的旅馆禁止饮酒时才放下心来。这位年轻人看起来一点也没有打算违背他母亲的意见。这家的另一个儿子有一位爱恋的姑娘。这姑娘去了美国，所以这个儿子对大洋彼岸的国家非常向往。他把那位姑娘的照片给我看，不论是对我还是对他的家人都毫不隐瞒他对美国的兴趣。的确，在这样一个家庭里，本就没有任何秘密需要隐瞒。这户人家父慈子孝，感情自然真挚，蕴含着深厚的人情味、活力以及方正严谨的态度。这一切给我留下了难以磨灭的印象。也许这户人家是个特例，但是每当我回忆起烟雾缭绕、满是大烟囱的格拉斯哥，我都会想起他们。

苏格兰的另一种特征，在彭斯那儿比在卡莱尔那儿表达得更充分一些。这种特征扼要地总结在统计数字中。在我曾经每周一早上阅读的几份出版于爱丁堡的报纸上都能看到这些统计数字。它们反映的是上一周注册的出生率。其中总是有百分之十到十二，是非婚生育的。苏格兰人——不论哪个阶级——在他们心目中都深爱彭斯。因为没有人像彭斯这样，为最草根的民众表达他们的感情。

当我想到爱丁堡，浮现在我脑海中的形象，是一座被两块高地所统辖，或者说，所笼罩的城市。这两块高地被绿草覆盖，上面没有长树。"亚瑟王座"（Arthur's Seat）[1]像一块不规则的球或半球体，在爱丁堡东南方的地平线近处升起。从山坡上绵延不断而来的绿草占据了整个城市及其近郊。这绿意甚至蔓延到了空

---

[1] 亚瑟王座（Arthur's Seat），是苏格兰爱丁堡圣鲁德公园（Holyrood Park）中的主峰的名称。圣鲁德公园为爱丁堡内一处皇家公园，其中有山坡、湖水、峡谷、山脉、峭壁等自然风物。

中——青草的光彩淡淡地熏染在东边的天际。山丘俯瞰着城市。我从前读过的所有对于爱丁堡的描绘，没有哪一个能让我充分领略到这座山丘所带给人的震撼。在"亚瑟王座"山顶，有三座相连的山峰，高度达到了八百英尺。在第一座也是最小的山峰上，挺立着"城堡"。这是一块巨大的岩石。三面非常险峻，有刀劈斧砍似的棱角，而朝向东边的一面则平缓开阔。那是爱丁堡老城所主要修建的地方——因此看起来，巨石"城堡"的东面像是一汪泉水，而城市从"城堡"之泉中流淌出来，然后在毗邻的大地上扩散开来。就在城市止步的地方，高达五百七十英尺的索尔兹伯里峭壁（Salisbury Crags）[1]竖起了一堵岩石之墙。这很像哈德逊河断崖（Palisades of the Hudson）[2]。也是在它的东边，山丘变成缓坡，成为一大片开阔的绿草地，伸入一个叫作猎人沼泽（Hunter's Bog）的山谷。一开始我以为那儿有数量众多的猎人在安静地捕猎，但后来我才发现他们都来自城里，正手持步枪忙于射击练习。从那儿地势又再度升高，不规则地攀至"亚瑟王座"的山顶，形成了我前面提及过的那片绿意盎然的圆形高地牧场。厚厚的草皮铺满整个索尔兹伯里峭壁的山顶，直到其悬崖边缘，就像是人铺上的地毯一样。草皮又厚又密，结果引来不少男孩子拿折叠刀把自己名字的首字母给划在草皮上，就像人们在树皮上刻名字一样。1820年到1821年，卡莱尔在爱丁堡度过了一段阴郁的日子，而"亚瑟王座"是他那段时期最爱的散步场所。对他来说，满山皆

---

[1] 索尔兹伯里峭壁（Salisbury Crags），也是圣鲁德公园中的一处景物。

[2] 哈德逊河断崖（Palisades of the Hudson），指下哈德逊河西岸的一片河岸峭壁。

有可观，而只要天气允许，他显然每天都会上山。[1]

无论在苏格兰还是在英格兰，都没有一条路能像从爱丁堡到埃克尔费亨的这一段那样让我乐在其中。这段路上有不少卡莱尔的足迹。我将要去拜访他出生和安葬的地方。年轻的卡莱尔曾同爱德华·欧文（Edward Irving）[2]一起走过这段路程（苏格兰人说"旅行"的时候，指的是步行）。在去爱丁堡学院（Edinburgh College）的时候，他曾独自一人走过这条路，也因为还是一个小伙子，所以同更大一点的男生一起结伴同行过。他说，在他的"追忆"中，他再没有在别的地方有过如此充满感情、忧伤又多愁善感的旅程，当然，这旅程同样也是有趣和有益健康的。他写道，"你没有旅伴，只有青草在脚下发出的沙沙声，小溪的流水声，或者不知什么单纯古老的生物的叫声"，"我曾拥有过的一段日子像意大利的一样纯净（就像和欧文在一起的情形一样）；又曾有些日子潮湿，雨水淅淅沥沥，头上悬垂着的灰色天空无穷无尽、沉默不语——不过在某种情绪之下，后者也许是最好的选择。你拥有世界，以及被世界弃绝的纷扰。这纷扰中混合了欢乐与悲哀，开朗与阴郁，独独付给你自己。如果光脚更加舒服，那你就脱下鞋袜，把鞋袜拿在肩上，挂在手杖上；你口袋里装着干净的衬衫和梳子；'我背负着我所有的东西'[3]。牧羊人的茅舍干净又结实，你同他们住在一起，有促进健康的鸡蛋、牛奶、麦片粥，

---

[1] 原书脚注：见卡莱尔1821年3月9日给他兄弟约翰的信。
[2] 爱德华·欧文（Edward Irving），1792-1834，苏格兰教士。
[3] 原文为拉丁文omnia mea mecum porto。出自古罗马诗人赛克斯·奥勒留·普罗佩提乌斯（Sextus Aurelius Propertius，约前50-前15）的诗句。

他们的床上铺着干净的毯子,还有浓浓的人情味和真挚自然的礼仪"。

要是在滴水成冰的天气,又没有同伴,什么人能这样走上一百英里?尤其是,如果这段路程每个小时都有一列火车,而且你口袋里还有多余的一英镑金币的情况下。骑马省时,又很悠闲,可这却失去了真正感受土地气息的机会,而且,在这个紧凑的小小王国里,道路都那么吸引人。路面像是一层砂纸,覆盖在坚硬光滑的路基上面。双脚走过这样的道路,是多么轻松愉快!还有夏天的天气——即使是在最炎热的日子里,大气层下的空气也是非常的清新!你呼吸的每一口气都那么凉爽,令人心旷神怡。那种感觉,就像在不远处的空中,有没融化或半融化的冰霜在散发着丝丝凉意。

不过我们最终没有选择步行。我们乘坐火车从爱丁堡往下,而当知道这趟列车的火车头被命名为托马斯·卡莱尔的时候,我们倒是相当满意。火车头的炉膛里烧着熊熊大火。这个钢铁巨怪奋力地工作。"托马斯·卡莱尔"这个名号在上面熠熠生辉。我在想,这个名字的真正主人应该会带着阴郁的快乐注视着这个火车头。因为他说过,他曾经花了不少时间想找一位船长,让船长用卡莱尔的名字给船命名,而就在这儿,这火车头步了船的后尘。昂贵的蒸汽动力赋予这火车头引领列车的神圣权力。

人类的视觉能力赶不上迅疾如飞的火车。蒸汽来不及飘到天上,只能拍打着翅膀飞到我们的肩上。我们没有鸟儿的眼睛,也没有鸟儿的高度,但是我们能鸟瞰风景,能看得远但却没有宽度,能看到细节但却没有整体。要是这样的速度在视野上给我们成比例的延展,要是眼睛的这种享受同一瞥之下的享受能一致相配！坐火车成为游览一个国家的方式。除了不太舒服之外,你会觉得,火车把旅途变短,把旅程拉近,给人的感觉好像根本就不算是旅行!坐火车像是被绑在椅子上,在像家里的室内空间里推拉摇晃。眼前的景色全部颠倒混乱了。除了最远处的景物之外,看到的东西全都极不自然。我们是在一个混乱的平面上移动。没有什么东西是从一个定点观看到的,更不具备一个协调的方位感。只有等到坐上飞艇,眼睛才能享受俯瞰大地的喜悦。那是一个晴朗的夏天,我们从爱丁堡启程向南飞。对这趟航程,我还保留有大致的印象。我能回忆得起那清澈干净、一望无垠的田野,宽阔的山坡,一览无遗的森林、树木,还有各种草和灌木。每一样东西都藏匿或消隐于无边无际的盎然绿意之间——就像北极的白雪给人的印象一样。在这里绿草似乎也统治了一切:山峦、幽深的牧场、山谷,如翡翠般翠绿的风景。

为了不让我徒步行走的计划因为坐火车而落空,我在洛克比(Lockerbie)[1]下了火车。这是苏格兰一个很小的市镇。从这儿我步行走完了到埃克尔费亨剩下的旅程,一段六英里的不长的路程。这是六月的第一天。下午的阳光灿烂地照耀着。我在这片令人陶醉的土地上旅行还不到两周,所以这依然是我的旅行的蜜月期。道路平坦整洁得像沙滩,可是比沙滩更结实。我情绪高涨,脚步轻快。第一支苜蓿的红花刚好盛开。假如我当时是在美国,我大约应该也可以看到苜蓿花。可是,正如我在这儿见到的人一样,这里的苜蓿花比美国的有更加红润的脸庞。我后来在不同场合,以及当季的晚些时候还观察过苏格兰的苜蓿花。我发现比起

---

[1] 洛克比(Lockerbie),苏格兰西南部城镇。

美国的来，苏格兰的苜蓿花颜色要更加艳丽，花期也更长一些。所有的谷物和草类在那里都比在美国成熟得要慢，那边的季节也更长更凉爽。花朵中的粉色和红色也更加普遍。黑莓的花朵总是很正的粉红色，而一些白色的伞状植物，例如蓍草，间或呈现出淡淡的玫瑰色。小小的白雏菊（"春白菊"，苏格兰人这样叫）顶端有一抹绯红，像是对接下来将要绽放的鲜红的罂粟花的一个预示。很快，这片田地将会一点点地被泼溅上罂粟花的鲜红。夏枯草（又叫"自愈草"）的紫色也比我们这边的要深。还有一种植物，是仙鹤草的一种，看上去很像我们那边的野天竺葵，其颜色也更深更厚重。另一方面，这里成熟的水果和秋天的叶子比起我们美国的来，颜色就要显得淡一些。

在农业生产中，无论是此时此刻还是别的时候，最吸引我目光的，是耕作土地、播种芜菁和土豆。犁地简直完成得无比精确。引用爱默生的话来说，这个岛上的土地似乎不是用犁而是用铅笔耕出来的——笔直的田畦整齐划一，完全就是用铅笔和尺子画出来的。在路边我同一位正在劳动的农民攀谈，询问他是怎么做到这一点的。"呵，"他说，"苏格兰人的头脑就是水平仪。"在苏格兰和在英格兰，人们琢磨耕地就像是研究古典美术。他们举办耕地比赛，最好看的犁沟可以得奖。不管是种芜菁还是种土豆，耕地都经过相同的处理：翻土，初耕，复耕，松土，耙土，复耙，碾土。每一小块土地或草丛里被连根拔出的草都被女人和孩子小心仔细地拣出来，要么烧掉，要么用车拉走。这样处理之后的土地表面像一张干净整洁的纸。农夫就要在上面画下完美的线条。两匹马牵犁。这种犁是一种又长又重的农具，有两片犁铧，破开的泥土被分向两边。开第一条犁沟的时候，农夫用木桩来做参照。只要这第一条犁沟完美成型，其后的每条犁沟就用它来作为模板。一垄垄田畦就这样立起来，整齐完美，就像是用模子那么一压或浇筑出来的一样。整个英伦岛屿，从这头到那头，都是这样的情形。每一块被耕过的田地都像是由同一位行家犁出来的一样。

从洛克比出来四英里，我到了梅希尔（Mainhill）。这是一个农场。卡莱尔一家曾在这儿居住了很多年。也是在这儿，卡莱尔第一次接触到了歌德。据弗劳德（James Anthony Froude）[1]说，卡莱尔是在"一条干壕沟里"首次阅读到歌德的。此外，他还翻译了《威廉·迈斯特》（*Wilhelm Meister*）。这片土地朝南边和东边缓缓地下降，在这两个方向呈现出广阔的视野。不过这儿不像弗劳德所说的那样，是个风大萧瑟的地方。这儿庄稼长势喜人，田地平整肥沃。土壤算是硬土，差不多跟在别处看到的一样。毗邻大路的一块坡地里，田垄已经犁好，准备种芜菁。一位彬彬有礼又严肃含蓄的农夫，肩上背着一个袋子，正从袋子里拿出买来的化肥撒进犁沟里。同时，另一个男孩子，驾着一马一车，往同样的犁沟里放入粪肥。还有一个小姑娘，穿着木头鞋子和短裙，用木叉把粪肥给铺均匀。撒粪肥、除杂草、拾捡草料，这些工作在苏格兰的田地里，通常都是交给女人和女孩子做的，而男人做的活儿她们也同样得干，比如收割干草和粮食。

卡莱尔夫妇住在这个农场的时候，卡莱尔先是在安嫩

---

[1] 这里的"弗劳德"指詹姆斯·安东尼·弗劳德（James Anthony Froude），1818-1894，英国历史学家，小说家，传记作者，杂志编辑。弗劳德同卡莱尔私交甚笃，他写了卡莱尔的传记《卡莱尔的一生》（*Life of Carlyle*）。

(Annan)[1]的学校里教书,后来和欧文一起去了柯科迪(Kirkcaldy)[2]。卡莱尔夫妇从自己本就不多的口粮中给儿子留出奶酪、黄油、火腿和燕麦等等。后来一座新的农舍修了起来,旧的那座也依然保留。的确,卡莱尔的父亲在1817年给自己儿子的一封信中还提及这房子,当时新房子正在修建过程中。那时梅希尔盼望能有一个教区牧师到来。"你妈妈非常热切地希望房子能在牧师到来之前修好,不然的话,她说她宁愿跑到山里把自己藏起来。"

从梅希尔开始,道路的海拔缓缓下降,一直行进到埃克尔费亨的村庄。村庄的所在非常显眼。在离村庄还有一英里或更远的地方,就能看到教堂的尖顶从一片苏格兰冷杉的背景中升起。那片冷杉覆盖了后面的整座山丘。我快步走进村庄的主街。在卡莱尔年轻的时候,曾有一条小溪或小河从这座村庄的中心穿过。而这村庄的中心早已被一些生意人给占据了。今天,呈现在你眼前的已经不是原来那条慵懒的小溪,有很多小桥横跨其上。取而代之的,是干涸的河底上一大片一大片的小鹅卵石。村庄里的房屋绝大多数都非常简陋,紧贴着步道修建。看上去像是步道外侧往上拧了个九十度,延伸而成了房屋的外墙。村庄的教堂是一座气派的棕色石头建筑,是当下时兴的风格。教堂的模样看起来更像是同这个富饶的国家保持一致,而与眼前的这个小小村庄并不协调。在教堂背后的墓园里,长眠着卡莱尔。我向墓园走去的时候,一个小姑娘坐在路边,靠近墓园的大门。她在梳着她的黑头发,

---

[1] 安嫩(Annan),苏格兰西南部城镇。
[2] 柯科迪(Kirkcaldy),苏格兰东部港口城市。

整理自己的衣服。她应该是在等着什么人。没错儿，是她的妈妈和兄弟。他们还在村子里磨磨蹭蹭。几个男孩子在剪篱笆上的荨麻。他们说，荨麻煮过去掉上面的刺之后，可以用来喂猪。在墓园的街对面，村子里的奶牛正在吃草。

我本以为，在墓园的众多坟墓中找出卡莱尔的墓应该很容易。他活着的时候那么与众不同，死后也名声显赫。所以我完全没有想过要问问他的墓在墓园的哪个位置。墓园的大门开在安嫩的路上，穿过高高的石墙。我走进大门，沿着最破旧的那条甬道径直走向墓园尽头的一座纪念碑。这座纪念碑很新，看上去非常壮丽。可是，当我看到这座纪念碑的大理石上刻着的是一个陌生的名字时，我本来很好的心情一下子变得茫然无措起来。我试着找了找别的墓，也依然是其他人的。这让我非常失望。我还找到了一长排坟墓，墓主都是"卡莱尔"这个姓的。可是我要找的那位却不在其间。我朝圣的热情受到了毫无来由的打击，变得低落起来。一个人能承受得住多少的失望呢？卡莱尔死后和他活着时一样，当你来到他的脚边向他表示敬意的时候，他一定会让你碰一两次钉子。

突然间，在一个家族墓地里，一块很大的大理石墓碑上，我看到了"托马斯·卡莱尔"这个名字。可细看才发现，这是那位伟大的托马斯的一个侄子。不过，我终于还是找对了地方。这儿就是我要找的卡莱尔一家。高高的铁栏杆围起来一块约莫八英尺宽、十六英尺长的地方。其中最新的一座坟墓比其他的要更高、更宽大一些。但这座坟墓没有任何石碑或标记之类的以供辨认。不过我相信，在我离开那儿之后，应该有石碑或别的什么纪念碑树立起来。墓上的青草中，间杂有几朵雏菊和婆婆纳花。婆婆纳花漂亮的花瓣像是蓝色的眼睛。那位伟人躺在那儿，头向着南方或西南方。在他的右边，安息着他的母亲、姐妹和父亲，在他左边是他的兄弟约翰。我很欣慰地知道，这道高高的铁栏杆不是卡莱尔本人的意思。他的父亲在他自己还活着的时候就在这块家族墓地上加了这道栏杆。在修建了一半的时候，卡莱尔很希望能拆掉这道栏杆。这片墓园，除了墓碑石的尺寸特别巨大以外，整体看起来都很像美国的风格。墓园坐落在教堂后面，和教堂之间彼此独立。它没有环绕着教堂，成为教堂的一部分。它更像是一座死者的花园。这更类似于古老教堂的情形。和在别的地方一样，我在这儿也同样注意到，人们习惯于把死者的工作或职业刻在他的墓碑上：某某人，石匠，或者裁缝，木匠，农夫，如此等等。

一位年轻小伙子和他的妻子正在一间培育小树苗的苗圃里工作。苗圃就在墓园旁边几步远。隔着苗圃的篱笆，我同他们交谈了几句。他们说他们见过卡莱尔很多次，言谈之中依然流露出对卡莱尔真挚的尊重和敬仰。这位年轻小伙子说，他曾经看到过卡莱尔夏天的时候来到这里，没戴帽子，在墓园中站在他父母的坟墓旁边。"他在那儿伫立了很久，非常恭敬。"年轻的园丁如是说。我知道这是卡莱尔长久不变的习惯：每年夏天他都会回到这里敬拜，不戴帽子，在墓地里久久逗留。他最后一次来到这里，是他去世的前几年。那一次他已经非常虚弱了，是靠两个人搀扶着他走进这墓园里来的。他的这个敬拜习惯让人想起了他在《文明的忧思》（*Past and Present*）中的一个段落。当谈到中国皇帝的宗教习俗时，卡莱尔说："他和他的三亿臣民每年都要参拜他们父亲的陵墓（这是他们最为重要的时令习俗）；每个人参拜他们自己父母的坟墓；在陵墓间人们庄严肃穆，默不作声地静默在坟前,献上他们对父母的'崇拜'或者其他可能的思虑;神圣的天空在人们的头顶上完全地寂静无声;每个人的神圣的坟墓,还有皇帝的那个最神圣的坟墓,在人们的脚下完全地寂静无声;如果有灵魂的话,自己灵魂的脉搏,是唯一能听到的东西。真的,这也许就是一种崇拜!真的,如果一个人无从瞥见永恒,无从从坟茔的门洞瞥见永恒——那他还有什么别的途径能够感受到它呢?"

卡莱尔最动人的品质中包含了他对家人的敬重和关爱,而这也在一定程度上构成了他对余下的人类的轻蔑。家族的印记从未如此强烈地烙在一个人身上,也没有哪个家庭比卡莱尔的家庭具有如此特殊、如此深刻的印记。通常来说,假如一位伟人出身自低贱的农村家庭,则其身上家庭的原生气质要么极大地发展,要么完全地转变。但是卡莱尔身上完全保留了他父亲的特征,没有一点消失;他是他父母更加优秀的结晶。他父亲的嗓音非凡,凡是知道的人都感到害怕。这嗓音毫无保留地传给了儿子,而且更加巨大,杀伤力就像大马士革弯刀,厚重得像长柄大锤。他父亲最强壮和最优秀的特征全部遗传给了他。的确,天赋的溪流似乎一路从老维京人祖先那里顺流而来。卡莱尔不完全是苏格兰人;他的先祖是古挪威人。在他身上有显著的斯堪的纳维亚特征;或多或少流露出维京时代的性格:粗鲁,吵闹,欺凌弱小,打打闹闹,喜欢摔跤。他心中首先接受的,是雷神的锤子(The Hammer of Thor)[1],而不是他石匠父亲的榔头。他属于苏格兰,过去是,现在也是;精神上是,身体上更是。约翰·诺克斯(John Knox)

---

[1] 雷神的锤子(The Hammer of Thor):托尔(Thor)是挪威神话中的天神,掌管雷电,暴风雨等,手持一柄锤子(Mjölnir),有开山之力。

和盟约派分子（Covenanters）[1]在他身上延续：见证了他的宗教狂热，他信仰的深度和肃穆，他的挣扎和极度的痛苦，还有他信仰的"改宗"。莪相（Ossian）[2]在他身上延续，见证了那对往昔感伤的回顾，那阴郁又动人的哀哭。尤其是，如我所说，他那最直接的先祖在他身上延续——他那强健，吃苦，大嗓门，重家族的自耕农先祖们都集中在他身上，并凝结成十九世纪的文学能得到的最纯粹的结果。

卡莱尔的心灵始终都在这里，在苏格兰。某种道不明却又焦灼的乡愁始终占据着他的内心。在《文明的忧思》中，他说"我第一次看见日出的那座山丘，当太阳和我和一切东西都还沉浸在曙光之中时，谁能使我与之分离？神秘主义，是深深地扎进我出生的土壤的根，深到了世界的中心。没有哪棵树的根能如此之深。"这追忆的悲恸是怎样地浸透纸面啊！他的民族，一代又一代，在这孤独的旷野中辛勤劳动工作，同贫穷和匮乏搏斗，从土地中榨出微不足道的生存所需，直到土地进入了他们的血脉，他们同土地成为一体。这个家庭的纽带在生存的抗争中变得多么紧密，家庭的感情培养得多么亲密！卡莱尔一家将他们的心思和精力毫无保留地投入在工作之上；他们把他们自己、他们的日子、他们的所思与忧伤通通修建进了他们的屋子。他们布满沟壑的额头上滴下汗珠，这汗珠浸润了他们脚下的土地。当卡莱尔的父亲

---

[1] 约翰·诺克斯（John Knox），约1513-1527，苏格兰牧师，神学家，作家，宗教改革运动领袖，被认为是苏格兰长老会的创立者。盟约派分子（Covenanters），是苏格兰宗教运动中长老会的中坚力量。他们的主张和行动对于苏格兰历史发生了重大影响。

[2] 莪相（Ossian），凯尔神话中古爱尔兰英雄，也是杰出的诗人。

詹姆斯·卡莱尔（James Carlyle），在五十年后看到奥德加斯桥（Auldgarth）时，他被深深地感动了。当他还是个小伙子的时候，他就在这座桥上工作了。当卡莱尔自己看到这座桥时，他想起了他的父亲，还有父亲对他说过的那些话，他也深深地感动了。"就好像过去半个世纪的时光宿命般地一下子全部回来了。"这些人的双手在艰苦的劳作中不论摸过什么东西，那些东西都变得无比神圣，成为他们生命中的一页。他们在他们的工作中建立起了某种沉默的，语言无法言说的宗教。所有这些在他们卓越的后代身上结出硕果。它给予他回望过去、有些哀恸的凝视；大地在他身后变得神圣；他死去的祖先在他们的坟茔中呼唤着他。没有什么能像贫穷、劳作和苦难那样深化和增强一个家族的品格。是炉火淬炼出品性，是压力让底层更坚固。有人回忆说，一天深夜，卡莱尔的祖母把她所有的孩子都叫起来，卡莱尔的父亲是其中一个。全家人已经挨了很久的饿，现在终于弄到了食物。老祖母抽出床下的稻草升起火来，大家分吃燕麦饼。可以想见，这样的事情触及存在之源。

看起来，让卡莱尔沉睡在他出生的土地上，同他的家族在一起，是非常有道理的。他完完全全就是他家族中的一分子。他的位置应当放在他母亲的旁边。他和他母亲之间有非常强烈的感情。我记得，在卡莱尔写给他兄弟约翰的一封信中，有他对他母亲的一小段描写。当时他兄弟约翰正在德国求学。而他的母亲到爱丁堡来看望他。卡莱尔写道："我带她到利斯（Leith）[1]的码头，指给她看你的船离岸的地方；她凝视着东去的蓝色大海，双

---

[1] 利斯河（Leith）是流经爱丁堡的一条河流，其入海口的地方也叫利斯。

眼潮湿,向着无言的潮水问道,'他什么时候再回来'。亲爱的妈妈。"

为了多看一看埃克尔费亨和那儿的人,更为了在我还有空闲的时候多领略一下那儿的乡村,我把我的妻子和小孩子从洛克比带了来。我们在那儿逗留了几天,吃住都在安静又整洁的布什小客栈(Bush Inn)。我在附近走了很多地方,观察鸟儿、野花、这儿的人和农场的工作等等。一天下午,我去了司哥茨布瑞格(Scotsbrig)。这是卡莱尔一家离开梅希尔之后住的地方,也是卡莱尔的父母亲去世的地方。另一天我去了安嫩。还有一天是"悔悟山"(Repentance Hill)。再有一天爬过山到了科托布里奇(Kirtlebridge)[1],目的是为了试试看土地,结果发现土地很棒。我找到一处地方,是永恒和不变最好的注脚。那是卡莱尔出生的房子,那已经是八十七年之前的事儿了。这房子是卡莱尔的父亲修建的,现在还像刚建起来时一样挺立着。房子看起来状态很好,再有个几百年或者更久也不成问题。我爬上卡莱尔第一次看到阳光的小房间。脚下的石头阶梯已经斑驳,但同石头地板一样,都还是原初的东西。我怀疑就连小窗户里的窗框也都还是原本的。这个小村子非常安静简陋。街道铺着小小的鹅卵石。你能听到木屐走在上面发出的咔嗒声。这同卡莱尔小的时候依然一模一样。街道一直走向低矮、朴素的石头地板房。大多数房子,都只需要一步,就能从街上直接跨进去。英格兰或苏格兰的平民阶层在修房子时,要么把房子背对着大路;要么把房子修得同大路

---

[1] 科托布里奇(Kirtlebridge),苏格兰南部一个村庄,在安嫩东北方八公里处。

离开几杖远，用车棚或马棚隔开；更或者在房子周围种上一圈又高又密的篱笆，好把路人的目光完全挡在外面。在乡村，就把房子前门修得紧紧挨着街道；如果可以的话，最好把道路的人行道给接进家里的客厅来；在房子和街道之间没有任何篱笆或者阻挡，相反还尽可能地让房子和街道之间保持开放，从而能够有所沟通。至少绝大多数老房子都是这样的布局。不列颠的农舍或村舍同美国的比起来没那么私人和独立隔绝，而村子里的房子也远没有那么公共。在埃克尔费亨，除了教堂之外，唯一能同这极其简陋、有上百年历史的乡下村子相区别开的，是公共学校。这是一座石头建筑。石料又大又好。学校赋予这地方某种荣耀，似乎它同关于出生于此地的那位著名人物的回忆有某种联系。我觉得我在哪里看过，卡莱尔还参加过这个学校的一些建设。他最开始上学时念书的所在是个低矮简陋的房子，现在坐落在教堂背后，成为隔开墓园和安嫩路的界限的一部分。

我经常从我们的房间窗户观察形形色色的人们。劳动者们去上工，孩子们去上学或去水泵打水，还有妇女们每天早晚从牧场上牵了奶牛来挤奶。六月的黄昏时光漫长，要到晚上九点才能把挤奶的活儿做完。有那么两次，在凛冽的雨中，出现的第一个人影是一位年轻的女性。她浑身湿透、孤苦伶仃，把自己深深地包裹在头巾里。她顺着小路慢慢走来，时不时停下脚步，胡乱唱着忧伤但又并非不快乐的调子。她的嗓音里有一种奇特的哀伤和野性，极富穿透力。时不时有路人经过，或许会在她脚边扔下一个便士。在客栈里为我们服务的一位美丽的爱丁堡姑娘——她的头发比苏格兰人的金发更红。爱丁堡姑娘走进雨中，把一便士放到唱歌女人的手中。在要到了几便士之后，歌声停息，唱歌的女人不知去了哪里——许是把所有的钱拿来喝光吧，我只是这么猜测，却无从知道究竟。不过我注意到，从来没有人不尊重地粗鲁对待她。男孩子们可能会停下脚步，偶尔瞧瞧她，可什么也不说、什么也不做，更不会做鬼脸戏弄她。一天下午，一个流浪展览在街上宽敞的一角搭起帐篷。一只手风琴起劲儿地拉着，引得村里所有的小孩儿都想去看热闹。入场券是一便士。我同其他人去看了。我看到了侏儒、大狗、欢乐的家庭，还有张着大嘴，小脸脏兮兮，可是却很守秩序的小男孩儿和小女孩儿们。我曾试图和埃克尔费亨的几个男孩子们交朋友，可这事儿并不成功。他们在陌生人面前表现得沉稳安静，非常内向害羞。而且，同所有的乡下孩子一样，他们天生就是自然之子。如果你想知道哪里有鸟巢的话，问那些男孩子们就成。所以，在一个星期天下午，当我在安嫩路上碰到两个男孩子时，我就这样问了。一开始他们茫然四顾，没有反应，但我让他们明白我没开玩笑，希望他们能指给我看鸟巢在哪儿。为了激励他们的鸟类学热情，我答应他们，只要找到第一个鸟巢，我就给他们一便士，第二个两便士，第三个三便士，以此类推——事实证明，这一奖励机制极大地减轻了我当"不列颠鸟巢警察"的重负。因为这两个男孩子看起来知道这片地区每一个鸟巢的位置，而且我怀疑就是从那时候开始，他们整个儿星期天都用来寻找他们那些长着羽毛的朋友了。他们脸上挂着腼腆的笑，转过身带着我沿大路走了几步，在一处篱笆边停了下来，指给我看一个篱雀的窝，那窝里面还有小鸟儿。鸟妈妈就在旁边，嘴里还衔着食物。这样的鸟巢是杜鹃的最爱。正如莎士比亚说的：

> 那篱雀养大了杜鹃鸟
>
> 自己的头也给它吃掉[1]

实际上，篱雀完全不是麻雀，而是莺鸟，同夜莺相近。之后，两个男孩子引着我又走上了一条非常漂亮的小径，在离树枝稍远一点的一个地方，他们指给我看一个盛有鸟蛋的麻雀窝。一大丛野紫罗兰——这是我在这儿看到的第一丛紫罗兰，将旁边的河岸染得生气勃勃。接下来，凑在一起严肃地讨论了一会儿之后，两个孩子又把我带到了一处知更鸟的巢前——这个鸟巢搭在河岸边，温暖又长满了青苔。这之后，我们转向另一条路。两个孩子在地上的草丛里发现了一处黄鹂的窝。黄鹂属于雀鸟的一种。黄鹂在窝的前面搭了一个粗糙的小干草堆，像是家门口的门槛石。另外，这两个孩子还指给我看了其他好些个鸟窝，有几个是篱雀的，还有一个是苍头燕雀的。苍头燕雀的那个巢，用这两个孩子的话说，是被"夺了"，就是被抢了。这几个鸟巢都是意料之外完全顺便找到的。接下来，两个孩子又指给我看一个山雀的窝。这个窝修在靠近墓园的一个废弃水泵里面。然后，他们决定带我去看一看花鸡和画眉的巢。我说这两种鸟儿的巢我已经看了很多了，对于它们的好奇心已经很是满足了。他们还知道别的吗？知道，还有一些。离开村子，在米多比（Middlebie）[2]路上，他们知

---

[1] 本处引文典出莎士比亚剧作《李尔王》（*King Lear*）第一幕第四场。译文引自：[英]莎士比亚.《李尔王》.朱生豪 译，方平 校.载《莎士比亚全集》（九）.北京：人民文学出版社，1978.176

[2] 米多比（Middlebie），是邓弗里斯和加洛韦郡的一个村子，在苏格兰西南部。

道一处鹪鹩的窝，有十八个蛋在里面。唔，我想看看这个，看完这个也就足够了；这些"鸟巢警察"们的钱袋子鼓得也太快了。于是我们穿过村子，沿着米多比路走了大约一英里。这两个男孩子一言不发，走得严肃庄重，就像是在去参加葬礼的路上一样。没人说话，没有嬉笑，我们走得飞快。按苏格兰的气候来说，这天下午算很温暖的了。孩子们的头发在前额上拂过，耳朵尖在头发里又红又热。我开始感觉我走不动了。"孩子们，还有多远？"我问道。"先生，再走一点。"随即，他们加快了脚步，我知道我们已经接近了。那是一个柳鹪鹩或柳莺的巢，结构非常精巧，有顶棚似的结构。巢穴内铺着羽毛，挤满了鸟蛋，只是容不下十八只那么多。两个孩子说，人们告诉他们这鸟儿能产下十八只蛋那么多，但其实，能下那么多蛋的，是普通的鹪鹩——它们甚至能产下更多的蛋呢。那天下午最打动我的，其实是这两个孩子的庄重、沉默和认真。在我们回去的路上，他们指给我看更多被"夺了"的鸟巢。两个孩子中，大一点的名叫托马斯。他听说过托马斯·卡莱尔。可是当我问他对卡莱尔有什么看法时，他只是笨拙地盯着脚下的土地。

另一天，我偶然碰到一位道路养护工。我同这位老人的交流毫无困难。当时我正走在去"悔悟"山的路上。这位老养路工和他的"机器"（在苏格兰，路上跑的任何一种车辆都被叫作机器）从我身边经过。老人坚持要我上去坐在他身边。他有一匹白色小马，"二十一岁大，先生"，和一辆两轮马车。马车沉重，吱吱作响。要我说，已经相当陈旧了。我们谈论起道路来。美国有很好的路吗？没有？那里没有"金属"，没有石头吗？有很多，我告诉他——太多了，但是我们还没有学会修路的艺术。于是他可以从苏格兰"出来",到美国来教教我们;真的,这位老人开始认真考虑起这个主意来;他有一个叔叔在美国,只是已经完全没有了联系。他曾经见过卡莱尔很多次,"可是这儿的人对他没什么兴趣,"老人说,"他从来没有为这个地方做过什么。"至于谈到卡莱尔的老一辈人,老养路工说:"用我们苏格兰人的说法,卡莱尔一家是霸王——一家人都是欺负人的霸王,先生。如果你穿过他们的走道,他们没准儿会杀了你。"说这话的时候,老人露出一副标准的"埃克尔费亨斗犬"的凶狠神色。这是卡莱尔在他的《追忆》中称呼和描绘过的神色。此时此刻,这位老养路工说,"卡莱尔一家"联合一起,欺凌和谋杀了这儿一半的居民!"不,先生,我们对那个人没什么兴趣。"他边说边挥动马鞭。鞭梢在小马身上响亮地抽了一记。路上不断有女学生被我们的马车超过。老养路工对她们的态度非常友好。他不断招呼这些"小姑娘们"坐到马车上来,直到马车上坐满了人,一路送她们回家。走过安嫩桥,我同老养路工告别,再稍微走了一段路,就来到了"悔悟"山。山上遍布青草,山顶高处一望无际,可以俯瞰到索尔韦(Solway)[1]。山顶上有一座塔,是这片地区引人入胜的古迹之一,只是这座塔的用途和选址已经无人能知,所有关于它的记忆和过往都已经湮灭不闻。这座塔是非常粗糙的石头建筑,大约三十英尺见方,四十英尺高。只有一扇门。门楣上用古英文字母刻着一个词"忏悔"。石塔的墙上到处都是洞,有火枪打的,也有弓箭射的。一个已被废弃的古老墓园围在石塔周围。在石塔背后,还立着个小礼拜堂的断墙残垣。野兔在石塔的地基下面打

---

[1] 索尔韦(Solway),英格兰西北部到苏格兰安嫩地区的一片沿海平原。

洞。有的贵族，在下面的山谷里有城堡，把自己的旗杆插在石塔上面。这里的每一块石头上都刻写着岁月的痕迹。有一块灰浆，怕是有三四百年了吧，已经从它原本涂抹的地方掉落了下来。我拾起一看，发现它已经变得同石头一样坚硬、发灰，上面盖满了青苔。回程路上，我在安嫩桥上站了一会儿，趴在桥栏上凝视着河水。清澈的河水打着漩地流着，不时有鳟鱼从水面上跃起。无论何时，行人走到这样一座拱桥上，他一定会停下脚步赞叹不已。这番景象和他熟悉的家乡风光是那么不同。因为这是一座真正的高架桥；它不仅仅帮助行人越过脚下的河流，它还连接河两岸的道路。这样一座拱桥完全如理想般的完美无缺，没有任何可以批评的地方——没有任何多余的部分或浪费，每一块石头都恰如其分，每一块石头都不可或缺。对某一个建筑，我们可以有各种各样的评价，但是对于所有像这样的古老石桥，我们全部的评价唯有一句：它满足了我们精神的每个层面。它既有诗歌一样的优美，又有数学一样的精准。那些古老的桥，好比安嫩河上的这一座，微微有些弧度，因此道路从桥的两侧徐徐升起，直到桥拱中心。这样的造型增添了它们的美丽，让它们看起来更像是有生命的东西。现代的桥顶始终保持水平，这增加了它们的实用性。有两位干活儿的人也在桥上聊天儿。他们说，要想钓鱼很简单，只要我跑到城堡里去找管理人员获得许可就行。

对于岩燕，莎士比亚说道：

*就像燕子把巢筑在风吹雨淋的屋外的墙壁上，*

自以为可保万全，不想到灾祸就会接踵而至。[1]

我注意到，我们住的小客栈对面的那栋楼，有一对岩燕在屋檐下的铁支架上筑了巢。这好像证明了"灾祸就会接踵而至"。因为有一天，粉刷匠们开始刮那栋楼的外墙，为重新粉刷那栋楼做准备。结果这个"生命的摇篮"被敲落了下来。然而岩燕们并没有放弃这个地方，它们第二天就重新开始了筑巢的工作，比粉刷匠们开工得还早。顺便一说，苏格兰人喜欢到处使用涂料。他们甚至会给墓碑也刷上一层涂料。据我观察，大多数情况都是将褐色的石头刷成白色。卡莱尔的父亲有一次非常坚决地把上门来的粉刷匠给赶走。因为家里的年轻人请来粉刷匠，打算给房子"添件衣裳"。"你们就只能往自己的脏腿上糊上一腿泥，你们一点烂泥都别想弄到我的门上。"[2]不过最后粉刷匠们还是报了仇，他们的"烂泥"现在已经刷在老卡莱尔的墓碑上了。

一天，我往科托布里奇方向走，在离开村子约一英里的地方，走到一处荒草丛生的墓园。在那儿我看到好多卡莱尔家族老辈人的坟墓，其中一些是卡莱尔叔伯辈的。卡莱尔这个姓在那些古老墓园中非常常见。显然，这是一个昌盛且顽强的大家族。而托马斯这个名字在家族中也很受欢迎。在两座墓园的坟墓和墓碑

---

[1] 本处引文典出莎士比亚剧作《威尼斯商人》(*The Merchant of Venice*)第二幕第九场。译文引自：[英]莎士比亚.《威尼斯商人》.朱生豪译，方平 校.载《莎士比亚全集》（三）.北京：人民文学出版社，1978.44

[2] 原文这段话是用的苏格兰方言：Ye can jist pent the bog wi'yer ashbaket feet, for ye'll pit nane o'yer glaur on ma door. 写成标准的英文是：You can just paint the bog with your ash-baked feet, for you'll be putting none of your slime on my door。

上，我总共看到了八个托马斯·卡莱尔，而我看到的最老的一位卡莱尔的墓，属于一位叫作约翰·卡莱尔的人，他逝世于1692年。他的墓志铭这样写着：

"佩内斯奥斯（Penerssaughs）人约翰·卡莱尔长眠于此。他的生命止于1692年5月17日，享年72岁。其配偶珍妮特·戴维森，生命止于1708年2月7日，享年73岁。其子约翰立。"

现在住在卡莱尔家的老房子里的，是这里的教堂司事。我经常在教堂的墓园里见到这位老人。他很熟悉卡莱尔一家人。关于卡莱尔的父亲——那令人敬畏的詹姆斯，司事知道不少有趣又很典型的逸闻。这些逸闻趣事大多反映出老卡莱尔说话直率又朴素的特征。带着明显的自豪神情，老司事指给我看墓园里的几座著名人物的坟墓。其中就有那位老皮尔（The elder Peel）的墓。在说到其他好几座更为古老的坟墓时，老司事说它们"灭绝"了。这些墓没有主人，无人认领；墓碑上的名字已经磨灭，墓穴被重新使用。在这些古老的墓园里，普通的坟墓大约过两百年的光景就会走向"灭绝"。很难找到比之更古老的坟墓了。老司事说，"卡尔斯"（Cairls）是非常特殊的一个家族，没有人和他们一样。你应该知道他们，无论男女，只要他们一开口说话，他们说话的感觉时就像冲着墙壁一样（每一个词从嘴里吐出来都铿锵有力）。这情形很像卡莱尔对他自己风格的描述。"我的风格，"卡莱尔三十八岁的时候在他的笔记中这样说道，"同别的人都不一样。我的第一句话就泄露了我的内心。"的确，尽管卡莱尔的风格遭到很多批评，但他的风格就是他本人的一部分，丝毫没有虚伪做作，同他那粗鄙农夫的蓬乱的头发、硬扎扎的络腮胡子以及暗淡的眼睛一样，都是他的一部分。他继承了所有这些。泰纳说卡莱尔野蛮。这野蛮是他强壮的泥瓦匠父亲的遗产。他是他父亲全部骨血的承续,一个领袖般的建筑者竭尽全力工作的成果。父亲喜欢把岩石一般的面容投向石墙;儿子把同样岩石一般的面容投向笔下的句子。后者坚毅的程度一点也不比前者要差。没有别的作家,无论是古代的还是现代的,可以这样做。

离村子一英里的地方有个车站。我有时候会看到旅行者在车站询问去教堂墓园的路。不过据说近些年来,到这里来的朝圣者和旅行者数量显著下降。在卡莱尔下葬后的几个月中,来悼念和参观的人把墓园的草皮扒下来当作纪念品带走,他们几乎把墓园的草皮全给扒光了。但在《追忆》出版之后,到那儿去扒草皮的傻瓜大大减少了。真正热爱卡莱尔的崇拜者不会对这些"追忆"感到不安。那些因为卡莱尔有名而追逐他的人,在卡莱尔死后敲下他的墓碑或扒下墓上的草皮做纪念,对这些人而言,卡莱尔的《追忆》则完全会让他们吓破了胆。

一天,我走去安嫩。这是我最惬意的一次旅行。欧文的名字还留在那儿,但是我肯定他所有的至亲都已经去世。跨过街道,从他出生的那座小房子里,能看到这样一块牌子:爱德华·欧文,屠夫。在格拉斯哥的时候,我去看过欧文的墓地。在教堂非常幽暗的地下室里,标识欧文墓穴方位的青铜铭牌嵌在石道上闪闪发光。而他墓穴四周那些属于这位先生或者那位女士的铭牌,相形之下则就暗淡了许多。这让我深有感触。是因为有虔诚的双手擦洗过这铭牌,还是因为数不清的双脚在这名字旁驻足沉思,把这铭牌打磨得这样光亮?如果不是因为同卡莱尔有交集,欧文也许早就被这世界所遗忘。我觉得,很大程度上是卡莱尔回忆的光芒映射在刻有欧文名字的铭牌上。这两个人之间,其才华在很多地方都像一家人似的接近，只是欧文对于现实的把握要更弱些。他写的东西没有如炮弹般的力量。在铲子里点燃火药和在枪膛里炸燃火药是完全不同的。可以说，欧文能燃起炫目的光辉，但是跟着就在烟雾中消失不见了。

有些人像钉子，轻易就能拔下来；另一些人则像铆钉，完全没法拔动。卡莱尔就是颗铆钉，一头扎得死死的。他绝不会让路，也不会被轻易忘却。与他观点相左的人污蔑他是演员、是江湖骗子、是吹牛皮的人，可是他绝不动摇自己的目标，以严肃的态度扮演好自己的角色。看呐，他是多么的艰辛！他说，"这世上的怪物，是那游手好闲的人"。他并不单单布道劳动的福音，他就是劳动——从始至终，他都是个不屈不挠的劳动者。他探究得多么深入！你看他为了找到可靠的地基，像那建筑大师，穿过废土和流沙，直到抵达岩石层。他的评论文章每一篇都要花上他一个月甚至更长时间的辛苦工作。《拼凑的裁缝》(*Sartor Resartus*)用了他九个月；《法国大革命》(*The French Revolution: A History*)，三年；《奥利弗·克伦威尔书信演说集》(*Oliver Cromwell's Letters and Speeches, with Elucidations*)，四年；《普鲁士腓德列大帝史》(*History of Friedrich II of Prussia*)，十三年。卡莱尔的父亲参加了奥德加斯桥的建设。这座桥坚固结实，让人们放心跨过桥下湍急的河水，而卡莱尔的书也不亚于一座桥，当读者没有路或有路但不通畅时，他的书帮助读者渡过思想的深渊和迷惑。在没有清除自己思想上的深渊或泥淖之前，在没有跨越并征服自己的混乱之前，卡莱尔绝不动笔写作。没有哪位建筑师或工程师有这样明确切实的目标。让读者沿着自己的道路前行，而不是哄骗或娱乐他们，这就是卡莱尔的目标。同所有严肃努力的工人一样，卡莱尔蔑视一切游戏玩乐的和轻浮享乐的态度。他对于诗歌和艺术没有耐心；诗歌和艺术充满了玩乐和轻浮的味道。卡莱尔自己的作品从来都不是轻轻松松写出来的，而是充满了劳动的艰辛和痛苦，就好像在洪水翻滚的混乱中竖起桥柱。始终至高无上的，是他所继承而来的拼搏和斗争精神。他母亲的阵痛辛劳和企盼成为他的胎记。整个世界在他周围疯狂奔涌，试图要将他吞没。万事万物呈现出可怕的幽暗的形状。对他来说，极少欢乐和安详。他给自己设置的每一次任务都是同混乱和黑暗的一次斗争，不论这混乱和黑暗是真的还是出自想象。他说"腓德列大帝史"是一场噩梦，"克伦威尔书信演说集的写作"是一次在山峦和尘土中的苦工。我不知道还有谁在文学中对于劳动有这样鲜明和痛苦的感受。当写作的担子压下来时，父辈的力量，宏大、坚强、拼搏、沉默、难以言喻，全部显露在他身上，永不停止挣扎，绝不暗哑无言。他有过剩的力量：在岩石中一定要凿出一条通道出来。当一本书开始动笔之时，一定有最初的困难。在别人看来是欢乐愉悦的事物，比如说，某个轻松快乐的工作，带给卡莱尔的一定是绝望和战栗。这不是纯粹为了写作所做出的努力——卡莱尔是个高效和多产的作家和演说家——而是目标的压力，是力量和效率的分歧，是卡莱尔经常提到的征服魔鬼、伪神和冰冷麻木的感觉。因此，已完成的写作完全及不上写作本身，无法像写作本身那样带来完成某样东西的生动感觉。他会赞美沉默和光荣的工作。而言语难以表达的特质一直存在在他身上。这是他的每一个句子的核心：难以言喻的东西就围绕在他周围；孤独就像空气一样包裹着他。他的书不容易读。对大多数人来说，读他的书像是在打架。他的风格像是一条用石头铺成的路：当路是好的的时候，没什么东西像它一样好；当路是坏的的时候，没什么东西像它一样坏！

在《文明的忧思》中，卡莱尔无意识地描绘了他自己的人生和性格。这描绘比任何别的人的都要更加真实。"这个人的生活中没有五朔节的游戏，而是战斗和行军，是同封邑君主和权力的战争，没有穿过芬芳的柑橘园和草地鲜花的悠闲散步，没工夫等候合唱的缪斯和玫瑰色的时刻。这是一次严峻的跋涉，穿过燃烧的、如沙地般的孤寂，穿过布满尖锐冰凌的地区。他在人群中前行，怀着难以表达的怜悯爱着世人——尽管世人并不爱他，然而他的灵魂寓居于孤独之中，生存于创造的最高一层。在绿洲中的棕榈树泉眼边，他稍作休息，但很快他就再次上路。陪伴着他的是恐惧和辉煌，大恶魔和大天使。整个天堂和魔鬼的居所，都是他的旅伴。"毫无疑问，世界上一部分人会坚持认为，魔鬼的居所占据在卡莱尔主要的劝诫和主张里。但也有足够多的人想得不一样，他们的数量在将来一定会增加。

# 第四章　寻找夜莺

五月下旬我在苏格兰漫游，六月上旬去了北英格兰，最后到达伦敦。当时我心情平和，打算悠闲从容地看看这片土地。可我完全没有意识到，我快错失享受另一件赏心之事的时机了。这件事我在横渡大西洋的时候就对自己保证过，那就是倾听夜莺歌唱。我6月17日抵达赫兹利摩尔（Hazlemere）[1]附近的树林，在萨里（Surrey）和萨塞克斯（Sussex）[2]的边境，住在伦敦的朋友推荐的农舍里。农舍主人是一位老农。当他告诉我，我来迟了，夜莺唱歌的季节已经结束时，我觉得非常非常失望。

"先生，我认为她的演唱现在已经结束，我有一阵子没有听到她的声音了。"当我和老农坐下来一起品尝一杯苹果酒的时候，他这样说道。这是我尝试过的最烈的苹果酒。

"太迟了！"我觉得深深的懊恼，"我应该几个星期以前就到这儿来的。"

"是的，先生。她的演唱现在结束了。五月是听夜莺唱歌的季节。杜鹃的演唱也结束了，先生。杜鹃唱完之后，你也就听不到夜

---

[1] 赫兹利摩尔（Hazlemere），英格兰南部白金汉郡一个村庄。
[2] 萨塞克斯（Sussex），英格兰南部古郡名，在萨里郡以南。

莺了,先生。"

(这里的英格兰乡下人在每句话后面都带上一个"先生",他们说话的腔调又长又慢,难以形容。)

可是就在那天下午我还真听到了一只杜鹃的声音。因为这个,我又重振起信心来。后来我认识到,这里四方的乡下人都是这样把这两种鸟联系起来的。如果一种鸟不唱了,那另一种你也就听不到。可是我一直到七月中旬还每天都听到了杜鹃的歌声的。马修·阿诺德(Matthew Arnold)对这种流行观点的反应写在他的诗作《塞尔西》(Thyrsis)[1]。他让杜鹃在六月起头的时候就唱道:

花期已过,我也随花期离开!

在莎士比亚那里我也有所发现。他说:

他就像六月里的杜鹃鸟一般,

人家都对他抱着听而不闻的态度[2]。

看来这鸟儿真的直到八月都还不会离开。我找来吉尔伯特·怀特的研究资料一看,结果却让我更加不安。我要是早几天

---

[1] 马修·阿诺德(Matthew Arnold),1822-1888,英国诗人,文化批评家。《塞尔西》是其所作的一首诗歌,哀悼其友,诗人亚瑟·休·克拉夫(Arthur Hugh Clough, 1819-1861)。塞尔西是罗马诗人维吉尔(Virgil,前70-前19)《牧歌》第七首当中的一名牧羊人,也是一位歌者。参见:[古罗马]维吉尔.《牧歌》.杨宪益 译.上海:上海人民出版社,2009

[2] 本处引文典出莎士比亚剧作《亨利四世上篇》(Henry IV, Part 1)第三幕第二场。译文引自:[英]莎士比亚.《亨利四世上篇》.朱生豪 译,吴兴华 校.载《莎士比亚全集》(三).北京:人民文学出版社,1994.171

读到他的研究资料就好了,因为他也把夜莺结束歌唱的时间定在6月15号。不过我想,季节不一样,再说,这些长羽毛的歌手,不可能任何一种都在同一个给定的日子里停止歌唱。倒是有这样一个说法,说英王乔治一世去世的时候,所有的夜莺因为这个悲伤的事情难过得有一整年都没有唱歌。可是,乔治陛下是6月21号去世的。要这么说的话,那我似乎还有几天可以听到夜莺唱歌。之后,我继续阅读怀特的书籍,并且发现他说花鸡在六月初停止唱歌。这下我更有信心了,因为前面那天我也听到了花鸡叫的。不过,显而易见的是,我再没有时间可以浪费了。我现在就处在分界线上,最后的那位歌手每一天都有可能停止歌唱。要知道,夜莺只要一开始抱窝孵蛋,就不会再唱了。等小鸟孵出来后,你能听到的就只有刺耳的尖叫和焦虑的叽叽喳喳了。诗人们将夜莺的忧郁和紧张归因于对失去孩子的担心,但这完全不对。在失去了欧律狄斯(Eurydice)之后,俄尔普斯(Orpheus)悲伤不已[1],维吉尔(Virgil)[2]这样描绘道:

于是菲勒梅拉置身于白杨木的阴影当中,

---

[1] 俄尔普斯(Orpheus)是希腊神话中的著名乐师,传说他的音乐不但能让所有的生物陶醉,甚至还能打动石头。欧律狄斯是宁芙仙女,也是俄尔普斯的妻子。欧律狄斯不幸被毒蛇所咬而死去。深爱妻子的俄尔普斯哀伤不已,决定深入冥界要求冥王让妻子复活。冥王哈迪斯(Hades)和冥后珀耳塞福涅(Persephone)被俄尔普斯的歌声打动,同意放欧律狄斯回归人间,但是有一个条件,即回去的时候俄尔普斯须走在妻子前面,并且在上到地面之前不得回头看。俄尔普斯在即将踏上人间的时刻没有忍住,回头看了一眼,结果欧律狄斯再次坠落冥界,永远不再回来。

[2] 普布留斯·维吉留斯·马罗(Publius Vergilius Maro),统称维吉尔,前70-前19,古罗马诗人。

为她那被掳的幼雏恸哭；那狠心的农夫
见那幼雏羽毛未丰，于是将其夺走；而整整一夜
她都在哀伤，坐在一根树枝上，一遍遍回想
她的悲惨故事，她的伤痛充满整座树林。[1]

只不过她大概并没有做那样的事情。鸟儿的歌唱并非追忆，而是某种期许，表达的是欢乐和喜悦，如此而已。唯一不同的情况是雄鸟在失去了配偶之后的悲啼。这种悲啼可能一连好几天，像是要将配偶呼唤回来。假如那一窝小鸟死掉，或者飞走，雄鸟就会恢复其歌唱的力气，而这标志着又有一窝新的小鸟在孕育之中了。可以这么说，鸟儿歌唱的调子，是某种呼召小鸟降临的魔法，或至少，这是其他所有可以唱歌的鸟儿的习性。我毫不怀疑这一习性夜莺也有。假如破坏掉画眉的巢或捉去里面的小鸟，再假如季节也还不是这么晚，这一对鸟儿会有一周或十天的安静时期。在这期间里，鸟儿爸爸妈妈们以他们自己的方式哀悼他们的不幸，彼此劝慰。这段时间一过，雄鸟会迸发出新的歌曲，雌鸟则开始重新筑巢。诗人们看到这种情况，就将鸟儿的歌唱描绘成对失去小鸟的悲泣，殊不知这全然不对。鸟儿歌唱是在召唤和庆祝小鸟的新生。

此刻下午才过了一半儿，我能做的只是让自己静下心来，静候夜晚降临。我陪伴着老农来到干草地里，看割草机工作。在英格兰割草机依然非常少见，大多数情况下，人们还是用双手割草，用双手使耙子把草拢成一堆。云雀受到了骚扰，在纷纷洒洒

---

[1] 该节诗歌典出维吉尔的《农事诗》（*The Georgics*）。

的草堆上面盘旋，对它们的窝担心不已。有时候，在美国的食米鸟身上，人们也会注意到这样的情形。英格兰的天气阴晴不定，所以想要预测天气状况似乎完全不可能。不仅从一天到另一天的天气没法预测，就是这一个小时和下一个小时的情况也说不清楚。所以农民们觉得，只要确实没下雨，就是收割干草的好时机。他们不去理会天色是什么样子，只是埋头使劲儿割草，相信有足够的运气让田里的草被晒干，或者在两场雨之间能够把草收拾齐整给"背走"。此刻是星期六下午，云层在降低，空气越来越湿润，但农民说，如果他们在意这些情况的话，那他们就永远不可能把干草收割完毕。农田见过更好的时日，农民们也是一样。他们都有些疲惫、褴褛。过高的地租和过烈的苹果酒在农田和农民两者身上发挥作用。农田已经流传了好几代人，而现在就要被卖掉，卖入其他人的手中。对此，我的房东说他很高兴。种田已经再没有收入了，无论做什么都没有收入。我问他，像这样的农田，主要的收入来源是什么。

"唔，"他说道，"有时候小麦长成，有时候大麦成熟，再有时候养猪还行。我们就这样一点点弄来点钱，先生。但是真的不多，先生。眼目下养猪很好。可是他们从'阿枚里克'[1]运来很多小麦。我们的天气太糟，所以没有好的品种，先生。三年中有一年，从小麦上一点钱都赚不到，先生。"还有，"燕麦"也好不到哪儿去。"那些要买的人又说没钱，先生。""到团子顶上去"，这句话意思是到山坡顶上去。这是他印象很深的经历之一。丁尼

---

[1] 该处原文为Ameriky，是作者模仿本地人说话的口音。Ameriky即America，美国。

生有一年夏天住在布莱克顿（Blackdown）[1]，离这里不远。"他是女王的诗人之一，我想，先生。""是的，我经常看见他在附近骑马，先生。"

同老农待了一两个钟头之后，我到四下的田间地头转转。田野很是蛮荒，形状也不太规整。到处是丛生的灌木和疯长的篱笆。在我看来这环境很适合夜莺。我沿着一条路走了大约一两英里。路旁果园、树林、灌木林立。脚下的山谷里有静谧的草地和一条小溪。鳟鱼闪现在溪水中。我向遇到或见到的每一个男孩子或农人打听关于夜莺的事儿。可是我没得到什么鼓舞人心的消息；现在已经太迟了。我踏上一条穿过牧场的小路，在一片小树林边儿遇到一个男孩儿。男孩儿说："她应该已经停止唱歌了，先生。"想了一会儿之后，男孩儿又说，就在两天前的一个早上，就在这片小树林里，他听到了一只夜莺，"大概是七点的时候，先生，那时我正在去上工的路上，先生。"听到这个，我打算当天夜里到第二天凌晨也在这片小树林及其相邻的灌木丛中试试运气。附近有条铁路，但说不定这反而可以让鸟儿醒着。在美国人眼中，英格兰这部分地区的小树林足够让他们觉得奇怪。我的第一个想法是，这是多么奢侈的耕作方式！看看那些长成灌木的农田，就好像农田又再次退回到了自然的状态一般。在草场和庄稼地周围，你能看到好几英亩的一圈土地上长着茂盛的橡树和栗树幼苗。这些幼苗有六、八或十二英尺高。这就是我们经常听到的小树林了。对于乡村来说，它们能够出产作物，因此极有价值。这些树都是精心栽种和培育的，就像我们在美国精心对待果园和葡

---

[1] 布莱克顿（Blackdown），萨塞克斯郡内最高的一座山。

萄园一样。等个五六年，树林就可供砍伐了，每一根枝条都会被充分利用起来。这是一次来自树林的丰收，要是在美国，这只能靠在森林里采集得到。粗壮的枝干被捆成一捆，卖掉用来箍桶；细枝嫩条在临近的村舍或村寨里被做成扫帚，或者作为原材料来盖茅屋。没有用处的树枝还可以拿来做柴火。

到了晚上大约八点钟，我开始了今晚的行动。我沿着几小时前已经看好了的路行进着。黄昏的余晖缓缓划下长长的身影，在这个季节一直要到十点以后才会完全黑尽。九点到了。我的耳朵早已期待着，可那歌唱家却还没有上场。我围着小树林和篱笆转了一圈又一圈，看上去像是在密谋什么坏事。我在林子里徘徊，在杂草丛生的花园里踱步，在废弃的果园里打转。我在栏杆上坐一会儿，在栅栏门上靠一阵儿，脑子里想象着加快时间的步伐，好让黑夜将我的歌唱家带上场来。天气又潮又冷，这一场幽会开始让人感觉疲惫起来。我带了一件橡胶的防水雨衣，但却没带大衣。我用报纸给雨衣的后背加了一层衬里，这会儿我把报纸拿出来裹在身上。我坐下来，决心一定要等到我的鸟儿。在小山谷的那一边，有一条小道沿着农田和灌木丛走过。每隔几分钟，就有人从小道上走过，女人或者小姑娘，要么是男孩子或农人。我身边的一条小路上也不时有人影在黑暗中走过。在这个国家，人们走在小道上和选择走大路的时候一样多。和大路不同，小道能让人与自然景物的接触更加个人化、更倾注情感。对人的脚而言，这些小道是神圣的。它们拥有着家园的温情，暗示着通向茅舍家门和简朴时光的道路。

这时候，有位男人走过草地来到我下方的小溪边。他拿着鱼竿，戴着捕鱼用的帽子、大衣，穿着靴子，开始钓起鳟鱼来。他多么专注于这件事儿啊！除了在意他手里的工作，他几乎忘记了一切！就在离他几竿远的地方，一列火车驶过。可我怀疑他是否真的注意到这列火车。一个天生的钓鱼人就像一只猎犬，除了他正在追踪的猎物，别的什么味道都闻不到。他所有的感官和身体机能都集中在目标身上。眼下这个钓鱼人眷恋着溪流，因为愉悦和期待而身体发颤。他抛下饵料，溪水发出有节奏的流水声，像是被他的挑逗搔到了痒处。显然这挑逗并不太久，所以钓鱼人最大限度地利用它。每一次抛竿，他都不疾不徐，并且做了一次又一次。美国的钓鱼人老早就在溪水下游处消失不见了。而这位钓鱼人却并不打算停止他独享的欢乐；他的鱼线品尝着每一次沉入水中的滋味。他热切又隐秘的动作显露出他的欢喜和专注。每当他钓起一条鳟鱼，他就会在鱼头上很快地敲一下，然后把鱼扔进他的鱼篓里。这么做像是对鱼儿跳起得太慢的一种惩罚。"下次快点儿，行吗？"（顺便说一句，英格兰的鳟鱼没有我们那儿的漂亮。他们看上去像是被驯养的样子，形象不够亮丽夺目，鳞片也更加粗糙，也没有金色或朱红的颜色。）

就在这时，附近一块农田的灌木丛一角里，升起一个低沉的、特别的声音。这呜呜嗡嗡的声音引得我浑身一震。我想，显然我的鸟儿在清理喉咙了。之后，这声音增强了，而且在别的方向也传来应和或回答的声音。这造成一种奇异的，像腹语术似的效果。我很快就知道了那是欧洲夜鹰的声音，其在美国的亲戚是美洲夜鹰。很快，这声音似乎就完完全全地萦绕在我周围——叽叽叽或啾啾啾，轻轻地仿佛在召唤蟾蜍的回应，但声音的方位却更加模糊。随着天色越来越暗，夜鹰的歌声停止了，那位钓鱼人收拾好渔具也离去了。此刻听不到任何声音——就连不知身处何处的青蛙也没有一只叫的。在英格兰我从没有听到过一只青蛙。大约十一点，我往下走到一棵树旁，在一座横跨铁道的桥上站了一个钟头。没有任何鸟儿的歌声问候我，直到一只水蒲苇莺在附近的篱笆里唱起她奇特的夜曲。这是糅杂了多种声音的奇特歌声，其中有音乐的音符，有催促的叽喳声，有婉转的颤声，有呼唤，有鸣叫，还有从别的鸟儿那儿攫取来的片段，其中混杂着一些责备、劝诫的语调，还有气息灌注其间的声音。既然当时也没有别的声音可听，而黑暗已经完全笼罩了大地，水蒲苇莺的歌声带来一种非常私密的，非常古怪的表演效果，就好像这只小鸟儿被她自己隔绝在那儿，然后以最浩大和最强烈的方式来宣泄她的情绪。我听着她的歌声直到午夜。雨下了下来，可这只活跃的鸟儿始终没有停止片刻。怀特说，就算这歌声停下，但只要往它旁边的树丛中扔一颗小石子儿，就能让它再度唱起来。水蒲苇莺的嗓音缺乏音乐性，其音质很像住在房屋上唠唠叨叨的英格兰麻雀，但是它那大杂烩的歌声却极其持久，又充满生气，同这沉郁的黑夜形成了强烈的对比。这种效果毫无疑问是令人愉快的。

  这只水蒲苇莺和之前的欧洲夜鹰是我那一晚所听到的唯一的鸟鸣。我回到住处，非常失望。所以我枕着胳膊稍微睡了一会儿，到凌晨四点又出门去继续我的追寻。这一次，我沿着被废弃的花园和果园旁的一条小径往下走。我听说几周前鸟儿在这个地方唱过歌。之后我走过铁路下边一片农人们的茅屋，沿着一条路走了两英里。路的两边有很多小树林和灌木的篱笆，可是我一声夜莺的歌唱都没有听到。我向一个小男孩儿询问，但是他有一点儿被吓到了，什么也没说地钻进了屋子。

  当天稍晚的时候我吃了顿早饭，之后我又出发了。这次我在原来的方向上走得更远,还淋了几场雨。一路上听到鸟叫声的情况非常频繁,有云雀、鸫鹨、画眉、白喉林莺、金翅鸟,还有沙哑着嗓子咕咕叫的林鸽,可就是没有我追寻的那种歌声。我爬上一条路,那是山坡一侧上的一条很深的沟。山坡上长满了山毛榉。这些山毛榉的树根在沟的这一边连接成了一张网,就像它们的树枝在空中的情形一样。在一处盘曲的树根处,我伸手够到了一个鸫鹨的窝。一个很大的洞口通向窝的内部,里面有很多柔软的绿色苔藓。这样的结构显示出这只小巧的鸟儿建筑师的品位和严谨,其深度和温暖舒适的程度很像鼠类最精巧的居所。就在我逡巡徘徊之际,路上走来一位年轻的农人。我同他攀谈起来。可是他同样也有好几天没有听到夜莺的叫声了。不过,之前的一个星期,他在吉尔福德(Guildford)[1]附近的地方同民兵们一起宿营,在担任岗哨任务的那天晚上,几乎一整夜都听到夜莺的歌声。"'她今晚不唱美妙的歌了吗?'男孩子们一定会这样说。"这个消息可真是太诱人了!要去到吉尔福德非常容易,可是听到夜莺是上一个星期——这可没办法回得去。不过,这位年轻人说,他不认为夜莺现在已经停止唱歌了,因为即使是收割干草的时节,他也经常听到夜莺唱歌。这番话大大地鼓舞了我。我又问他是否见过戴着黑帽的白颊鸟,可是看起来他对这种鸟儿一无所知。他以为我指的是一种山雀,尽管他说的这种山雀的确是有一撮黑色的冠羽。森林云雀也是我想找寻的鸟儿,可是这年轻人也不知道这种鸟儿。我在英格兰漫游的这些日子里,只遇到一个人知道这种鸟儿。在苏格兰,人们把这种鸟儿同山云雀或鹨鸟搞混淆了。

---

[1] 吉尔福德(Guildford),萨里郡内一座城镇名。

之后，我遇到另一个男人和一名男孩。这位男人戴着一顶高筒帽，来自赫兹利摩尔，是个村民——不出所料，他有很多职业，裁缝、理发师、油漆匠等。我把我所关心的问题也向他提了出来。他回答说不是上一个星期，之前的好几天早晨，他都听到了夜莺唱歌，而且，他可以模仿夜莺的声音，所以，只要周围有夜莺，那他就能很容易地把这些鸟儿召唤出来。只见他摘下一片草叶，在牙齿后调整到位，然后就听得尖锐、急促的音符倾泻而出。这声音让我吃了一惊。我立刻就觉出这曲调是在模仿夜莺唱歌的开场曲。对这开场曲的描述我以前读到过，它被称为"挑战"。男孩子也说，他可以证明这种模仿已经非常准确了，其中的"啾伊""啾伊""啾伊"和其他一些声音，非常像鸟叫。对此，我毫不怀疑其正确性。我吃惊的，是这声音里那种强烈的、具有穿透性的张力。这声音在四周的树林和灌木丛中回荡。可是尽管男人一再重复这曲调，但却没有得到任何回音。于是，我同他约定，今晚八点，我们一起沿着他几天前曾听到过好多夜莺的那条路上走一圈。他信誓旦旦，认为一定能够把夜莺召唤出来。我也有这个信心。

那天下午，太阳闪着温暖的光芒。我又做了一次远足。现在我已不再奢望能听到夜莺的歌声，而是更希望能遇到个什么人，可以带领我去到正确的地方。一度我觉得我就要成功了。我遇到了一个男孩子。他告诉我说就在十五分钟之前他听到了夜莺叫："在臭猫山上，先生，就在魔鬼的潘趣酒碗（Devil's Punch-bowl）[1]的这一边，先生！"我以前就听说过这只"尊贵"的潘趣酒碗，还有它旁边的那些个绞刑架。大约一百年前，有三个杀

---

[1] 魔鬼的潘趣酒碗（Devil's Punch-bowl），萨里郡内一处自然风景。

人凶手在这里被处死。可是对我来讲臭猫山是个陌生名字。这个词组所叫的地方一点儿也不像是会有夜莺出没的所在。然而我还是飞快地拔腿而去。我听到几只莺雀,但都不是夜莺。这让我禁不住得到一个结论,我跨越大海,但最终可能同我的鸟儿错失了仅仅十五分钟。我还遇到了别的好些男孩子(在星期天,有哪个村子的男孩子们不是一小群一小群地到处游荡呢?),我也将我在追寻的目标对他们广而告之,并且许诺会给他们奖励,这样可以让他们睁大眼睛搜寻唱歌的夜莺。可是,结果依然一无所获。在沮丧中,我甚至将随身携带的一封信件呈给本地的乡绅阅读。这位乡绅当时由他的妻子陪伴,正要出门去教堂。他回转身,倾听完我的诉求,然后自愿带领我踏上一条长长的路。这条路穿行在他的田地和树林中,满是湿漉漉的青草和灌木。他知道夜莺习惯在这条路上的什么地方唱歌。"太晚了。"他说。而且这话不幸言中。乡绅拿出一本品相很好的古书给我看。这是怀特的一本《塞耳彭自然史》。书中有某位编者的注释。只是这位编者的名字我记不起来了。怀特说6月15号夜莺就不再唱歌,而这位编者将这个日子推迟到7月1号,到那时夜莺会继续唱歌。这重新激发起了我的希望,我想要大大地感谢这位乡绅。这位乡绅认为还有机会,他给了我一张名片。假如那位把叶片放在牙齿后面学鸟叫的村民失败了的话,我可以凭此名片去九英里外的戈达尔明(Godalming)[1]镇找一位老人。那是一位自然学家和标本制作人。乡绅确信,如果有人能成功地领着我找到夜莺,那位老人

---

[1] 戈达尔明(Godalming),萨里郡内的一座商业城镇,在吉尔福德西南方。

就是。

晚上八点,太阳还在地平线之上,我来到了赫兹利摩尔那位理发师的家门口。乡间遍布许多很有意思的小径。他领着我走上这样一条。这条小径通向几英里之外一个邻近的村子,在赫兹利摩尔离开大路,斜着穿过村庄的房子,就好像房子的砖墙为它让开路一般。小径在花园之间走过,又穿过柴门,越过篱笆墙,横跨大路和铁道,经过耕地和一位绅士的花园,一直通向它最终的目的地——另一条宽阔的,路况保持得极好的道路。这条道路的路权看上去无可争议,就像溪流一样绕不过去。我被告知,那条路经过重新修葺,之后像公路一样被悉心照料。的确,这是一条公共道路,但只对步行者开放,没有人能停下脚步或者转个方向。我们也踏上了这条道路,沿着险峻的山坡前行。灌木丛和果树林铺展到我们下方的山谷里。这处地方狂野如画,其景色同我在英格兰见过的一样。到处都是野生的毛地黄。它们钻透低矮的叶片,紫色的花朵长在顶端。野生的金银花沿着篱笆绽放着,味道比我们那里人工栽种的更加强烈刺鼻。我们在这里停下脚步。我的向导吹响他那尖锐的哨声,吹了一遍又一遍。这哨声激起了怎样的回声,又怎样把其他所有的歌唱家给唤醒了啊!我们脚下的山谷和往远处铺展的山坡,此前是那么静寂,而现在则迅速地充满了乐声。花鸡、知更鸟、乌鸫、画眉——越往后叫声越响亮,腔调越丰富。鸟儿们似乎是在互相竞赛,也更像是在同它们上方响亮的口哨声一争输赢。可是我们想听夜莺歌声的愿望还是落空了。我的向导有两次都情绪激昂地喊起来:"就在那儿!我敢说我听到了!"他的神情令人印象深刻。可是随后一阵阵雨袭来。这天气迫使我们不得不暂时放弃。等雨过后,我们转移到另外一处地方,再次吹响口哨,但是依然没有任何回音。黑暗降临,我们回到村子。

情况变得严峻起来。我知道某处有这么一只夜莺。因为某种原因或别的情况她延迟了抱窝孵蛋的时间,因此她依然还在歌唱。可是我对她在哪里毫无头绪。那天夜里再晚一点的时候,我又跑出去搜寻了一次,然后是第二天早上。我问遍了我见到的每一个人和男孩。

> 我遇到过许多旅行者,
> 坚定地穿行在路上;
> 他们看不见我那些华美的宴乐者,
> 当他们睡着时,宴乐者已然穿行而过;
> 有人听到他们的好消息
> 在乡野或在庙堂。[1]

很快我认识到,那些年轻的小伙子和跟他们在一起的姑娘说他们在薄暮时分听到夜莺的歌声,可对他们的话却不能尽信。我知道,在那种场合,人的耳朵,乃至于他的眼睛都是不可以完全信赖的。云雀会被看成是白颊鸟,鸫鹟的歌声传到耳朵里也会被听成是夜莺的。我在去戈达尔明的火车上,向一对年轻人问起夜莺。他们肯定地说,刚才不久就在他们来火车站的路上还听到了夜莺。他们向我描绘了听到夜莺的地点,这样我回程的时候可以找得到。他们与我在同一站下了火车,在我前面向街上走去,很

---

[1] 该节诗歌典出爱默生的诗歌《先驱者们》(*Forerunners*)。

快消失在我的视野当中。走到街的转角,我看到他们在那儿朝我挥手示意。那儿靠近教堂,视野开阔,能看到附近的牧场和一条溪流。修剪过的柳树在溪流上投下树荫。"我们听到夜莺了,就是现在,在那儿!"我走上前去,他们对我说道。这对年轻人继续往前走去,而我急切地把耳朵伸向他们说的方向。之后我朝前走去。那座古老教堂的背后有块墓地。墓园里必不可少的几条小径斜斜地穿过墓地。我沿着其中一条小径往下走,可是除了几声画眉的歌唱之外,我别的什么也没听到。我的耳朵可是很敏锐的,能听得非常准确。之后,我凭借从乡绅那儿得来的名片找到了那位自然学家和标本制作人。这是一位矮小健壮的男人,外表和谈吐都非常生动活泼,同时也很和善。他搜集的鸟儿和动物标本品质非常高,对此他极其自豪。他指给我看森林云雀和白颊鸟的标本,告诉我他在哪儿看到和听到这些鸟儿的。他说,要想观赏夜莺我确实太迟了,不过,也有可能还可以找到一只仍在唱歌的夜莺,但他又说,在这季节,越往后夜莺的声音越沙哑,不会再像几周前那样动听了。他还认为,我们美国那边的红衣主教雀——他叫作弗吉尼亚夜莺,同英格兰夜莺一样是优秀的歌手。那天他不能跟我同去寻找夜莺,但是他把这任务交给他的儿子。他招来那男孩,交代了他几句要把我带去哪里——翻过伊恩(Easing),绕过先柯福特(Shackerford)教堂,如此等等,大概四五英里的这样转一圈。离开这座风景如画的古镇,我们翻过一座宽广、平缓的山丘。山路上大树排成线,有山毛榉、榆树、橡树,肥沃的耕地往远处铺展。到处弥漫着一片祥和、富饶的气息。这种人类栖居生活的气息在我们走过的这片地方表现得特别显著。公园和草坪的惬意、松弛、宽阔,像躺在阳光下享受日光浴,不汲汲营营于名利,自足而丰沛——这样的情怀遍及这块土地。我们脚下的道路像最高级的私人车道。实实在在地说,朴素自然,是形容几乎所有英格兰乡村风物最恰当的词。如家一般的亲切,关怀和劳作中散发着爱意的芬芳,沉浸在乡村和田园生活的满足之中。美丽但不傲慢,有序但不僵硬,悠久但不腐朽。这儿的人们热爱乡村,因为可以看出,这乡村似乎一定首先热爱这儿的人。在一片田野里,我第一次看到一种新的苜蓿草。这种苜蓿草在英格兰很多地方都大片生长着,是喂马的绿色饲料。农夫们管它叫三叶草,大概是拉丁语所谓的"绛红三叶草"(Trifolium incarnatum)吧。这草的顶端有两到三英寸长,红得像血一样。阳光下一大片长着这种三叶草的田野,呈现出极其灿烂的景象。我们一路前行,路上我第一次看到了不列颠蓝松鸦。这里的蓝松鸦个头比我们美国那儿的要稍微大一些,嗓音更粗糙,身上的羽毛也更暗淡粗糙一些。蓝色,是天空的颜色,但相比美国,蓝色在不列颠的鸟儿身上不太常见,也更难有完美的呈现。我的同伴,那个男孩,也觉得能观赏到这种鸟儿非常值得。这个小家伙很有好奇心,时刻准备着多管闲事。可是,你很快就能发现,他说的话总是不尽不实。我问他他自己的情况。他回答说:"先生,我帮了他;我有时候给人当向导,有时候跑跑腿。我一星期挣三个,先生,还有午饭和茶。我跟我的祖母一起生活,先生,只不过我叫她妈妈。学校校长和教区牧师给了我评语,说我是个诚实的好孩子,说我要是小时候能去上学就好了。先生,我已经十岁了。去年我得了麻疹,先生,我以为我要死了。可是人家给了我一瓶药水。味道尝起来像蜂蜜。我一口气就全喝完了。结果病就好了,先生。我从不撒谎,先生。说真话是好的。"然而他差不多已经滑入谎言当中了。这条通向谎言的道路似乎涂满了滑腻的油脂。真的,这个小无赖说话做事浸透了油腔滑调、谄媚奉承的态度。按这时的气候,那天可算是挺热的,所以这男孩很快就累得不想再找夜莺了。在一处地方,我们绕过一所大房子的地基。那儿栽种的树木和灌木稠密得像森林一样。很多的鸟儿在那儿唱歌。有那么一阵子,我的向导让我相信他在那些鸟儿中认出了夜莺的歌声。在弄错之后,他还泰然自若地向我保证,在我们前面的路上掠过的燕子就是夜莺!我们很快离开了大路,踏上一条小径。这条小径沿着一大片犁过的田地边缘行进,掩映在一排排挺拔的大树之下。田里的土壤看起来好像来自于未可知的某个世代的田园。小径往前,穿过一道窄门,沿着长满小树林的山坡一路往下,来到一条宽阔的溪流边,最后抵达伊恩小镇。小溪边一个正在钓鱼的男孩无精打采地说,这天早晨他在那儿听到了夜莺的叫声。他只钓到一条小鱼。他管这鱼叫作白杨鱼。对于我的评价,我的同伴,那个男孩说道:"是的,这种鱼是很小。不过如果鱼小,你就可以吃掉它们。"之后我们朝先柯福特教堂走去。脚下的道路同英格兰南部的大多数路一样,是一条深沟。沟两侧差不多有五十英尺高,铺满了青藤、苔藓、野花和树根。如果有敌人入侵英格兰,那英格兰最有力的防线就是她这种下陷的道路。这种道路就像壕沟,士兵们可以埋伏在里面。敌人在宽阔的平地上行军时,往往会一头跌进这种隐蔽的壕沟当中。的确,英格兰的道路在某些地方藏在地面以下,在另一些地方又被高墙或篱笆围住。在这两种情况之下,漫步在英格兰的步行者往往被阻隔在他想看的景物之外。我一度非常嫉妒那些骑自行车的人,因为他们高踞于旋转的车轮之上。不过这些小径避开了所有的篱笆,如果想走的话,你可以走去任何地方。

环绕着先柯福特教堂的是一片树林,有高大的松树和冷杉林。鸟儿在这里随处可见。我的向导朝一只小鸟扔了一颗石头。他声称那是只夜莺。石头在离鸟儿三码远之外就落了地。可这男孩儿却说他打中了鸟儿,还装模作样地在地上寻找起来。他必须得为撒谎创造个条件。在这儿我对他说,我没有再需要他效劳的地方了。他把我给他的先令装进兜里,高高兴兴地转身回去。整个下午我就在先柯福特附近的树林里转悠。天光明亮,空气清新。我听到杜鹃的啼鸣和花鸡的歌唱。这两种歌声我都认为是好的预兆。娇小的棕柳莺在松树林中啁啾。白喉林莺掠过天空,发出急促有力的歌声,"啾呜-喊-瑞克",或者"喊-瑞克-啊-瑞",随后一个猛子扎进路边低矮的灌木丛中藏了起来。一个女孩子告诉我,昨天她在去主日学校的路上听到了夜莺的叫声。她把那地方指给我看。那是一座房子附近的矮树丛。我围着这座房子转了几圈,直到发现房子里有位妇人从窗户里盯着我看。我担心她会以为我在打她房子的主意,于是赶快做出一副冷淡漠然的脸色,迅速离开。我非常肯定,我听到了我一直在追寻的鸟儿的声音。那是一种喉音,听上去像责备的腔调。毫无疑问,就在今天,这只夜莺孵出了她的小鸟。另一个女孩子这天早上去上学的路上也听到了夜莺。她指给我往那儿去的路。不过,还有另一个女孩子把白喉林莺指给我看,说那就是我在寻找的鸟儿。最后这个情况猛烈地打击了我对于女学生们的鸟类学知识的信心。最后,我找到一位工匠。他正在路边打石头。这位工匠有一张严肃诚实的脸。他说这天早上他在上工的路上听到了我要找的鸟儿。他还说,他每天早上都听到了夜莺的歌声,还有,甚至几乎每天晚上他也听到了的。甚至就在昨天晚上他也听到了的,那时是雨停之后

（那正好是我和那个理发师在赫兹利摩尔周围努力呼唤夜莺的时候），而且夜莺唱得同她往日一样美妙。这话真是极大的鼓舞。我觉得我能够相信这个人。他跟我说，等他一天的工作做完之后，也就是五点钟的时候，如果我愿意陪他一起走回家，他就可以指给我看他听到夜莺的地方。对这个提议，我很高兴地答应了。然后，我记起我还没有吃饭，于是我跑到村子里的小客栈，想要点东西吃。这个不同寻常的要求让客栈老板吃了一惊。他从酒吧柜台后面走出来，带着又好奇又好笑的神色来到我面前招待我。正如我屡次尴尬地发现的一般，这些偏僻地方的英格兰小客栈只是当地居民喝酒的地方。来光顾的也大多是劳动阶级。这些小客栈不像美国的那样，显眼地占据街角的地段，而通常是立在背街陋巷，或者在远离主路的小小庭院里面。客栈老板对我说，啤酒有的是，但这屋子里连一口肉都没有。我再三告知老板我的要求，最终得到了一些黑麦面包和奶酪。吃了这些东西，外加一杯家酿的啤酒，我终于恢复了力气。到了约定的时间，我如约和那位打石头的村民碰头，同他一起往他家走去。我们沿着一条风景优美的路走了两英里或更长。这条路上到处都是茂密的树丛，树枝连缀像绿色的长廊。为何英格兰的树看起来总是这么挺拔，展现出厚重的宁静？就这样的特征来说，英格兰的树同我们美国那边的大多数植物相比很是不同。美国的植物呈现出的是一副紧张、焦虑的形态。有可能是因为英格兰的树远离森林很长时间，每一棵都有足够的空间来发展自己的个性和特质，再加上厚实肥沃的土壤，以及不急不躁的气候，树木生长得缓慢而持久，最终获得了悠久的年龄，而且并不衰弱。橡树、榆树、山毛榉，每一种都比美国的树木呈现出更加吸引人的轮廓。

这会儿，我的同伴指给我看路基下面的一棵小树。小树边缘的一大片灌木丛和小树苗向一片牧场铺展开去。在牧场中间，立着一座树木环绕的房子。这房子是一位城里人的。就在那座房子那儿，我的同伴这天早上听到了夜莺的叫声。并且，再远一点，他指给我看他自己的农舍。就在他那农舍左近，他在前一天晚上，也听到了一只夜莺。这会儿刚到六点，我得再等上两三个钟头才真的有指望听到夜莺唱歌。"得等到晚上，"我的新朋友说道，"那是她最起劲儿唱歌的时候，你知道。"我得找个最好的方式来消磨这段时间。如果我是个画家，那我可以给附近那栋老旧的农舍画一幅生动的素描。这栋农舍的墙上写着它建成的年份，1688。但在大部分时间里，我必须不停走动以保持体温。然而那些"隐身杀手"——蚊子，却让我不胜其扰。要是在美国，这样的气温下，它们早就被冻得没有了嗡嗡声，也不会再叮人了。最终，我跳过石屋平缓的石头墙，藏身在一棵松树下面高高的蕨类植物下面。这里就是早上听到夜莺叫的所在。假如守房人看到我，他说不定会把我当成偷猎者。我在那儿坐到九点，冷得浑身打战，耳朵里只听得林鸽的咕咕声，还看到一只松鸦的身影。我猜这只松鸦一定有个巢在附近。另外还注意到很多其他的鸟儿。沿着树林边，跨过一块毗邻的田地，画眉和知更鸟很快发出歌唱般的喧嚣。这歌声也让我不安起来。因为这可能会掩盖或模糊我想听到的歌声。知更鸟继续大声歌唱，声音划过黑暗。这种鸟儿同夜莺相近，如果在不太远的距离看，它的样子和动作都同夜莺很像。只是它的歌声更加尖锐，也更富音乐性。就在我的耐性即将耗尽的时候，一声急促、明亮的鸣叫或哨声让我遽然一惊。这声音就在离我几杆远的地方，并且让我一下子就想起那位理发师和他的叶片哨子。我知道，我一直在追寻的鸟儿正在鼓起她的喉咙。这叫声把我完全唤醒了！这声音有令人震颤的音质。它像一枚火箭刺破浓重的黑暗。然而，声音停止了。我担心是不是因为我离这歌唱家太近了，所以我小心翼翼地挪开了一些，站到树林旁边的一条便道上。一只蹦蹦跳跳的野兔在离我几步远的地方注视着我。这时，我的歌唱家又开始唱了起来。但是我能看得出来，她不愿意让自己显出身来。她正在调试着她的乐器，我想，她准备刺穿寂静和黑暗。不多久，一个男人和一个男孩儿出现在便道上。我问他们这是不是夜莺的歌声。他们听了之后很肯定地说，除了夜莺之外，这绝不可能是别的鸟儿。"她正在唱，先生，她正在唱。啊！不过她不会一直唱的。五月的时候，先生，这些夜莺唱得整个林子都是回声。这会儿她又唱了，就是夜莺，先生。她停了，她不会一直唱的。"她的确不会一直唱的。当我专心聆听的时候，我能听出在她的歌声里面，有某种沙哑的呼哧声和咯咯声。那个男人和男孩儿离开了。我静默地立着，乞求所有高贵的神灵激发夜莺再唱下去，而就在这时，一只像我们美国这边的隐士鸫飞快地朝我下面几码远的篱笆飞来，贴着我的脸掠过，又飞回了树林。我的倾听被发现了。夜莺发现我在篱笆后面偷听她干涩、疲惫的哨声，感觉受到了冒犯，音乐会戛然而止。再没有一声音符，再没有一点哨声。我等候良久，然后走开，然后又转回来，恳求那生气了的鸟儿重新开始。终于我愤愤然摔上门，确切地说是院子的大门，转身离去。我在别处的几所教堂逗留，但是也没有听到任何鸟叫。那位打石头的村民告诉我三英里之外有一处小村庄。村里有三间小客栈。我应该可以在那儿找个床铺对付一晚。我沿着一条小径朝村庄的方向快步走去，然而很快迷了路。终于我在一处开阔地看到了一栋很小的农舍。我在农舍前停下脚步。一位怀里抱着婴儿的好心的妇人指给了我正确的方向。很快我走上了一座桥，过了桥就是大路。这同我之前被告知的一样。往前再走几步就到了第一家小客栈。这时是晚上十点。客栈正要熄灯——这是乡下小客栈的规矩或习惯。客栈老板娘告诉我说没床位了，现在只剩一间空房，但房子还没收拾，而这个钟点她也没法动手整理房间。我马上转向下一家客栈。但这家的老板娘说她没有床单，而且床铺很潮，没法睡在上面。我提出异议，说我认为客栈之所以是客栈，就应当准备好给旅行者提供住宿。可这老板娘还是让我去找下一家。第三家客栈入住了更多的人。外观和气氛更像一家旅馆。可是这家客栈的老板娘（在这类情形下老板都不露面）说，她的女儿刚结婚，现在回来娘家，她带来不少朋友，所以没法让我再住进来了。我极力要求，但是毫无用处。这儿没有地方了，那么，我可以有点什么东西吃吗？这似乎也不确定，老板娘跑到厨房去问了半天，最后弄来点面包和冷了的肉。方圆最近的旅店在戈达尔明，在七英里开外。我明白，在我到那儿之前，所有的客栈肯定都关门了。于是我狼吞虎咽地吃完面包和冷肉，安慰自己说，也许这就是寒风赐予我的我能寻求到的最好的东西。我明白我别无选择，只能在树下同夜莺一起度过一夜了。明天早上，在她们短暂的几个小时的欢乐时，我有可能会让她们吃惊不小。我已经打算祝贺自己会有如此丰富的经历了，而就在这时，老板娘走过来说，有位年轻人正要驾马车往戈达尔明去，他愿意载我同去。我担心如果我拒绝的话会被当成是逃跑出来的疯子，于是我不太情愿地同意了。于是接下来我们就沿着一条平坦但曲折的道路，在黑夜中朝向城镇奔跑起来。这位年轻人是个鼓手，来自林肯郡。他说我的口音听起来像是林肯郡的人。这话我相信，因为我告诉他，他比我遇见过的任何本地人说话都更像美国人。在大一点的城镇，旅店十一点关门，而我刚好在钟声敲响十一下的时候站在一座旅馆门前。我请求立刻给我一个房间。就在我刚准备躺到床上的时候，敲门声响起，一位侍者用托盘呈上我的账单。"先生没有行李等物品。"他解释道，并且装作也在寻找夜莺的样子！三先令六便士。两先令是床位费，一先令和六便士是服务费。第二天早上五点的时候我就已经出门了，我比旅馆里的任何人起来得都早。穿过酒吧和一扇扇门，我终于走出旅馆，来到外面的庭院。从这儿，一条檐廊通向外面的街道。一个男人透过窗户指点我如何打开最外面的大门。就这样我又踏上了征程，依然希望能听到我的鸟儿晨祷的声音。我选择了和昨天一样的路线。在犁过的美丽田地边缘，我的目光穿过树林和灌木，落在二十杆远处河面泛起的微光上。这时，我被我一直渴望着的音符所俘获了。这歌声从水面附近传来，在我的耳中鸣响。我折起我的橡胶外套，然后坐在上面，对自己说，此刻终于可以得到满足了。可是——鸟叫声停下了。我徘徊了一个小时，但再没有一声音符传到我的耳中。每一次我以为我就要得到它的时候，我的奖赏似乎就注定了会离我而去。尽管如此，我依然珍惜我听到的哪怕一丝歌声。

  河边听到的歌声那杰出的品质足以使我心悦诚服，并且让我比任何时候更加渴望听到完整的乐章。我继续漫游。这天早上我又漫无目的地在先柯福特的树林周围转悠，驻足在公路沿线。两个学校的少年指着一棵树告诉我，两个小时之前，他们在去取牛奶的路上，听到树上有夜莺的叫声，而我只能重复爱默生的诗行：

> 意志坚定，绷紧肌肉
> 然而我的速度无所助益
> 于跟随他们闪光的踪迹[1]

九点钟我放弃了追寻，回到伊恩去吃早饭。我停步在那栋更大、看起来更舒适的客栈前，看到客栈老板娘和她的女儿正在擦洗窗户。她们站在梯子上，对我想吃早餐的要求表现得非常冷淡。实际上，她们最终拒绝听我说这个。炉火已经熄灭，不可能招待我。所以我只能继续步行，回到戈达尔明去。我这么做了，并且发现，气愤和面包一样，能让一个人非常容易地走上三英里。

下午我回到肖特密尔（Shotter Mill）的住处，准备好步行前往塞耳彭。这段路程有十二英里。到这天黄昏天黑的时候我只走得完一部分，剩余的路程第二天一早再走了。我这样做，是为了给夜莺一个机会弥补之前它们对我的轻慢。山上有一条步道，从里奇梅尔（Leechmere）的底部走到利普胡克（Liphook）[2]。太阳还有半个小时就落山了，我把自己置身于这里。萨里和萨塞克斯的山区景象在美国人的眼中是非常新奇的。这种景象的特征来自荆豆和石楠，大片黑色或深棕色的地块，像黑貂皮斗篷似的，铺展在起伏的地表上面。从赫兹利摩尔往东几英里，丁尼生的住所就伫立在这片昏暗的景色当中。这条步道穿过一大片公共土地。

---

[1] 该节诗歌典出爱默生的诗歌《先驱者们》（*Forerunners*）。
[2] 利普胡克（Liphook），汉普郡内一大村庄。

这片公共土地一部分被草皮覆盖，一部分长着荆豆——这又是不同于美国的特征。土地在英格兰特别珍贵，有很多土地被用作公园和运动场地，然而还有很多的土地被留作公共土地，完全没有被开垦出来！经常可以看到这种公共土地，在塞耳彭周边绵延数英里，环抱翰尔和其他几处林地。没人可以在这些地方圈地，或占用这些土地以为己用。就算有谁的产业构成了公共土地的一部分，这人也不可以；公共土地属于老百姓，属于租户。村民和在租地上拥有房屋的其他人在租地上放牧，采集荆豆，砍伐木材。在一些地方，公共土地属于国王，是国王的土地。这些空旷的土地没有被圈起来。它们为整片景色带来自由清新的空气，非常受人欢迎。在快到山顶的地方，我遇到一位矮小的老人。他背上的荆豆担子几乎把他整个人都给埋了起来。荆豆背回家后，可以拿来烧火，也可以做其他用途。老人恭敬地停下脚步，倾听我的问题。这个矮小得像侏儒一般的老人，他的丑陋令人联想到最最卑微的烟囱角落。压在巨大的担子下面，老人对我露齿而笑。他是贫穷和无知的化身，操持着最为低贱的农民生活，可以说，他正是这种操持的一个具体形象。我觉得我进入了真实的神话当中，仿佛守在炉灶边，炉膛里燃烧着荆豆束和树枝，那是由筑巢的白嘴鸦和大乌鸦扔下的——这番景象既令人厌恶，却又让人着迷。在里奇梅尔洼地的边缘，我在一堆杂乱的小树丛边上坐下来，一如既往地满脸通红，和毛地黄一样。我放眼观赏风景，同时竖起耳朵聆听。坐在这里，我生平第一次看见和听到白颊莺。当我听到这鸟儿明亮有力的音符时，我立刻就辨认了出来。这歌声同夜莺的有一丝微弱的相似。但白颊莺要令人失望一些——我更加期待同它那伟大的竞争者能有更近一些的接触。白颊莺是非常羞怯的鸟儿，但最终还是好几次显露出了她的身影。在塞耳彭附近的时候也是这样，那儿可以经常听到白颊莺。那歌声回环往复，长歌不绝，有一股嘹亮有力、生气勃勃的劲儿。但是于我来说，整个儿听起来，似又嫌有些粗糙，不够平滑流畅，音调亦未调整细腻。纯粹就音乐来讲，我可以列出好几种在这一点上胜过白颊莺的美国鸟儿。白颊莺和它同类的园林莺和白喉林莺一样，唱歌时都非常使劲儿、非常用力，但是它依然称不上金嗓子，顶多可以说是银嗓子。"小鸟儿有个大嗓门"，有人在听过不列颠绝大多数能唱歌的鸟儿之后，这样对自己说。脚下的步道带领我穿过树丛、洼地和公共土地。沿着这条新奇刺激的路，我一直走到黄昏薄暮时分。路上我遇到三名年轻人。他们站在一块儿看着一个卑微的家伙在近旁的田地里工作——其中一个年轻人大概是乡绅的儿子，另外两个看衣着像是帮工。附近一片小灌木林里传来鸟儿阵阵美妙的大合唱。知更鸟、画眉、乌鸫竞相争鸣。为了考考这些年轻农人的耳力，我问他们这里面有些什么鸟。他们回答说，我听到的这些鸟鸣声中，有一种是夜莺，然后，他们又再凝神细听了一阵，最终回答我说是知更鸟。这场意外给我留下了深刻印象，让我对后面遇到的第二个人所说的话有所保留。这个人说他听到了一只夜莺，就在路拐弯的地方，我只要再往前走几分钟就到。十点钟的时候我抵达了利普胡克。我估计甚至相信那里的小客栈多半会让我再一次吃闭门羹。如果是这样的话，那我就得再走上个几英里，到伍尔默森林去了。不过小客栈并没有不接待我。在上床之前，我跑到一条看起来很有希望听到夜莺的小道上匆匆走了一小圈。在那儿我遇到一对夫妇，他们说他们刚才听到了夜莺，"那是只夜莺不是，查理？"

我在英格兰向那么多人询问过夜莺。如果有可能把这些人全部凑一块儿来交换一下意见，他们应该不用很长时间就会认定至少有一个头脑发疯的美国人走火入魔了。

我计划早上五点就起床离开。这看起来让客栈招待感到非常费解。一开始他认为这行不通，但最终还是找到了一条两全之策。他说他会亲自起床来给我开门。尽管前一天晚上极为晴朗，但第二天早晨天气却阴沉有雾。有一样东西是英格兰没有而在我们美国可以吹嘘的，那就是像男性气概一般美好的气候。英格兰的气候连女性气质都不能算，而更像是孩子气一般的幼稚。尽管我听说有可能会彻彻底底地下一场的暴风雨，可是除了耍脾气似的小雨像少年人没完没了的闹别扭，我什么也没看到。云朵毫无保留，亦无尊严；如果云里面哪怕只有一滴水（当然通常云里会有很多滴水），这滴水也会落下来。夏季里这些可爱的小雨穿过乡间。水量几乎大不过街上的洒水车。有时候你只要跨过个栅栏就能避开一片阵雨。只是这些倏忽而至的阵雨总是会让晒干草的人时时慌张不已。见不到像美国那样的，天高云淡的景色，没有聚集的、稠密的云团，没有大片又高又阔的云层。这儿的云看起来低垂、朦胧、湿润——不成熟，未定性，不知结果，就像青春一样。

我在雾气和小雨中走路前往塞耳彭。除了凤头麦鸡和麻鹬的叫声之外，几乎没听到什么鸟鸣。在离开利普胡克之后不久，脚下的道路穿过田野，笔直地行进了三四英里。这部分道路平坦而贫瘠。土壤里有泥煤，所以道路呈现一片黑色。在道路右边不远处，是伍尔默森林。在低垂的乌云下，是一片阴郁的景象——脚下是黑乎乎的土地，头上是阴沉沉的天空。几英里的路途中唯一有生气的景色，是一辆烘焙师傅的马车，咯吱咯吱地踽踽独行在平坦的白色路面上。走完这条孤独的道路，我迎来一片耕作过的田地，同时还有一个村庄和一间小客栈。在这家小客栈我还吃到了早饭（多么神奇！）。那会儿客栈老板一家正要开饭。我同他们一起在桌边坐下来，吃了不少东西。吃完早饭，我又继续上路。我沿着一条步道穿过田地和公园走了几英里。公路在某种程度上似乎更加狭窄和排外，或者换句话说，自我设限。走在公路上，好像被路两边的高墙和篱笆关在其中。视线想越过这样的高墙和篱笆而不得，这真是受罪。而我更加欢迎步道，它能让我从高墙和篱笆的夹击中逃离出来。我打开一扇柴扉，或者登上几级阶梯，并不太过在意脚下的小道是否带我走向正确的方向。这种走法好似包抄敌军的侧翼。那些精心呵护的田地和草坪，那些舒适的拐角，那些庄重的、私密的大房子，费尽心思把公众的视线阻挡在外，而在步道上就可以非常便利地享受到所有这些好处，能够把这些景色看得清清楚楚，去除其神秘感。我再一次拐上公路，遇到一位女邮递员。她带着这天早晨的邮件，风风火火地走得飞快。她的丈夫去世了，她就替了她丈夫的职位，做了邮递员。英格兰人口稠密。乡村也像是大城市的郊区。但不论你住在哪儿，你的邮件都能送达到府上。这一点和住在城里一样。我和一位男孩走了一段路。这个孩子驾着一匹白色老马，拉着满满一车砖。他住在哈德利（Hedleigh）[1]，在六英里之外。今天早上

---

[1] 哈德利（Hedleigh）。英格兰有两处地名叫哈德利，一处在埃塞克斯郡（Essex），一处在萨福克郡（Suffolk）。从文段所提及几处地名的相对位置来看，这里的哈德利大约应该是埃塞克斯郡的那一个。

五点钟他就从那儿出发了。另外，他还听到了夜莺。对此他非常确定。在我的追问下，他详细地描述了他听到夜莺的地方。"她在汤姆·安东尼的大门口的那棵大冷杉树上。在村子的最南端。"之后我说，毫无疑问我会在吉尔伯特·怀特记录过的那些地方找到一只夜莺。然而，我并未如愿。我在塞耳彭度过了两个雨天。我徘徊在那些湿漉漉的路上，逡巡于长着树林的山谷间和滴水的树枝下，度过了许多寒冷又沮丧的时光。我渴慕着我的鸟儿，还有温和的牧师的精神，但显然地，这两者我都无法接近。当我现在再度回想起那个地方，浮现在我眼前的是置身在田地里正匆忙焦急地收割干草的农人，耳朵似乎还能听到一个孩子的哭声。这孩子坐在教堂后面的干草堆里。他妈妈在不远处忙着耙地的时候，这孩子哭了有一个小时。雨住了，草给晒干了一些。许许多多的人，有男有女，还有小孩——只是大多是妇女，聚拢在田地里，把草给耙拢来。干草一英寸一英寸地收归一处。每一英寸土地都细细地耙过。他们先把干草耙成又窄又长的一条。每个人都把干草整理成大约一码宽的一条来。等他们如此这般地收拢了地里的干草，让干草再给晒个一两个小时，他们就把草扎成另外一捆。这样不断工作，直到把地里的草立成圆锥形的草堆，或者从干草列中"运走"。通常情况下，因为处理搬运的过程，干草在堆成堆之前就已经变得很烂很脆了。

离开塞耳彭，我又去了奥尔顿（Alton）[1]。我走的这条路也是一条延长了的下陷壕沟。不过这条壕沟像岩石一样光滑坚实。

---

[1] 奥尔顿（Alton），汉普郡一商业城镇名。

之后我从奥尔顿坐火车返回伦敦。为了不留下将来自责的可能，同时也因为觉得自己在追踪夜莺一事上还没有尽到百分之百的努力，我第二天又朝着剑桥（Cambridge）[1]的方向朝北出发。我在希钦（Hitchin）[2]下了火车。这是个风景如画的古老镇子。我觉得我终于来对了地方。在火车站和镇子之间我发现了一条道路，名字叫作夜莺街。这条街因为夜莺这歌唱家而闻名。街角有一家看起来很简陋的客栈（顺便一说，这家客栈也拒绝给我提供床铺和膳食）。经营客栈的男人说夜莺每天早晨和晚上会在对面的树上唱歌。前一天晚上他就听到了夜莺的歌声，但当天早晨他没有注意到它们。他总是晚上开着窗户，同他的朋友们坐下来，倾听夜莺的曲调。他还说，当夜莺唱出她的音符时，他屏住呼吸，试图让自己的气息和鸟儿的曲调一样长。但是他试了好多次，却没法做得到。对此，我知道多少有点夸张的成分。但我焦急地等待夜幕的降临。终于等到天黑了下来，我像个巡夜人一样走在夜莺街上。又转去别的街道，在任何可能的地点徘徊。然而我什么也没得到，除了肩膀上的神经痛之外。第二天早晨我也没有更好的收获。我对自己说，我的追寻到此为止了，无论怎样，都没有关系，我已经领略了乡村的美景，也因为追寻目标走了那么多路，这就足够了。

总而言之，我听到夜莺的时间加起来不超过五分钟，而且也只是其歌声的一点零星片段。不过这已经足以让我对这歌声令人惊讶的品质感到满足了。

---

[1] 剑桥（Cambridge），剑桥郡城市，该郡郡治所在地。
[2] 希钦（Hitchin），赫特福德郡一商业城镇名。

夜莺有着大师般的歌喉。这歌喉明亮，像丁尼生或任何一位伟大的首席女高音或著名的演说家的一样。的确，一模一样。夜莺是一位完完全全的艺术家。相比之下，其他的鸟儿都成了夜莺的龙套或学生。明亮、令人惊讶、充满自信，具有宽广的音域和力量，夜莺的歌喉很容易地就在别的鸟儿中占据了统治地位。那些粗糙的叫声，"啾-咿-咿-咿-咿"之类的，在夜莺超越一切的才华面前，只能沦为陪衬。在诗人当中，华兹华斯最为准确地道出了夜莺歌喉的特征：

你的歌钻呀钻进我心里——
和谐中带着热情和奋激！[1]

在夜里，这种鸟儿因为靠近人们的屋子唱歌而让人无法入睡。我能很容易地理解这种情况，而且我也肯定，这鸟儿一定经常这样做。在它的曲调里，有一种让人震惊、难以入睡的东西。这曲调那么一震，就开始起来，非常生动。整首曲子显露出高贵的出身、彬彬有礼的态度，具有骑士风范。这首曲子适合女士们在月光下倚着树枝掩映的窗户聆听，适合皇家公园和园林，适合闲适但又充满热情的生活。鸟儿的歌喉如此具有穿透力，如此明亮，音调婉转，音域宽广，洪亮和谐，长歌悠扬。这些都是我们人类所不具备的，但是我们的歌声更富旋律性，更加柔情，更加哀伤。除了夜莺没有别的什么可以激发济

---

[1] 该节诗歌典出华兹华斯《噢，夜莺啊，你这个生灵》（*O Nightingale! Thou Surely Art*）。译文引自：[英]威廉·华兹华斯.《华兹华斯抒情诗选》.黄杲炘 译.西安：陕西师范大学出版社，2016.238

慈写下他的颂歌——这颂歌渴望忘却自我,渴望遗世独立,逃避人世的喧嚣和烦恼。

　　同你一起隐入那幽深的林木[1]

---

[1] 该节诗歌典出济慈《夜莺颂》(*Ode to a Nightingale*)。译文引自:[英]济慈.《济慈诗选》.屠岸 译.北京:人民文学出版社,1997.12

# 第五章  英国和美国的鸣禽

鸟儿歌唱的魅力,就像一个国家的流行歌曲和圣歌,完全不是音乐本身卓越程度的问题,而更多地涉及联想和暗示,换句话说,是人的主观感情色彩和怀旧情绪的问题。每个人都认为自己心目中的那位披着羽毛的歌唱家是最棒的,这大约也是完全自然的情形。对于在欧洲害着思乡病的美国人来说,有一种曲调是在欧洲听不到的。这种曲调存在于美国蓝鸟那简单却忧郁的音符里,或者在美国歌雀的小调中,或者在美国知更鸟虔诚的颂歌里。而对于在美国的欧洲旅行者来说,它们在白颊鸟的爆发而出的歌声中,或者红腹知更鸟的鸣叫,灰背隼的哨声中找不到的音调又是什么呢?鸟儿歌声的优点是相对的,很难被教条地确定。我推想,就算是最棒的鸟鸣,其中也很少可以被我们称之为音乐,更难有那些可以用音符记录下来的成分。鸟鸣是自然的一部分,其力量存在于其与我们的经验对话的程度。

阿盖尔公爵(Duke of Argyll)[1]是一位鸟类爱好者,也是一

---

[1] 阿盖尔公爵(Duke of Argyll)。阿盖尔为苏格兰古郡名,在苏格兰西部,为今天阿盖尔-比特(Argyll and Bute)郡大部。阿盖尔公爵为苏格兰及不列颠联合王国贵族头衔。根据约翰·巴勒斯的生平经历,以及本作写作和出版的年份,并对照"阿盖尔公爵"世袭年表,原作这里所指的阿盖尔公爵应是第八世阿盖尔公爵,他的名字叫乔治·坎贝尔(George Campbell,1823-1900)。

位很好的鸟类学家。当他在美国的时候，他得到这样的印象，觉得美国的鸣禽及不上不列颠的。他还引用他的其他同乡们相似的观点。美国的知更鸟在气势上劣于槲鸫，在音调的种类上不及画眉，在旋律上也比不过乌鸫。因此也难怪阿盖尔公爵会那样想！知更鸟没有也不可能把它唱给我们的歌唱进阿盖尔公爵的耳朵。另外很有可能的是，尊贵的公爵殿下没有在最合适的时间和季节听到知更鸟叫，或者，当知更鸟的歌声同大自然普遍的寂静与孤寂相对比的时候，这变得非常令人震颤和印象深刻。夜莺的歌声需要在夜晚聆听；云雀则要在黎明，当它高飞迎接太阳的时候。对于知更鸟，如果你想知道他的嗓音的魔力，则应该在早春时节，太阳落山时分。那时，他会在某棵最近的树梢唱出他的颂歌，不停歇地唱个十到十五分钟。这种时候自然界或许没有别的声音。地上这里或那里有些积雪；树木都还光着枝条；大地冰冷，了无生机。知更鸟这满足的，且充满希望、令人欣慰的乐曲喷涌而出，如此自在，又严谨细致，让春天的气息和春天本身充满这茫茫的空寂。这是种简单的曲调，但非常适合早春时节。曲调里没有复杂的成分，而是诚挚的欢欣和直率，沾染了一点点忧伤的味道，就像阳光在树梢镀上了一层金，直指内心。知更鸟在音域和变化上的能力同样不容小觑。一位德国人，在训练鸟儿歌唱方面有高超的技巧。他告诉我的话让我听了很是吃惊。他说，美国知更鸟在嗓音的各方面能力上要超过欧洲乌鸫。

公爵没有一一举出他在美国时听到的所有鸟儿的名字。公爵对于美国鸟儿的观点显然受到下面这个事实的影响：普通的美国鹟鸟表现得很是沉默，而它在不列颠的表亲，苏格兰高地湖泊和溪流的鹟鸟，却非常聒噪，而且，"雄鸟的歌声连续不停，还非常生机勃勃"。所以，要么公爵一定是看到了美国鸟儿沉默冥想时候的状态，要么，尊贵的公爵殿下说的是在加拿大的荒野看到了鹟鸟，而鹟鸟在那儿比在美国要更加缄默。的确，美国鹟鸟并非一直叫个不停，并且和不列颠的鹟鸟种类比较起来，美国鹟鸟还不能算作是真正的鸣禽。然而，在夏季，当它在我们的溪流上空忽高忽低盘旋的时候，当它沿着有着鹅卵石和砾石散布的灰色浅滩飞翔的时候，它唱出的音符非常漂亮、令人愉快。在春季鹟鸟迁徙的时候，我经常在夜里听到它们的叫声和鸣唱。的确，我注意到我们没有不作声的鸟儿，包括我们漂亮的雪松太平鸟，它只是在所有鸟儿中声音最弱罢了。有位女士写信给我，说她听到了蜂鸟的歌声。她还说，就算我解剖蜂鸟的发声器官来证明它根本唱不出歌，她也不会被说服。

阿盖尔公爵说，即使是在最富生机的春天时节，他在加拿大和美国的树林和田间，也没有像在英格兰那样听到鸟鸣。这时节若是在英格兰，唱歌的鸟儿有乌鸫、园林莺、白喉林莺、芦莺，常见的鸫鹟，以及夜莺（仅限某些地方）。在美国（除了人迹罕至的偏远森林），在春光最为灿烂的时候，即5月1日到20日，从来都不缺鸟儿突然爆发出的阵阵歌声。有时候，这种情形可以一直持续到差不多仲夏时节，甚至于，还会有更多的鸟鸣加入进来。我想要说，这才是美国不输给不列颠的地方。只不过，美国的鸟鸣更多的是一阵阵的，有那么些断断续续，而且仅限于一天中的某些个时辰，另外唱出这歌声的喉咙比起我们高贵的批评家所熟知的那些，也许没那么大声，没那么活泼。对于曾经听到过的东西，耳朵再听会觉得更加动听和轻松。要想恰当地地感知和欣赏鸟儿的歌声，尤其是将它们的歌声同自然那让人迷惑的低语区分开来，就或多或少需要熟悉鸟儿的歌声。假如公爵有可能在纽约或新英格兰乡间的某个地方，同我们一起度过一个季节，那他就有可能会修正他关于美国鸟儿不唱歌的观点。

有一年春季，是五月初，我发现一只英格兰云雀在一片宽广、低洼的草地上放歌。那片草地四周是一片好风景，对各种鸟儿都很有吸引力。此后一连数天，我每天早晨都去到那里。我要么爬上山坡，坐在山坡可以远望草地的高处，或者坐在草地中间某个缓缓隆起的地方，在那儿听云雀唱歌。鸟儿的鸣叫和各种鸟儿的大合唱让人混淆、难以分清。要感受这种情形，可以想象一下十五到二十种不同的鸟类歌唱家一起歌唱，而且多多少少都用最大的调门。我的耳朵摸索出了在这种大合唱中辨识新歌声的门道。如果它们的音符和叫声可以变成有形的东西，可以像被耳朵听到那样被眼睛所看到的话，那这些声音多得来一定可以覆盖这整片风景，还能遮天蔽日，让白昼变暗。那里有长歌也有小调——歌声来自树林、灌木、地面、天空——有柔和的颤声，有婉转的啼鸣，有低声的吟咏，有富音乐性的叫声，也有尖厉的锐音，林林总总，不一而足。在最近前的地方，是猫鹊和褐鸫。猫鹊躲在灌木中，褐鸫停在一棵山核桃树梢。这几种鸟儿都属于嘲鸫类，善于模仿其他鸟儿的叫声，所以称得上是表演家。它们的歌声展示出嗓音能做到的各种绝技，像是一位展示技艺的杂技演员。它们抛出的音符像是在翻筋斗，以一种示范的姿态让音符转折、扭动、弯曲，时不时显露出口技般的效果。猫鹊的歌声更为尖细，灵活，更像女声。褐鸫的声音则洪亮饱满，更有气势。褐鸫的配偶有个鸟巢。我是在一片刺柏下的野地里发现的。溪流两岸灌木丛生。一阵歌声从溪流边好几处地方传来，或者说，这是一段充满音符和鸣叫的旋律。这旋律激起了我的兴趣——这像是一段喝醉酒后的胡言乱语，来自一只通晓各种歌声的鸟儿。这只鸟儿很壮硕，有橄榄色的背部、黄色的胸脯和黑色的喙。其叫声像知更鸟，或金莺鸟，或学了艺的松鸦，或乌鸦——一位一定能俘获你耳朵并迷惑你眼睛的表演家。再没有别的鸟像这只一样害怕被看见，但又欢喜被听到。

画眉鸟的金嗓子从我右手边的林地边缘传来。她的歌声毫无阻碍，声震耳膜。这歌声宁静、清澈，甚至可以用透明来形容。云雀的歌声同画眉的毫无相似之处。草地中有许许多多食米鸟。她们在草叶间唱出短促的歌声，声音像银铃一般清脆悦耳，丝毫也不晦暗难辨。这声音在我听来，很像是无数银轮在卵石滩上滚动时发出的尖锐又不间断的嗡嗡声。附近的桤木林和沼泽枫树林中飘来红肩膀的欧椋鸟的音符，巨冠霸鹟的嗓音冷淡又粗野，王霸鹟的叫声叮叮咚咚，热带草原麻雀的歌声像金属一样尖锐刺耳，草地鹨的声音也很锐利。所有这些声音都或多或少地阻碍了我正在倾听的声音，因为每一种鸟儿都带上了一点云雀的喉音的嗡嗡声。很多别的音符也同时在我耳中竞相争鸣，比如唐纳雀那洪亮明快的颤声，玫瑰红胸脯的蜡嘴鸟那丰富和优美的旋律，红眼雀那冷淡、短促但却有力的歌声，红眼绿鹃的颤声像是孩子满足时的喃喃低语，金翅雀的旋律生气勃勃，灌木丛中的麻雀叫声似轻柔的铃声，紫雀的旋律急促，回旋往复、富有生气，歌雀的歌声像温柔的摇篮曲，黄喉地莺"啾瑞""啾瑞"的叫声多么令人愉快，金莺鸟的哨音清脆明亮，金翅啄木鸟的声音高亢，燕子们叽叽喳喳，如此等等。当云雀飙足音量的时候，非常容易就能听到她的歌声。其他种种声音轻易就被云雀的给盖过去了。这样的效果是因为两点原因，首先是云雀音高本身给人的感觉——像是要冲上云霄一般，其次是云雀歌声的特点，声音洪亮而气息深厚，穿透力强且持久不断，洋溢着欢快的情感。这歌声好似什么异常迅疾、锐利且又丰富的东西在耳边划过。它赶上并且超过其他任何一种声音。它的低音像许许多多车轮或纺锤在一起嗡嗡作响。这歌声时不时又会呈现出一些变化，尖锐的或更为低沉的音符引起新的组合。但不管其如何变化，歌声原本的特征一如既往——急促滑落，喷涌而出，如水银泻地一般。总体来说，这不是甜美悦耳的歌声，而是强劲欢快的乐章。

公爵有充分的理由说在美国这个国家里没有鸟儿，或者至少，在密西西比河东岸，在这个云雀的地盘里，没有别的什么鸟儿。我们那高远、辽阔、明亮的天空也像是云雀最适当的领地。云雀的歌声是最纯粹的狂喜，没有沾染到一点点哀伤或骄矜，更非仅仅是单纯的欢谑——它是那清晨的欢乐和喜悦的源泉，高踞于田野和高地之上。这歌声的效果极好地呈现在华兹华斯的诗行中：

> 带我上，云雀呀！带我上云霄！
> 因为你的歌充满力量；
> 带我上，云雀呀！带我上云霄！
> 唱呀唱，唱呀唱，
> 唱得你周围的云天一片回响。
> 请把我激励和引导，

>帮我找到你看来合适的地方。[1]

不过,从吉尔伯特·怀特和巴灵顿(Barrington)的名单来判断,同不列颠的相比,我要说美国的鸟儿合唱班更加庞大,并且包括更多优秀的歌唱家。怀特提到了二十二种鸟儿的名字。这些鸟儿在春夏两季都会在英格兰土地上歌唱,其中就有名单里的燕子。纽约和新英格兰春夏两季歌唱家的名单上没有提名任何典型的啄木鸟,比如隐士鸫和棕夜鸫,两种鹡鸰,三十种或更多的莺雀,还有隐士绿鹃;这名单也没有包括那些叫声富有音乐性的鸟儿,有些鸟儿本就有歌唱家的头衔,比如蓝鸟、鹬鸟、燕子、红肩欧椋鸟、美洲燕、金翅啄木鸟等。尽管没有什么鸟儿歌唱家能够比得上云雀和夜莺,但是这份名单也应该包括更多的名字,即知更鸟、猫鹊、巴尔的摩金莺鸟、园林金莺鸟、北美歌雀、树林麻雀、黄昏麻雀、棕顶麻雀、沼泽麻雀、紫雀、画眉鸟、猩红唐纳雀、靛蓝维达雀、金翅雀、食米鸟、夏季黄林莺、草地鹨、家鹪鹩、沼泽鹪鹩、褐鸫、红眼雀、饶舌画眉、红眼绿鹃、白眼绿鹃、马里兰黄喉地莺、红胸蜡嘴雀。

不列颠的麻雀在很大程度上是不唱歌的。那些唱出小曲儿的是我们的北美歌雀。它们的歌声在三月间就早早地从花园的篱笆或路旁飞了出来。这歌声变化无穷,让人心醉。它预示了春天的到来,令人感动。还有黄昏麻雀,它们的歌声充满了田野的气息。这气息静谧且显露出属于野性的甜蜜。小小的灌木麻雀,突然间

---

[1] 该节诗歌典出华兹华斯《致云雀》(*To A Sky-lark*)。译文引自:[英]威廉·华兹华斯.《华兹华斯抒情诗选》.黄杲炘 译.西安:陕西师范大学出版社,2016.171

投影于田野的寂静或黄昏的薄暮之上，它们的歌声就这样愉悦了耳朵，就好像一幅美丽的画卷愉悦了眼目一般！白冠麻雀，白喉林莺，加拿大麻雀只在春秋两季短暂地啼鸣，而我曾在四月份听到过狐色雀鹀。他的歌声萦绕于我的心中，像是那明媚、哀怨又甜美的青春记忆——这是所有麻雀歌声中最丰富和最动人的一种。

我们的鹪鹩的歌声，也比旧大陆上任何一种鸟鸣更动听。因为我们鹪鹩歌唱家的种类更庞大。我们的家鹪鹩赶不上不列颠的家鹪鹩，但是我们的沼泽鹪鹩的歌声更加生气勃勃。我们的冬鹪鹩，歌唱得快活、老道，哀婉动听，又富有技巧。全世界能超过它的鸟儿歌唱家寥寥无几。这种鹪鹩的夏季栖息地是美国北方那些又高又凉爽的树林，他们的歌声绝大部分都消散在原始的孤寂之处。

根据怀特的意见，不列颠霸鹟是不发声的鸟儿，然而美国的霸鹟，例如菲比鸟、美洲燕、王霸鹟、绿霸鹟以及其他一些，都或多或少地拥有活泼动听、富有音乐性的歌喉。巨冠霸鹟的嗓音粗粝刺耳，但美洲燕那哀伤又清脆的音符对此不仅仅只是弥补。怀特说金冠鹪鹩在大不列颠并非鸣禽，但同样种类的鸟儿在美国却能唱歌。它的歌声尽管说不上卓越，但也足以令人愉悦。只是它的歌声在除了其北方的繁殖地之外很难听到，而和金冠鹪鹩同属的红冠鹪鹩却拥有一副浑厚、甜美且悠长的嗓音。每年四月或五月有那么一两周，它们的声音在北方各州能够非常容易地被听到。到了夏季，在它飞往夏季栖息地的途中，它就只进食而暂停唱歌了。

欧洲没有绿鹃，也没有同它们应和的鸟儿，而在我们这儿，绿鹃是为我们的果园和树林贡献音乐的重要的一分子。同红眼绿鹃相比,可以让我忽略的鸟儿几乎没有。红眼绿鹃的独唱欢快无比,旋律优美。这鸟儿能在枫树林和洋槐丛中一唱就是一天,乃至于整个夏季。是他,或毋宁说是她,在低矮的、叶片茂盛的树枝末端筑巢。这篮子似的巢精致细腻,精巧地悬挂在两根枝条之间。歌绿鹃的声音更结实、更洪亮,唱起来也更加连绵不断,但是音色就没有那么甜美。孤独绿鹃只能在深深的树林中被听到,而白眼绿鹃则更具地域性,只出没在自己的领地内。通常发现它们的地方是潮湿的灌木茂盛之处。在那样的地方,就算是最迟钝的耳朵也一定能捕捉到它们那激昂的、富于变化的精彩歌声。

两个国家的金翅雀,羽毛有所不同,但歌声却相互匹敌。不过,我们国家的紫雀,或紫朱雀——有人这样纠正我,歌唱的排名可比英格兰的紫朱雀,或紫朱鸟(苏格兰人这样叫)[1]高得多得多。无论在音域、旋律,还是气韵上,美国的紫朱雀都可算是卓越不凡的歌唱家。毫无疑问,雀鸟整个这个大家族,为美国提供的优秀歌唱家比为大不列颠提供的更多。它们构成了美国的鸟鸣声的主体。这个大家族中包括唐纳雀和蜡嘴雀,而在欧洲,领衔的是莺鸟。怀特在他的名单中提到了七种雀鸟,巴灵顿提到了八种,但除了紫朱雀以外,没有一种是著名的歌唱家,而我们的名单可以把前面提到过的种种麻雀都算上,另外还有靛蓝维达雀、金翅雀、紫朱雀、猩红唐纳雀、红胸蜡嘴雀、蓝蜡嘴雀和红衣主教雀。在这些鸟儿中,除了狐色雀鹀和蓝蜡嘴雀之外,其他的都

---

[1] 紫朱雀,英文原文作linnet。苏格兰发音为lintie。此处翻译成不同的字眼以示口音上的区别。

是中东部各州常见的夏季歌唱家。靛蓝维达雀在仲夏，乃至于整个夏天都是极为杰出的歌手。唐纳雀也是如此。据我判断，纯粹就旋律的魅力、如赞美诗般的宁静，以及脱俗的精神性来说，欧洲没有任何一种画眉能同我们的画眉或隐士鸫相提并论，就好像单纯以舌音的优秀程度而论，欧洲也没有任何一种鸟儿能赶得上我们的食米鸟。

欧洲的杜鹃鸟比我们的更能唱歌。他们的红胸知更鸟，比起我们这边相同种类的鸟儿，即蓝鸟来说，是更优秀的歌唱家。从整体上讲，在云雀和莺雀这两种种类的鸟儿里，能唱歌的鸟儿，欧洲的比我们的更丰富。我们有一大群小型林莺——不少于四十种——但其中大多数的叫声都非常微弱且含混不清。除了最敏锐的耳朵之外，基本上没人能听得到它们，而且它们会飞到极远的北方度过夏季。如果把鸫鹟排除在外的话，我们最有才华的莺雀是两种鹟鸫。一种是夏季的北方鸟儿，另一种是肯塔基莺雀，这属于南方鸟儿，但这两种鸟儿似乎还是赶不上英格兰的白颊鸟、白喉林莺或园林莺，更别提夜莺了——尽管奥杜邦（Audubon）[1]认为我们的大嘴水画眉，或鹟鸫，同著名的夜莺不相上下。它确实是一位卓越的歌唱家，但歌唱得短促得令人最是气恼不过。在昏暗的侧廊边，野外的小溪从旁流过，突然一声欢快的旋律从侧廊里迸发而出，俘虏了耳朵，可就在你刚说出"听！"的刹那，歌声就消失了。每一季，在一处岩石嶙峋的溪水边，我都听到和

---

[1] 这里的"奥杜邦"指约翰·詹姆斯·奥杜邦（John James Audubon），1785-1851，美国鸟类学家、自然学家、画家。他最杰出的成就是用绘画的形式记录了美国所有种类的鸟儿及它们的栖息地。此书叫作《美国鸟类》（*The Birds of America*）。

看见这种鸟儿。溪水流进一处深深的峡谷。这峡谷坐落在一片铁杉和松树的树林中间。当我坐在那些小瀑布脚下,或者坐在瀑布之上的那些泛起黑色漩涡的小水潭边时,这种鸟儿就在我身边迅疾掠过,在溪水边上下翻飞,或飞落在我近旁,立在一块岩石或水边的某颗石头上。它那带有斑点的胸脯,深橄榄色的被羽,摇摇晃晃、细细碎碎的步态——这一点同鹬鸟很像,还有它尖锐的叫声——很像两块卵石在水下敲击发出的声音。这些都是这种鸟儿的典型特征。还有它那迅捷、响亮的歌声——你一定立即就能听到。这歌声仿佛像什么闪亮明媚的东西在一瞬间点亮周遭的昏暗。假如这歌声能够有一丁点儿像夜莺的那样持久悠长,那奥杜邦的比较就有了充分的根据。大嘴水画眉的表亲,林鹟鸫,或那位老鸟类学家所说的金冠画眉,以及后者所说的金冠岩鹨——我们美国树林里一种普通的鸟儿——也有相似的嗓音。当这种鸟儿高高飞起,飞过树冠的时候,它们唱歌的姿态是遮遮掩掩的,显露出非常慌张的感觉。这是一种林莺,无论是练习还是彩排都喜欢偷偷进行。当我们这位谦虚的歌唱家做好准备走到台前,给大家一个聆听他完整歌声的机会时,欧洲的林莺就需要小心卫冕他们的桂冠了。这两种鸟儿是我们最优秀的莺雀,但似乎除了知道和欣赏它们的人之外,它们似乎还没有怎么为人所听见。如果两种鸫鹟也同样能够被添加进新英格兰地区的夏季常住居民中的话,那么唯一能让我们的莺雀之歌显得苍白的,就只有菲勒梅拉(Philomela)[1]她本人了。作为歌唱家,英格兰红尾鸲毫无疑问

---

[1] 菲勒梅拉(Philomela),希腊神话人物,化身为夜莺,原文这里也是用这个人名指代夜莺。

是超过我们的；我们这边也没有什么鸟儿能够同上面提及过的英格兰林莺相提并论。据说英格兰林莺有一点点次于云雀，可是，从另一方面讲，除了已经说到过的麻雀和绿鹃之外，他们也没有哪种鸟儿歌唱家能够比得上我们的金莺鸟、果园欧琼鸟、猫鹊、褐鸫（仅仅低于嘲鸫）、红眼雀、灯草鹀、奶牛鹀、食米鸟、黄胸饶舌画眉。如若再论及两个国家的燕子，那么优势明显在于美国这一边。我们的烟囱燕，清脆的啁啾声一旦唱起就持续不断，音色像银铃一般，毫无疑问比同类的欧洲家燕更富音乐性。还有，在旧大陆的鸟类名录中根本找不到我们的北美紫燕。不过，一个可能的事实是，英格兰的居民比我们美国的居民在一年之中能听到的鸟鸣要多。这一点，就某些方面来说，英格兰更胜一筹。

首先一方面，在英格兰，没有什么鸟鸣会消散在"荒漠的天空"中，或被浪掷在荒无人烟、没人欣赏的孤寂里。英格兰的鸟儿比美国的更亲近人家，更为习见。它们同人的联系更加直接和密切。作为一个整体，英格兰的鸟儿不那么会离开人类，消失于虚空的旷野和未被开垦的土地。英格兰像一块浓缩的大陆——荒原、旷野、荒地全都被排除掉了。鸟儿们被聚拢到了一起，和人相伴。美国的林中鸟在英格兰变成了家雀或园林鸟。鸟儿们随处能找到草场和庇护。英格兰是园林的国家、花园的国度、篱笆墙的土地。这里禁猎，没有猛烈的极端天气，好一个鸟儿的天堂，好一个增强演唱效果的舞台！鸟儿们多么多产，它们的乐章多么丰富！如果我们的鸟类歌唱家被捕杀或落入捕鸟者的陷阱，好比英格兰的云雀、金翅雀以及画眉等等所遭受的一样，那么这些种群将会很快灭绝。其结果，一般来说，很有可能不列颠的鸟儿整体真能比我们的唱出更多的歌，或者其歌声的质量更加突出和明显,例如会更活泼更有力。英格兰的鸟儿羽毛没有那么亮丽,但是嗓音更加富有生气。它们并非新近才从树林子里出来,它们的歌声也不像我们的那样飘忽不定、曲调哀婉。它们唱起歌来饱含自信,精神饱满,就好像它们也沾染到了人类的文明一般。

于是,它们每天多唱几个钟头,一年中唱了更多的时日。这都得益于更温和、变化更小的气候。我在十月份的时候还听到云雀在南部丘陵地带(South downs)[1]上空唱歌。这歌声明显显示出如春日般的热情和欢乐。鸫鹟、知更鸟,还有林莺可以在整个冬季唱个不停。到了仲夏,英格兰的歌喉恐怕比我们这儿要多。在美国,盛夏阳光的温度和火焰让我们大部分的鸟儿都闭上了嘴。

当盛夏过去之后,我听到的叫声特别规律的只有四种鸟儿。它们分别是靛蓝维达雀、林地或灌木麻雀、猩红唐纳雀、红眼绿鹃。怀特指出了八种或九种会在八月份唱歌的鸟儿,可是他提及唯一持续唱歌的鸟儿只有黄鹂。他的名言——鸟儿只要筑巢这事儿一直在进行,就不会停止唱歌——在英格兰和美国这里都符合事实。因此,假如我们的树林画眉在六月筑的巢被乌鸦或松鼠破坏了的话,那它们就会一直歌唱到八月——而这是经常会发生的事情。

不列颠的鸟儿歌唱家在晚上唱歌的时候比我们的要多。怀特说蚱蜢云雀在盛夏时节可以一晚上叽叽喳喳个不停。莎草鸟整夜里有很长一部分时间也会唱歌。在它闭嘴之后,往它栖息的灌木丛中扔一块石头,就能让它再度唱起来。不列颠其他的鸟儿,除

---

[1] 南部丘陵地带(South downs),是英格兰南部绵延约六百七十平方公里的丘陵地带,从东南沿海的汉普郡一直延伸到东萨塞克斯郡。

了夜莺之外，夜晚或多或少都会唱歌。

在美国，我们唯一拥有的很规律的晚间歌手，是嘲鸫。其他的鸟儿歌唱家时不时地在午夜发出一两声啼叫，但因为叫声过于简短，给人的印象就像它们不过是在睡梦中唱了一句而已。因此，当我听到长发鸟（或叫荡妇鸟）、王霸鹟、灶巢鸟、杜鹃等在死寂的夜晚断断续续地啼鸣，那感觉就像是小男孩儿在睡梦中咯咯发笑的声音一般。

另一方面，也有一些我们的鸟儿歌唱家占优势的方面。它们胜过其欧洲同类的地方在于歌声的甜美，温柔以及旋律性，对此我是毫不怀疑的。我们的嘲鸫，其自然的栖息地在南方，在流畅度和变化性上胜过世界上的任何一种鸟儿，其歌唱技巧也高度合理。嘲鸫歌声的整体效果也许胜不过夜莺，不如后者的夜曲那么有说服力。关于这两种鸟儿歌唱家相互的优点，这是在我头脑中的唯一问题。把我们的鸟儿全部集中到一起，像在英格兰鸟儿也全部集中到一起一样，让我们害羞的啄木鸟——比如隐士鸫、棕夜鸫、冬鹪鹩、树林鹟鸫、冬鹟鸫还有各种莺雀，数种绿鹃——也变成园林和果园鸟儿，那一定会爆发出鸟儿的大合唱。

贝茨（Bates）是一位亚马孙的自然主义者。他曾经在漫游途中听到一种小画眉的叫声。他说这叫声显示出美洲的性格。这性格我曾经有所提及。贝茨这样说："比起我们的（英格兰的）画眉来说，这种鸟儿的个头更小，样子也更普通。它的声音并没有多响，也没有太多变化，延音也不长。其音色是一种甜美、幽怨的质地，同荒凉静默的林地和谐一致。在这样的林地里，在热带那闷热的时节中，那是每天早晚唯一能听到的歌声。"

我附上一张对照表。表里列出了在美国和英国更为著名的鸣禽。其中一些有星号标记，说明这些有可能是更优秀的歌唱家。此表之后还有一张名单，开列了其他的美国的鸟儿歌唱家，其中一些并未出现在不列颠的鸟类名录中：

**旧英格兰（英国）**

★森林云雀　　　　　　　**新英格兰**

画眉　　　　　　　　　　草地鹨

★雌鹪鹩，又名巧妇鸟　　★画眉鸟

柳莺　　　　　　　　　　家鹪鹩

★红胸知更鸟　　　　　　★冬鹪鹩

★红尾鸲　　　　　　　　蓝鸟

篱雀　　　　　　　　　　红尾鸲

黄鹂　　　　　　　　　　★北美歌雀

★云雀　　　　　　　　　★狐色带

燕子　　　　　　　　　　食米鸟

★白颊鸟　　　　　　　　燕子

山云雀　　　　　　　　　树林

★乌鸫　　　　　　　　　山云雀（春季和秋季）

白喉林莺　　　　　　　　知更鸟

金翅雀　　　　　　　　　★马里兰黄喉金翅雀

金翅鸟　　　　　　　　　★树林麻雀

芦苇麻雀　　　　　　　　★黄昏麻雀

紫朱雀　　　　　　　　　★紫雀

★苍头燕雀　　　　　　　靛蓝维达雀

★夜莺　　　　　　　　　水鹡鸰

| | |
|---|---|
| 椋鸫 | ★隐士鸫 |
| 大山雀 | 热带草原麻雀 |
| 红腹山雀 | 山雀 |

以上没有列入的新英格兰鸣禽有：

红眼绿鹃

白眼绿鹃

费城绿鹃

隐士绿鹃

黄喉绿鹃

猩红唐纳雀

巴尔的摩金莺鸟

果园金莺鸟

猫鹊

褐鸫

红眼雀

北美紫燕

嘲鸫（偶尔）

除了以上这些鸟儿之外，还有十来种甚至更多种类的新大陆莺雀，或者说林莺应当提名其中。其中的一些，比如黑喉绿莺、加拿大斑点林莺、冠林莺、悲啼地莺、黄莺都是非常优秀的歌手。

# 第六章　对几种英格兰鸟儿的印象

前面一章写于我上一次去往英格兰之前。那时我对于不列颠鸣禽的知识主要来自资料而非个人观察。1871年秋天我在英国的时候，听到过云雀唱歌，知更鸟的声音简短地听到一些，另外零零星星地听过一些别的鸟儿。可是对于春夏时节鸟儿们的大合唱，以及每一位鸟儿歌唱家的优点，我都是通过阅读他人的著作知道的。这些资料来自比如怀特、布罗德里普（Broderip）[1]和巴灵顿。除此之外我自己所知甚少。因此，当我发现我再一次踏足不列颠的土地，鸟儿们在五月的天空中狂欢，我抓住良机，追踪每一个音符的来源。这个过程并不漫长也不艰苦。一来要追寻的鸟儿的种类并不庞大，其次这些鸟儿也没有藏在树林中或什么偏僻地方。基本上你都可以在你能走得到的地方找到它们。它们唱得多么动听！它们的音符是多么响亮，多么动人心魄！之前，当我将它们同我们美国自己的鸟类歌唱家作对比的时候，我对于它们的优点和特征都有所了解。现在，当鸟儿们如我所愿地唱起歌来，尤其唱得正如我之前对它们的认知一样时，我从中感受到的

---

[1]　这里的"布罗德里普"指威廉·布罗德里普（William Broderip），1789-1859，英国律师及自然学家。

快乐绝非一星半点。

在一个春光明媚的五月清晨，鸟儿的歌声在我的耳边缭绕不绝，这样的感受真是让我难以忘记。那是在我抵达格拉斯哥之后的两天，当时我正从艾尔步行前往阿洛韦。这段路程有三英里，走过的是苏格兰最为迷人和富饶的地区之一。天气似六月中旬般暖和，田野里一派枝繁叶茂，草木葱茏的六月景象。在我的右边，一片宽阔的草地舒卷开来，地势如波浪般起伏。草地上云雀正欢快无比地歌唱。这一切我早就知道，早就心向往之。这是怎样的歌声啊！仿佛阳光也能唱歌！往前走了没多远，在一片苜蓿地里，我听到的第一啼鸣来自长脚秧鸡。"克瑞克斯，克瑞克斯"，草丛中传出几声粗糙的叫声，叫声像是什么大型昆虫发出的刺耳声音。听到这声音，我马上就知道是什么鸟儿了。随后我走近一片美丽的果园或树林。一堵十二英尺高的围墙环绕守护着这片林子（透过围墙的入口，我瞥见几座很好的房子掩映在高墙之后）。当我走近这片林子时，有多少歌声和鸣叫环绕在我耳边啊！音乐会刚好达到高潮。整片林子都在发声。鸟儿的鸣唱在林间回荡。在我耳中，它们的歌声是那么洪亮，那么快活，几乎像是在大声吵嚷！我驻足于令人愉悦的迷狂当中了。

随后我发现，我所听到的全部声音，大约只是两到三种鸟儿所发出的。而且，至少有三分之二的声音来自其中一种鸟儿。在阿洛韦，我逗留了将近一个星期，住在一间很干净的小客栈里。

> 在那儿杜恩河流淌，泛起涟漪，河水清澈。[1]

---

[1] 该节诗歌典出彭斯的《万圣节》（*Halloween*）。

我不再执着于分析这充满激情的鸟儿大合唱了，也不再追寻每一个音符的准确源头。毫无疑问，这就是阿盖尔公爵所说的喷涌而出的鸟儿大合唱。只是尊贵的公爵殿下没有提及哪只鸟儿是领唱。我曾读过关于不列颠鸟儿的资料，也随身携带着几种关于不列颠鸟类学的流行论著，但是毫无疑问，要想知道哪一种鸟儿是英格兰鸣禽中声线最丰富、叫声最响亮的，所有这些纸面上的研究都无法道出其万一。我也曾读过或听到不少关于植物的研究，比如哪一种野花最为耀眼夺目，哪一种野草最是普遍。同样地，关于植物的研究给我的知识要比关于鸟类的研究给我知识多得多。现在我认为，不列颠鸟儿中声线最丰富的是花鸡，最耀眼的野花是毛地黄（至少在英国我亲眼见过的那些地方），最普遍易见的野草是荨麻。在整个五月，以及差不多所有的春季月份，当你走路或开车在田间穿行时，所有那些向你的耳朵致意的乐声中，有三分之二都是花鸡发出的。在英格兰和苏格兰，我一直徒步旅行到七月末我离开的时候。在我的整个行程中，我见到的花鸡和别的种类的鸟儿的比例差不多是三比一。在英伦三岛上，花鸡似乎是永久居民。就算冬天降临，这种鸟儿依然成群结队地出现。雄花鸡可算是不列颠鸣禽中最漂亮的鸟儿了。它们的被毛是柔和的蓝灰色，双翅生有条纹，胸脯和身侧又是粉红色。苏格兰人将花鸡叫作苍头燕雀。在阿洛韦，每棵树上就有一只苍头燕雀。一天当中，无论什么时候，每只花鸡那急促又持续不断的音符同别的花鸡的叫声交织，四下里合成一片，就像夏天池塘里不断激起的涟漪。那么多的花鸡，每只都那么唱个不停，声音响亮，个个要在这合唱中显出一席之地。这合唱声同我们美国的果园欧椋鸟的叫声一样响亮，但却更加活泼生动。花鸡的叫声一开始是急促的颤音，和鹪鹩的很像，之后迅速变成尖锐的铃声，然后滑入婉转的颤音，最后以骤然而来的轰鸣收尾。我还从未听过这样的鸟叫声。开始时如此轻快婉转，结尾时的重音则又那么迅猛、生硬。最末的那个音符听起来很像"惠蒂儿"，声音唱得极其锐利。在杜恩河的时候，曾有一只花鸡在我头顶的苹果树上日复一日地唱歌。每一次它都以一阵喷薄而出的尖叫声来给它的歌儿结尾。那歌声听来好似"姐姐，就在这儿……"从那之后，不论我在哪儿听到花鸡唱歌，我都会不由自主地把它结尾的音符听成这个调子——一句急不可耐的感叹，"姐姐，就在这儿……"整体说来，花鸡的歌儿令人愉快，而且很有个性——节奏迅疾，从不间断，而且响亮无比。不过，这鸟儿在不列颠所得到的爱戴似乎比它在欧洲大陆所得到的要少。在欧洲大陆，花鸡更多地作为笼中鸟儿受到人们的追捧。在德国的图灵根（Thuringia）[1]森林，因为人们大量搜捕花鸡，这使得人们几乎很难再听到一只花鸡唱歌了。据说，一位普通工匠曾用他的一头母牛来交换一只受人欢迎的鸣禽。比起美国的几种雀鸟，尤其是我们的紫雀，不列颠花鸡的旋律性远有不及，其歌声的魅力也相差很多，但是花鸡的音色那么丰富，歌声又那么持久，在歌曲的数量上它远超我们的任何一位鸟儿歌手。

就歌声的音量来说，排在花鸡之后的，应当算是画眉，而且，在某些地区，画眉的歌声说不定还能胜过花鸡的。在杜恩河上时，我没有发现这种鸟儿，在苏格兰的其他地方也很少看到，但

---

[1] 图灵根（Thuringia），德国中部一个州的名称。

在英格兰南部，画眉成了合唱的主宰。它的声音高过别的鸟儿，很容易听到，但是没有人会怀疑这是画眉。英格兰画眉没有那种笛子般的旋律，也没有美国画眉歌声中的那种平缓虔诚的音质。英格兰画眉可以用不同的音色吹出尖锐的哨声，就像能用不同的语言说话。它唱歌的方式很像美国褐鸫的，摆足了发音所需的态度和身姿。英格兰画眉的歌声很容易就可以被转译成各种词汇或喷涌而出的短句子。它会一直唱到暮色加深，夜晚降临。我总会是想象这样的场景，一对年轻情侣漫步在日暮中，他们听到头顶上方的枝叶间画眉的歌声，"吻她，吻她；吻吧，吻吧；快些，快些；一直吻，一直吻；很合适，很合适；这就成"，还有很多别的不那么清楚的词句。这些词句可以被解释成点头表示满意或者眨巴眼睛。有时候画眉会发出间断的哨声。它的表演总是那么活泼、响亮、清晰，但是在我的耳朵听来，画眉的叫声却绝非是优美的旋律，不像诗人们通常评价的那样。就算彭斯这样说：

    这温和圆润的画眉鸟。[1]

德莱顿（Drayton）[2]则这样讽刺道：

    尖叫锐利的画眉鸟。

---

  [1] 该节诗歌典出彭斯《布鲁尔泉的卑微请愿》（*The Humble Petition of Bruar Water*）。布鲁尔泉是苏格兰珀斯－金罗斯郡（Perth and Kinross）中的一处河流。彭斯该诗以泉水的口吻，向公爵乞求多栽种树木以养护水土。
  [2] 迈克尔·德莱顿（Michael Drayton），1563-1631，伊丽莎白时代的著名英国诗人。

本·琼森（Ben Jonson）[1]的《精力充沛的画眉鸟》（*Lusty Throstle*）稍微客气点。画眉的歌声充满力量和无限的喜悦。这歌声来自一颗强壮的心脏和欢快的喉咙。这歌声中没有一丝悲哀或感伤。它就像早晨雄鸡的报晓一样，展现出健康的体魄和绝佳的胃口。当我追寻夜莺的时候，画眉经常在黄昏时节唱出这样的歌声。这歌声在那样的环境听来，不免令人觉得厌烦。我在基尤（Kew）[2]度过了几个星期。画眉那尖锐的哨声经常在早晨将我唤醒。

歌声更柔和一点的是乌鸫，放到我们美国，就被称为乌木知更鸟。它那金色的喙让它的歌声也像是金嗓子唱出来的一般。这是我听过的最从容闲适的歌声了。在一众响亮、活泼，但平庸的合唱声中，乌鸫的歌声有一种安逸的，"无所事事的快乐"[3]的效果。我把乌鸫的歌声排在我们的乌木知更鸟之前，它的歌声自有特点，但在某些方面却又有所缺陷。对我来说，我始终觉得这鸟儿像是个还没掌握好他的技艺的学习者。他的音色不错，但演唱本身太过费力，很不自然。这位音乐家还没有熟练和自信地使用他的乐器。看起来，这只鸟儿似乎打算吹些简单的哨音，但他却从来没有真正成功。歌声的某些部分有气无力，音量微弱，整首曲子欠缺美国知更鸟歌声中的那种决断力和游刃有余。英格兰的乌鸫在黄昏时节非常聒噪，各种曲调唱得不一而足，这一点倒是

---

[1] 本·琼森（Ben Jonson），1572-1637，17世纪英国戏剧作家、诗人、演员、文学批评家。

[2] 基尤（Kew），伦敦泰晤士河畔列治文区（London Borough of Richmond upon Thames）的郊区。

[3] "无所事事的快乐"，原文为意大利语dolce far niente。

和他那美国同类一模一样。

在我看来，我参考过的那些研究鸟儿和鸟儿生活的不列颠作家们并没有恰当地区分和鉴赏他们自己那些鸟儿歌唱家的歌声和价值。在不列颠的所有鸟儿中，我听过的旋律最优美的歌声，也是唯一充分展示出和美国的鸟儿歌唱家最棒的歌声相同品质的，来自一种完全没有名气的鸟儿，至少在大不列颠诸岛上它毫无名气。这种鸟儿我认为是柳䳭鹩，或被称为柳莺——这是一种褐色的小鸟，在靠近地面的地方筑巢。它的巢是圆形穹顶的形状，里面铺着羽毛。怀特说这种鸟儿拥有"甜美，哀怨的音调"。这话只说对了一半儿。柳莺发出的是悠长、柔和、甜美的颤音，并非在力度和音量上需要增强，而是极度的纯粹和甜美，像是变得更为纯净和理想化的花鸡叫声。我在英格兰南部听到过著名的白颊鸟的叫声，后来在法国又再一次听到，但就上面这些特点来讲，白颊鸟远远逊色于柳莺。白颊鸟只不过胜在歌声的力度大，容易打动人。柳莺的歌声，应该算是小调，更像女性而非男性的，但这歌声有打动人心的力量。

又奏起这个调子来了！它有一种渐渐消沉下去的节奏。[1]

柳莺的歌声有一种袅袅的余音。就这一点来说，没有别的鸟儿能如此动人。它的调子升起，圆润而饱满，之后渐次降低，最终

---

[1] 本处引文典出莎士比亚剧作《第十二夜》（*Twelfth Night*）第一幕第一场。译文引自：[英]莎士比亚.《第十二夜》.朱生豪 译，吴兴华 校.载《莎士比亚全集》（二）.北京：人民文学出版社，1994.411

以一种温柔的低语消散在空气里。柳莺的歌声我到处都听到过,这是排在花鸡之后我最常享受到的鸟鸣了。然而我询问过的很多农人都不知道这种鸟儿,或者把它同别的鸟儿搞混。对于普通的英格兰人来说,这些歌声太过美好——其中没有足够的杂音。相比之下白喉林莺更加有名。它的声音更响,更粗壮,歌声中饱含重音和自信,比小小的柳莺更像"约翰牛"(John Bull)[1]。

当我在英格兰停留了数天之后,我终于清楚地弄明白,为什么英国的旅行者似乎总认为我们美国的鸟儿歌唱家不如他们的。我们的鸟儿们的嗓门和叫声实在是太小了,歌声也不够丰富和亲切。你得更多地招徕它们才行。它们近来也不太离开旷野。它们歌声中的精妙和野趣更多的是森林式的,就像风的哨音一般忧郁。英格兰的鸟儿歌唱家是快乐的族群,但美国的鸟儿却并非如此,生活似乎给予了它们更多的试炼。无疑,这是事实。生活的试炼蕴含在它们那不得不实施的迁徙和必须得抗击的严酷气候当中。

任何一个人,只要听过欧洲杜鹃的歌声之后,一定会为以前听到的杜鹃报时钟的声音感到遗憾。报时钟盗走了杜鹃鸟儿那响亮的雷鸣声。等你见识过这歌声真正的主人后,报时钟的音符完全就变成了二手货,显露出它人工声音的本质。在山丘或果园里的欧洲杜鹃,唱出的不仅仅是杜鹃报时钟的声音,它们的啼鸣更是欢快的,毫无美国杜鹃声调里的孤独和僧侣气息。另外,杜鹃的叫声在早春就能听到,我能懂得这对于当地人的耳朵来说意味着多少东西。

---

[1] "约翰牛"(John Bull),对英国人的谑称。

我发现，在以前对于不列颠鸣禽的评价中，我做的唯一不公正的评价是关于鹪鹩的。同美国的家鹪鹩相比，不列颠鹪鹩实在要优秀得多，而同我们的冬鹪鹩相比，不列颠鹪鹩就算不能平起平坐，至少也差不多能赶得上了。如果没有同时听到这两种鸟儿的歌声，就不可能决定谁唱得更好。不列颠鹪鹩的歌声中透出相同的热情和抒情性。在身形大小、颜色、行为举止上，两种鹪鹩几乎一模一样。不列颠鹪鹩非常普遍，无论在哪儿都能听到，也正是因此，在大家随时都能欣赏到的鸟鸣声中，它们比起美国鹪鹩来奉献了更多的歌声。巴灵顿比较了不列颠鸣禽的价值，并列成一份表格。这份表格将鹪鹩划定得太低。巴灵顿否定鹪鹩歌声中的圆润和伤感，只对其歌声中的明快打分较高。这种评价使他的整个评价表格失去说服力。就刚才提到的圆润和伤感这两种特点来说，巴灵顿对画眉和乌鸫的评价一致，但这同样不符合实际。

英格兰知更鸟是比我之前预期的更好的歌唱家。诗人和作家们没有公正地对待他。他继承了夜莺的某些特点，和那种著名的鸟儿一样，可以跻身第一流的歌唱家之列。他最喜爱的歌唱时间是黄昏。我曾经听到他最后一个唱完。他的歌声很特殊，急促，一顿一歇，但富于所能听到的最纯粹最动人的声调。其之所以打动人，来自音色的平滑，歌声的强度，以及非常饱满的发音。这歌声一忽儿迅猛密集，好像闸门突然被打开，之后又突然间停住，间或爆发出一道闪亮的火花，随着这声波逐渐变弱。它突然停住，并且犹豫不决，然后又爆发出一串音符，像是口吃的人，只要音符一发出来，就不可思议般的清晰、纯粹。我曾听到过绿山核桃树枝被扔进熊熊火焰后发出的声音。原本密闭在坚实的木头中的水汽爆发出来，喷发出同样响亮、强烈、富有音乐性的声音。知更鸟的歌声具有和这相同的特征。

走在英格兰的田野和大路上，你会怀念起装点家乡美国的那些温柔的歌声。发出这些歌声的有我们的麻雀，有在树林和果园里叫声哀婉的美洲燕，还有欢快独语的红眼绿鹃。英格兰的麻雀和白颊鸟嗓音刺耳。它们的歌声——如果它们也有歌声的话——也很粗糙。和美国最普遍的麻雀最为接近的是英格兰的黄鹂。这种鸟儿非常常见，是不知疲倦的歌唱家，但是它的歌声很微弱，像我们美国的热带草原麻雀——几乎不比蚱蜢的叽叽声大多少。它的样子和颜色同美国的黄昏麻雀很像，仅有的不同是，雄鸟的脑袋有一抹淡淡的黄色。

英格兰的金翅雀或紫朱雀无论在哪儿数量都很丰富，但是同美国几种雀鸟的歌声相比，它们的歌声没那么动听。金翅雀正变得非常稀有，主要的原因，也许是因为它们持续地遭到鸟类爱好者的诱捕。英格兰金翅雀的歌声是一连串明快的叽叽喳喳，但在我的耳朵听来，它们的歌声比美国金翅雀的缺乏些旋律性，尤其是当一大群美国金翅雀聚集在树上放开喉咙竞相歌唱的时候。英格兰的金冠鹟鹨歌声细腻如丝，但同我们的鹟鹨相比，就差得远了，甚至都比不过我们的黑白旋木雀。英格兰的五子雀没有我们的那种柔和、清晰的叫声，各种啄木鸟也远远不如，因为英格兰没有那么多树木可啄，而这些啄木鸟似乎又是更加胆怯、沉默的品种。在我整个徒步旅行过程中，我只在伍尔默森林附近的地方看到过一只啄木鸟。我对森林云雀的搜索也徒劳无功；乡人们往往把这种鸟儿和水鹨搞混。另外我发现白颊莺雀是一种稀少且被过度赞美了的鸟儿。夜莺的活动范围只在其领地之内，而且到了六月中旬就几乎不再唱歌了。我曾用尽各种办法试图追寻夜莺的完美歌声，但那次尝试在6月17日之后，所以遭到了失败。在之前的一章中我讲述过这番经历，而要想在任意一座花园中发现园林莺也是绝不可能的事儿。我听到它的次数好像就没有超过两次。

对于普通鹡鸟，我要说它比我们的更加聒噪，歌声更有音乐性。我在高地湖区听到过这鸟儿的声音，那时，它们那欢快的音符确实差不多就要串成一首歌了。这种鸟儿的歌声连贯、欢快又明亮。

我最早看到的一种鸟儿，也是最让我迷惑不解的，是凤头麦鸡或田凫。我是在去往艾尔的路上从车窗里看到这种鸟儿的。这是一种大型鸟儿，翅膀很宽，有些笨拙，介于鹰和猫头鹰之间。这鸟儿在空中俯冲盘旋，身影飞快地划过天边。这种鸟儿在苏格兰很多见，尤其是在沼泽和海岸附近。在高地湖区，我在公共马车上看见它们领着幼鸟在田野里跑动。这是陆地上最优雅最讨人喜欢的鸟儿，差不多是鸽子的大小，要么敏捷地奔跑着，要么就停下来专注地向你致意。这有着羽冠，环状翎毛，白色肚羽，光滑的绿色背毛的鸟儿，每一步动作都像是看得见的音乐。然而一当它飞向空中时，它的美顿时就消失了。它的翅膀看上去圆而笨拙，像是戴着无指手套的手。它的尾巴很短，头和脖子缩向后方，无论是样子还是动作都看不出是凤头麦鸡。它在空中自得其乐地翻飞，那样子让它看起来像是一只大蝙蝠。在沼泽我还看到了麻鹬。它那野性和富有音乐感的声音我永远忘不掉。

几乎所有不列颠鸣禽的叫声里都有远胜于美国鸟儿的喉音。这是不是也和那儿的人一样，说话的时候更多地靠喉咙发声呢？这个特征在鸦类当中尤其明显——比如白嘴鸦、松鸦、寒鸦。白嘴鸦的叫声嘶哑、厚重，不像我们鸦类的声音发得那么清晰饱满。不列颠雨燕的叫声有像吸气似的嘶嘶声，很像鼻炎发作时呼吸的声音。这同美国的雨燕那欢快的叽叽喳喳形成了鲜明的对比。在欧洲，烟囱燕在谷仓里筑巢，而谷仓燕在烟囱里安家。我们所称的谷仓燕，也就是他们叫的烟囱燕，同美国的在声音、颜色、体型、飞行姿态等方面完全一样。而不列颠的雨燕则比我们的烟囱燕要大得多，而且还有剪刀似的尾巴。不列颠的岩燕，也即是我们所称的崖燕，同美国的品种相比没那么壮硕，看上去颜色也没那么红；但岩燕筑巢的方式同我们的一样，声音也很相似。在数量上，它比我们的燕子多得多。一个事实很快让我感到震动。总体来讲，不列颠的鸣禽从低到高排到顶峰的，只有两个种类，准确地说，即是云雀和夜莺。这两种鸟儿集中了所有其他鸟儿歌唱家的特点，并将其做得尽善尽美。它们在鸣禽中冠绝其他。几乎所有的雀鸟和水鹨类在云雀面前都像是拙劣的学生或模仿者。而几乎所有的莺鸟和画眉类都朝向夜莺看齐。它们的力量在夜莺身上得到完全的绽放。云雀的歌声，无论是其音质还是演唱的方式，无不在鸟儿合唱队中低级别的歌手那里被描摹和模仿。莺鸟的音色和音域以渐进的层次从棕柳莺那叮叮当当的音符一直爬升到夜莺的等级。数种莺鸟在夜间唱歌，而云雀里有几种代表边飞边唱。在云雀这边，它们以欢快和喜悦引人注意，而且在明亮和开阔的空间里会更有创造力。在夜莺这边，它们的歌声中有更多纯粹的旋律，更加青睐于黄昏和栖息在枝头上的私密感。这两种著名的鸟儿歌唱家的颜色都很有代表性。它们具有非常普遍的灰黑色。我注意到，有很多鸟儿在尾巴上都有两根像云雀那样特点鲜明的白色大翎毛。

我还发现，我高估了英格兰的仲夏时节所能听到的鸟鸣声。同在美国能听到的相比，这儿的似乎要少很多。七月的最后两周到三周非常沉寂；在我的徒步旅行当中，我唯一确信听到的鸟儿是黄鹂；在我八月初返程回到美国家中之后，这种鸟儿在我房子周围唱得正起劲儿，每天早晨我都被它们叫醒。北美歌雀和灌木麻雀一直到九月份都还很容易见到，红眼绿鹃和歌绿鹃一直到十月都还可以每天听到。

总而言之，我可以这么补充说，在家乡，你能时不时听到阵阵美妙的鸟鸣，而这样的情形，在英格兰无论何处我都没有听到过，况且我还是长久且认真地在听呢。英格兰鸟儿的歌声品质没有美国鸟儿的动听，它们只不过是在数量上超过我们罢了。有时候会有这样的情形发生，我们最好的几种鸟儿歌唱家会在同一处地方度过某个季节，比如树林里最受欢迎的某处，或者某个能遮风避雨的山谷当中。这些地方对很多种类的鸟儿来说都有吸引力。一年夏天，我在山中的一个小湖边就发现了这么一个地方。这个地方在南卡茨基山里，刚好越过农场的边界，在原始森林旁边。这个小湖泊被树林密布的峭壁环绕。四面峭壁高耸，湖泊沉在中心，看上去像是个下沉式的圆形剧场。在环绕的峭壁一边，有一片老早就被废弃的小空地，长着些小树和灌木。鸟儿亲近水边儿，我想它们是想要有个不错的礼堂。就像树林里的这片湖水，正是它们所钟爱的一方开阔地。在这儿，它们的声音能够释放开来，它们的歌曲可以在水面上回荡。毫无疑问它们喜欢这个地方，尤其是在每天清晨，比如说早上三点半到四点半的时候，它们所发出来的旋律是我以前从未听到过的。其中最最突出的歌声，来自画眉、棕夜鸫、红胸蜡嘴雀、冬鹪鹩和一种绿鹃，有时在夜里还有隐士鸫——尽管它的声音远远地藏在黑暗的夜色背后。所有的鸟儿都尽显其纯粹的旋律，只有绿鹃除外。它的歌声活泼而非优美。这种特别的绿鹃只唱一支歌，"快活，快活，沉醉地快活！沉醉地快活！"就是这支歌，在我们帐篷上方的树枝中整天地唱。画眉是最多的。它们的旋律纯净又有力，或者说这两种特点交织成和声。在凉爽的、沾着露水的清晨，隔着这片透明的湖水，听湖对岸传来这样的歌声，真是难忘的经历。这样清澈静谧的旋律同四周的景色形成完美的交融。目之所见的景色，与耳之所闻的音乐，是同样的美好与和谐。很快，蜡嘴雀那清晰饱满的横笛从最高的树梢响起。时不时，从我们白胡桃木色的帐篷顶上，传来棕夜鸫那像笛子一般简洁的音符，还有冬鹪鹩那甜美的银铃音、野性的歌谣也同时爆发出来。所有这些都融入画眉的歌声里面，构成一切的鸟鸣交响曲中最最值得聆听的一支。这支曲子我有幸听过。同样，有时候在日落时分，我们懒洋洋地坐在小船里，湖水平静得像块玻璃，鳟鱼在这里或那里打破水面的平静。同样的旋律舒缓地在我们的四周弥散开来，然后一直保持到黑暗笼罩在树林里面。最后一声音符来自于画眉。它们唱出"走吧，走吧"的声音。穿过那儿的某一处，我曾经在夜里听到过另一种画眉，橄榄绿背画眉。它的声音像稍微有点变化了的棕夜鸫的歌声。在英格兰，我确实在薄暮时分听到过知更鸟、乌鸫和画眉的和声。它们的歌声融合成一片响亮且悦耳的大合唱。要是再加上夜莺，那么你就能听到宏大的音量和气息，然而，我那些湖畔鸟儿歌唱家的纯粹的旋律也许是其所无法企及的。

# 第七章　在华兹华斯的故乡

除了华兹华斯之外，没有别的英国诗人能像他那样深切地打动我。每位受过良好教育的人都能在莎士比亚那里感到欢乐；莎士比亚是所有人的天才。华兹华斯的诗歌则更像是某种讯息，某种独特且个人化的讯息，相比之下仅仅针对一小群读者。他代表的是人类思想和经验当中非常特殊的一个阶段。他对于某些人的思想的贡献在于开启了他们通向真实的新秩序。稍加注意就可看出，华兹华斯是如何启发了约翰·斯图尔特·穆勒（John Stuart Mill）[1]的逻辑思辨。他的局限使他更加私人化、更加珍贵，就像群山环绕中的他的那些山谷一样，与世隔绝，隐而不彰。他不是也永远不会成为全世界的诗人。相反，他是那些热爱孤独的人的诗人，是那些喜欢同大自然进行单独交流的人的诗人。莎士比亚对待自然的态度在很大程度上像是个兴高采烈、不管不顾的享乐者。这个人和他的同伴闲庭信步的时候，时不时丢下他的同伴这里采一朵花，那里拾一粒贝壳：

---

[1]　约翰·斯图尔特·穆勒（John Stuart Mill），1806-1873，英国哲学家、政治经济学家。

在细石铺底的泉边

或是海滨的沙滩上聚集[1]

毫无疑问，就纯粹的诗歌所可以达到的高度而言，莎士比亚的成就卓越不凡，然而他的诗作却永远不可能像华兹华斯的那样抚慰心灵。

华兹华斯吸收并且再现了威斯特莫兰（Westmoreland）[2]景色的精髓。除非你亲身到过那个地方，否则就很难领略到华兹华斯是在怎样的程度上刻画那番景致的。六月初在我南下的途中，我在那里略略勾留了几日；七月底返回时又在那儿待了几天。我从温德米尔（Windermere）[3]步行走到格拉斯米尔。在我第二次来到格拉斯米尔的时候，我将我的住处选择在历史上著名的天鹅客栈（Swan Inn）。司各特（Scott）曾经同华兹华斯在这家客栈停留。当时，司各特总是偷偷地为自己弄上一杯啤酒。

当我沿莱达尔湖（Rydal water）[4]而过的时候，从水面上传来杜鹃的啼鸣。我在路边摘了我的第一支毛地黄，然后驻足倾听山间激流的声音。只听到：

---

[1] 本处引文典出莎士比亚剧作《仲夏夜之梦》（*A Midsummer Nights Dream*）第二幕第一场。译文引自：[英]莎士比亚.《第十二夜》.朱生豪 译，吴兴华 校.载《莎士比亚全集》（一）.北京：人民文学出版社，1994.682

[2] 威斯特莫兰（Westmoreland），英格兰古郡名，在英格兰西北部。

[3] 温德米尔（Windermere），英格兰最大的自然湖，在今天英格兰北部的坎布里亚郡（Cumbria），现在也是"湖区国家公园"（Lake District National Park）的所在地。

[4] 莱达尔湖（Rydal water），英格兰湖区中一湖泊名。

悬崖上，似号角齐鸣，飞泻着瀑布[1]

又瞥见许许多多人迹鲜至的翠绿小丘，像瓮的形状一般的小小山谷，没有树木生长的高地，岩石嶙峋的海岬，与世隔绝的溪谷，还有奔涌清澈的溪流。这番景致十分晦暗，满眼只有绿和棕两种颜色，整体效果接近于黑。岩石刺破绿色草皮，在山峦两侧和山谷里面冒出来。这些岩石，无论在哪儿，都呈现出一幅黝黑的面目。相反，能够给人留下印象的，是那柔和而清新的绿色——那是四月冒出来的第一茬青草，在仲夏时节长得郁郁葱葱，遍布大地。

如此之后，格拉斯米尔山谷将会呈现出一番静谧、辉煌，甚至几乎是庄严的景象。这番景象我在别处从没见过——这是某种不朽的美丽与高贵。描写它的诗人的笔触更为崇高。这番美丽高贵的景象同人们对于它的诗人的认识别无二致。它并非由群山所全然支配，而是四面八方都被群山给围拢了起来。山谷的地表平坦，透露出庄重之气，阻隔住群山，也因此将四周的高山同这方山谷区分开来。层峦叠嶂的群山像一堵高墙，顶上簇拥着绿的缨子，身上披挂着绿的幔子，重重叠叠地在山谷地表最外围的边缘耸起。

这里的山谷平坦，这样的特征，毫无疑问，正如德·昆西

---

[1] 该节诗歌典出华兹华斯《永生的信息》(*Ode: Intimations of Immortality from Recollections of Early Childhood*)。译文引自：[英]威廉·华兹华斯.《华兹华斯抒情诗选》.杨德豫 译.长沙：湖南文艺出版社，1996.247

(De Quincey)[1]所说的,使得格拉斯米尔的整个景致比北威尔士(North Wales)的景致更加让人印象深刻。北威尔士的地貌在本质上同这里的一致,但那儿的山谷却都是碗状的样子。长久置身于陡峭崎岖的山间,看到的都是岩石破碎的样子,走进谷底,你的眼睛会欣喜于这些平坦规整的线条所展现出来的宁静与均衡——这种宁静与均衡来自于像桌面一样平坦的土地、那平静的湖面,或是山谷平缓的地表。我们美国卡茨基山地区里大部分的山谷都有这种平坦庄严的地表,和华兹华斯故乡的特征如出一辙。我沉溺于整日站立在格拉斯米尔教堂旁边的桥上。这对我来说不啻是一种乐趣。那丰沛清澈的溪水从我面前流过,在石堤下面减缓了流速,水也变得更深。就在这儿附近,诗人埋骨于此。我纵目扫过眼前的平原,直到附近的群山脚下,或者又将目光停留在山峦那环绕于树林和村庄屋顶之上的峰顶。水鸫喜欢在那儿盘旋飞翔,也会踞坐在石头上陷入冥想。溪水环绕着石头流淌,发出喃喃低语的声音。水鸫那明显的白色胸羽将其同它立足其上的东西清楚地区分开来。这鸟儿要么沿着池塘边缘跳跃疾走,要么在水面几英尺的地方轻快掠过,然后突然间,这鸟儿像一个凭空炸裂的气泡,便从我的眼前消失掉。在刚刚我看到它的地方的正下方,这鸟儿溅起一阵水花。水花落下,像是要重新回到水面的怀抱。不一会儿,这鸟儿又从水下浮起,像什么也没发生过一样回到它原来的所在,羽毛干爽、平静依旧。这些丰满又小巧的鸟儿在样子和动作上完全不像水鸫。但看着它们突然消失在水

---

[1] 这里的"德·昆西"指托马斯·德·昆西(Thomas De Quincey),1785-1859,英国散文家。

下，倒还真是一桩有趣极了的事情。它们做这个动作的样子不像是在潜水，而更像是突然间它们的翅膀就不管用了，整只鸟儿就直愣愣地坠入水中。有时候它完全就是从它所站立的地方摔入水中。这鸟儿可以一眨眼的工夫就消失在水面之下。而正当你惊讶于它何以能够具备在水流下面行走的技艺时，它却已经若无其事地重新出现了。水鸫是一种鸣禽，是画眉的一种。它们赋予山中的溪流和瀑布某种特征。而在美国，除了沿太平洋的西海岸之外，其他地方的山谷和瀑布都不具备这种特征。溪流在格拉斯米尔河谷蜿蜒曲折，沿着教堂墓地外面的河堤顺流而下，就像斯特拉福德的埃文河，呈现出无比的美丽——清澈、明丽、丰沛，还有很多的鳟鱼，似乎在它的血管里有那么一点点吉卜赛的血液。这份气质采自山中的那些黑色湖泊，同时也让它的颜色变得更加丰富。在村庄附近的一片牧草地里，我看到一个钓鱼人从蜿蜒此处的溪流中钓起了好几条鳟鱼。就算一场暴雨过去，溪水也只是颜色微微变深，但却不会变得浑浊。田野和大山都覆盖着密密匝匝的草皮，因此连一丁点儿泥土都不会被冲到溪水里去。

瀑布和顺着山势挂落的水流遍布整个乡间，是这里的一大特征，也正如它们在华兹华斯的诗歌当中，是非常显著的特征一样。无论身处何地，耳朵总是会被瀑布的水流声占据。就算耳朵听不到，但眼睛也一定能看见条条银练泛着白沫顺着绿色山坡流淌而下。谷底没有树木阻挡视线，也没有林涛的呜咽遮蔽远处溪流的水声。我在格拉斯米尔的时候，雨水很多，诗人的句子一下浮上了我的心头：

山谷一片喧响！在风雨后，

山谷以这声音高声发言,
千涧和百溪汇成了激流!
溪流声也响成一片!"[1]

在亲身踏足华兹华斯的国度之后,"山谷"(vale)和"林地"(dell)这样的字眼会生出新的意义。正如像"村舍""牧羊人"这样的词在华兹华斯那儿和在苏格兰具有比在美国更加丰富的意味一样。

亲爱的自然之子,让他们责骂吧!
——在那青青的山谷,有个安乐窝,
一处港湾,一个栖身处,
在那儿,你,一位妻子和朋友,将会看到
你自己那些愉悦的日子,并且成为
对于孩子和老人的一束光。[2]

每一个陋室看起来都像个巢,像个"安乐窝";诗人自己就住在一个舒适的、像巢一样的小屋里;每一个山谷都是绿色的,像是置身于岩石嶙峋的高山中间的一方摇篮,厚厚的草皮塞满其间,又铺成地毯。

---

[1] 该节诗歌典出华兹华斯《诗行》(Lines)。译文引自:[英]威廉·华兹华斯.《华兹华斯抒情诗选》.黄杲炘 译.西安:陕西师范大学出版总社,2016.233

[2] 该节诗歌典出华兹华斯《致一位年轻的女士》(To A Young Lady)。

华兹华斯被描述为一位自然诗人。的确,自然的某一方面在他身上留下了深深的印记,使他作为自然诗人的属性更甚于他作为人之诗人的属性。他身上的自然是昏暗忧郁的,是沉寂安静的,是绿意盎然的,是像深远的大山般的孤寂的。他身上有一种牧羊人的气质;他以诗化了的牧羊人的天性,深爱着羊群、高地、山间的湖泊、柔嫩的牧草、蔽身的幽谷以及牲畜的围栏。羊羔、绵羊,还有它们的放牧地,以及照管羊群的人们,一再地重复出现在他的诗歌里。那些荒僻的地方,地势很高,灰绿色夹杂,打破沉寂的,除了羊羔或绵羊的咩咩声,就是瀑布的遥遥水声。诗人的诗句多么好地同这些地方契合一致啊!简单、自然但又深刻的温柔和人性,他有:

"留存于早岁萌生的同情心——
它既已萌生,便永难消泯;"[1]

诗人忧郁地沉思自然,然而恰恰是自然映照在他自己的心中。在他的诗歌《兄弟们》当中,男主人公已出海远去,诗人这样写道:

……他被养育
在崇山之间,在他的心中
他有一半是暴风雨的海上的牧羊人,

---

[1] 该节诗歌典出华兹华斯《永生的信息》(*Ode: Intimations of Immortality from Recollections of Early Childhood*)。译文引自:[英]威廉·华兹华斯.《华兹华斯抒情诗选》.杨德豫 译.长沙:湖南文艺出版社,1996.263

> 经常在船的管索里面,伦纳德听见
> 瀑布的音调,还有内陆那些
> 山洞和树木的声音:……[1]

之后,附身倚靠着船侧,凝视着"宽广的绿波和闪亮的泡沫"[2],他"看到大山,看到羊群在苍翠的山中吃草的样子"[3]。

这是他自己内心的声音;那些可爱的形象会因为每一场经历或每一阵心绪,浮现在他的心头。

一天下午,太阳看上去似乎要取代轻柔的雨云,我动身打算爬到赫尔维林峰(Helvellyn)[4]的山顶上去。我沿着大路,经过天鹅客栈后又走了一两英里,之后折上了一条小道。这条小道从山的右边绕过,转道进入格雷斯戴尔山(Grisedale)[5],最终通向阿尔斯沃特湖(Ulleswater)[6]。两位我在这条路上超过的女学生引导我回到上山的正确路上。远远地我的耳中就传来山涧喷涌的声音,时不时地,脚下的道路就从山涧跨过。费尔菲尔德山(Fairfield)[7]在我的右手边,赫尔姆峭壁(Helm Crag)和当麦尔

---

[1] 该节诗歌典出华兹华斯《兄弟们》(*The Brothers*)。
[2] 该节诗歌典出华兹华斯《兄弟们》(*The Brothers*)。
[3] 该节诗歌典出华兹华斯《兄弟们》(*The Brothers*)。
[4] 赫尔维林(Helvellyn),坎布里亚郡内湖区山脉名称,其最高峰也叫赫尔维林峰。
[5] 格雷斯戴尔山(Grisedale),坎布里亚郡内湖区的一座山。
[6] 阿尔斯沃特湖(Ulleswater),坎布里亚郡内湖区第二大湖。
[7] 费尔菲尔德山(Fairfield),坎布里亚郡内湖区东部山脉的最高一座山,在赫尔维林山脉以南。

高地（Dunmail Raise）[1]在我的左手边。格拉斯米尔平原很快就在下方铺展开来。收割干草的农人，因为一线阳光的鼓舞，正起劲儿地把干草给耙拢到一起。干草淋了雨，变成了黑色。从我的角度看他们的工作，他们非常辛劳地一点点将一大张深褐色的"纸"给卷起来，露出下面一片最为清新鲜艳的绿色。在这儿的乡下，割下来的草需要很长时间干燥（通常要两个星期），这时新的叶片已经在干草下面的土壤里往上蹿了。在前一茬干草被"收走"之前，第二轮牧草已经长好了。我朝着大山走去，山势攀缘而起。整片山脉同我下方的平原一样苍翠欲滴。大片大片的蕨类或欧洲蕨长得粗枝大叶，下面还垫着一层郁郁葱葱的绿草，一起覆盖在地表低凹的部分，而在高处，茂盛的就只有青草了。站在山坡分水岭上面，往下能够看到阿尔斯沃特湖的山谷里面，我和一泓黑色的山间湖泊或池塘不期而遇。这种湖泊是这一方奇特风景的典型特征。"山间湖泊"（tarn）这个词对美国人来说没什么意义，尽管我们那些年轻的诗人有时候会把它和约克郡方言中的"荒原"（wold）一词混用。前一个词他们从华兹华斯那儿学来，后一个则学自丁尼生。然而，当你真的在威斯特莫兰某个寂静荒凉的山谷顶端，看到这黑得像墨水一样的一汪止水，你今后一定不大会用错这个词。仿佛突然间，温驯的牧羊人的大山在你的脚下睁开它又黑又亮的眼睛。没有眉毛的岩石，抑或灯芯草或灌木丛垂下的边缘，使一切看起来都显得更加怪异了。险峻的山坡顺势而下，将湖水团团环抱。山坡上苍翠之极的草皮一般儿高低，

---

[1] 赫尔姆峭壁（Helm crag），坎布里亚郡内湖区中部山脉里的一座山，在格拉斯米尔以北。当麦尔高地（Dunmail Raise），坎布里亚郡内湖区一处山石高耸的地方，是湖区北部和南部之前山隘的标志。

给湖水缝上了一道绿色的褶边。就算这皱褶的边儿是由人手做出来的,那也做不到这般齐整柔和的轮廓。在这如翡翠一般的绿色外衣下面,是黝黑又富含泥煤的土壤。这解释了湖水为什么看上去发黑,环绕湖水的湖岸为什么是黑色的一圈。

> "围绕着这湖水,鸟群和兽群都会来饮水
> 在那坚实的湖边,甚至是从井坑里面,
> 或者从石头的水池中。牧人的双手,
> 从这水池里得到了恢复。"[1]

小道跨过湖水的出水口,之后分为两条岔路。一条向下,通往格雷斯戴尔的山顶,另一条攀缘而上,来到赫尔维林侧边陡峭的山腰。山坡陡峭,绿意盎然。在山坡高高的远处,我遇到一位男士和两位年轻姑娘正慢慢向下走。他们从阿尔斯沃特湖的格伦里丁(Glenridding)[2]来,要往格拉斯米尔去。两位女士看起来很冷。她们给我说,我会觉得山顶像冬天一样冷。

赫尔维林的山坡宽阔,山背后一面也很长,这样要爬上山顶只能缓步慢行。等你爬到山顶,会发现一道铁丝栅栏隔出几块养羊的牧场来。穿过一道门,再走上一英里,赫尔维林山顶最高的所在呈现在你面前。不过你可以乘坐轻型马车爬上上山的路,因为山路地势平滑,又铺满了青草。然而,就在刚刚到达山顶的地

---

[1] 该节诗歌典出华兹华斯《给各地命名的组诗》(*Poems on the Naming of Places*)第五首。
[2] 格伦里丁(Glenridding),坎布里亚郡内湖区一座村庄名,在阿尔斯沃特湖南端。

方,青草立刻消失了。地面上铺满了风化的岩石碎片。这番景象令人非常难忘,不由得使人想要坐下来慢慢品味品味,啊——

> 陆地与海上的宏大奇观,
> 从中心直到周边,全都一一展现。[1]

风轻轻地吹着,倒并不冷。山势冲着阿尔斯沃特湖的方向突然坠下去好几百英尺,但是它西边的巨大山坡显露出一大片平缓且完整的草地。在此地,我在我的笔记本里写下寥寥数语,记录了这儿景色的些许特征:北方那一直远到卡莱尔(Carlisle)[2]的所有风景都沐浴在阳光之下,

> 在高大的山顶,一片纷乱的荒地。[3]

这不像苏格兰的山岭那样险峻崎岖,相反,风景比我从本维纽山看到更加宜人和丰富。我脚下的这些黑色山间湖泊——其中一个,我从地图上得知,叫作科佩尔湖湾(Keppel Cove)——看起来多么奇特!走在湖边,我仅能在其中一个湖水的水边辨认出人影的移动。在阿尔斯沃特湖远处那边,一大片乡村铺展开来,缓慢移动的云朵星星点点,在地面上投下它们的影子。往东北方

---

[1] 该节诗歌典出华兹华斯《在黑梳山边的一块石头上用石板笔作》(*Written with a Slate-pencil on a Stone, on the Side of the Mountain of Black Comb*)。

[2] 卡莱尔(Carlisle),坎布里亚郡内城市,也是郡治所在地。

[3] 该节诗歌典出华兹华斯的长诗《远足》(*The Excursion*)第二章。

向，在山脉的阴面和山坡两侧的有些地方，绿色的草场铺满厚厚的草皮，平整翠绿的牧草极其诱人。在其他一些地方，岩石从绿草下钻出来，像是绿色地毯上磨光的秃斑。往西，圣礼拜日峭壁（St. Sunday's Crag）[1]穿过格雷斯戴尔。圣礼拜日峭壁是一处陡峭的往上攀升的山坡。整片山坡上铺满了细碎松动的石头，似乎这些石头是从山顶上给倾倒下来，然后一路往下慢慢滚落，但是我没有在任何地方看到散落的砾石。黑色的泥煤像地上的补丁，这里一点那里一点。远远近近的小溪流淌得轻快无比，水流的颜色像牛奶一样白。在更加险峻的山坡上，青草和苔藓密密匝匝地铺满地面，像满地的落雪一般，翠绿的颜色又和四月第一茬长出的青草没有分别。目光所及之处有许许多多的湖泊。往南，是莫克姆湾（Morecambe Bay）[2]。遍地都是羊群，带着它们的小羊羔，松松散散地到处散布着。时不时我能听到它们的叫声。除了山水鹨的啁啾声之外，别的什么声音也没有。我看见麦鹟在四下里翻飞。一匹山此刻全部都笼罩在阳光下面，像一头壮硕的海豹。山势转折西去的地方像卷起的皱褶或水面的涟漪，又像一只肥胖的动物转过身体来舔舐它自己的样子。我眼前是怎样一番壮观的景象啊！近处所有的大山都在阴影里面，而最远处则处于强烈的阳光之下；这番景象，今后不可能再见。有些大山身上的绿色袍子变得破破烂烂，换句话说几乎没有植被附着，就连石楠也看不见。往温德米尔走，高山的顶峰和山尖变得更加参差不齐，怪石嶙峋。空中充满了白色的水汽，同苏格兰那儿的一样，几乎凝固不

---

[1] 圣礼拜日峭壁（St. Sunday's Crag），坎布里亚郡内湖区一座山名。
[2] 莫克姆湾（Morecambe Bay），英格兰西北部河流入海口，在湖区南端。

动。当太阳探出脸来——

> 偏斜的疏淡光影,来自分离的云,迅疾地
> 沿着绝壁的基石划过去,
> 欢呼于那散乱的石头造就的赤裸荒地。[1]

在这样的环境当中,人与自然密切面对——

> 因着那原始的壤土,
> 这个行星裸裎自己。[2]

纵使他无法置身于树林繁茂的乡村。原始的洪荒之力,极致的温柔且又富于冥思,也可以说,如牧羊人及其羊群般地陷入深思,同时只在跳跃的溪水中发出声音。这力量直面近旁的人,并且传递出一种沉默的犒赏。华兹华斯总是把这些高山和山谷形容为荒凉孤寂的,而他的内心更加孤独。这些外在的荒野之地同华兹华斯灵魂中内在的孤独和深邃的个人性若合符节。在谈到这些山谷中的一个时,华兹华斯说,"孤独,"

> 并不忧郁,——不,因为它是绿色的
> 是明亮的和肥沃的,自给自足
> 具备生命必需的那些东西

---

[1] 该节诗歌典出华兹华斯的长诗《一次夜间散步》(*An Evening Walk*)。
[2] 该节诗歌典出华兹华斯的长诗《远足》(*The Excursion*)第二章。

> 它似乎躺在粗糙的胳膊里，多么柔软地，
> 多么体贴地被保护着。[1]

  湖区的大山具有温柔的特征，同时更给人可靠的庇护，这是这些大山之所以如此迷人的主要源泉。如此粗犷、如此巍峨，而同时又如此醇厚、如此细腻！无论哪里都没有胡乱丛生的杂草或蔓延纠缠的藤条。没有比欧洲蕨更野蛮生长的植物了，而如果离远一点看的话，欧洲蕨长得和绿草一样密实。草皮长得像人工打理的草坪一样漂亮厚实。小羊羔的鼻子精致小巧，没有什么别的牲畜的肉质比它们的更加鲜嫩。母羊的羊毛非常柔软，再没有别的什么可以比把这穿在脚上更舒服的了。草儿到七月末依然又短又密，就好像这些草儿从来没有抽茎和结出种子，而始终停留在像是密密匝匝的草甸的样子。这种情形在青草和长在低处山坡上的欧洲蕨身上出现得很是普遍（在苏格兰和威尔士也是一样），就好像它们是自然界仅有的两种植物一样。这样的情形和我在美国所熟知的没有什么不同。英格兰北部有很多这样的高地，称之为山丘，它们太高，视之为峻岭，它们又太平坦，因此只好将它们叫作丘陵。铁路在卡莱尔和普雷斯顿（Preston）[2]之间的丘陵地带蜿蜒穿梭。这里有霍希尔丘陵（Houghill Fells）、特拜丘陵（Tebay Fells）、先普丘陵（Shap Fells）等等。即使是在仲夏，它们都一致地呈现出一片生机勃勃的绿色景象，看上去就好像它们都被画上了绿色油彩似的。没有什么模糊这绿色，这绿色之上也

---

[1] 该节诗歌典出华兹华斯的长诗《远足》（*The Excursion*）第二章。
[2] 普雷斯顿（Preston），达勒姆郡（Durham）内一村庄名。

没有任何污渍。没有野草的藤蔓，也没有干草的枯茎。丘陵的这番景象单一，色彩纯净，同其头上蓝色的青天相媲美。尽管秋季临近，但自然似乎并没有成熟以至于枯萎，而是在十月依旧披上五月的颜色。

# 第八章　不列颠野花一瞥

我在不列颠摘的第一朵花是雏菊，那是在格拉斯哥的某个公园里面。公园里的草地新近才修剪过，但是大片的雏菊点缀其间，稠密得像是天上的星星。雏菊这种花同青草一样普遍，无论在哪里，哪怕就是一平方英尺的草地当中，你一定能在草丛中找到一两朵雏菊，有可能还会更多。有些地方叫它"孩儿草"——就是孩子的花儿。这花儿的表情还真的是非常孩子气呢。它是所有诗人的最爱，而当你真的亲眼看到这种花的时候，你不会认为人们对它的赞美有任何一点点的夸大其词。有些花朵令人陶醉，是因为它们本身色彩和形态固有的美丽；另一些是因为它们表现出某些人类的品质。雏菊的样子谦虚、低调、毫不起眼，可就是这种样子令人着迷。小小的一圈白色花瓣，边缘不均匀地染上些深红色，花朵朝你看过来的样子像是孩子的眼睛。

> 大自然给你朴实的面庞、
> 没矫揉造作的平易模样，
> 但自有一种优雅和端庄——

这可是爱神的赐予![1]

美国的雏菊长得繁茂且粗糙，花朵的样子像牛的眼睛。这种种类的雏菊在美国非常普遍，就是在不列颠也或多或少地生长得很多。之前我在格拉斯哥采摘的雏菊之所以在美国人看来如此富有魅力，很大程度上来自它同美国雏菊之间这些意想不到的差异和对比。苏格兰人管后一种雏菊叫"狗菊"。我觉得苏格兰的品种比我们美国的还要更粗枝大叶，更挺拔高大。尽管会被算作杂草中最普通的那种，可这"微小的，谦卑的，深红色的花朵"总是生长在人们的住家旁边，而且，别的很多杂草生得自由散漫，没有规矩，到处疯长，而这种菊花看上去却没有一点儿这种倾向。我相信，这种花儿从来没有以一种野蛮的姿态出现在美国的海岸边上，尽管华兹华斯谈到它的时候是这样认为的：

你，漫游在广阔的世界里，
没有娇气和犹疑妨碍你[2]

雏菊还是蓓蕾的时候要比它长成花朵的时候更漂亮，因为这时它看起来更加红艳。如果天气恶劣，这花儿会把花瓣合拢；所

---

[1] 该节诗歌典出华兹华斯三首《致雏菊》(To the Daisy) 中的一首, "With little here to do or see"。译文引自：[英]威廉·华兹华斯.《华兹华斯抒情诗选》.黄杲炘 译.西安：陕西师范大学出版社，2016.178

[2] 该节诗歌典出华兹华斯三首《致雏菊》(To the Daisy) 中的一首, "Bright flower! Whose home is everywhere"。译文引自：[英]威廉·华兹华斯《华兹华斯抒情诗选》.黄杲炘 译.西安：陕西师范大学出版社，2016.176

以丁尼生说,雏菊合拢:

> 她深红色的手指朝向雨露。[1]

我从格拉斯哥晃荡到阿洛韦,在那儿,我的手首先伸向的是不列颠荨麻。然后,我要补充道,我马上把手缩了回来,动作快得就好像我把手伸进了火里。在古老的苹果树下的草丛中,长着茂盛的深绿色杂草,另外还长有蓝色的婆婆纳属植物和鸡冠花。最初我有一点儿怀疑那些深绿色的杂草是荨麻。之后,我很快意识到这种在英格兰和苏格兰到处都能见到的植物,就是荨麻。这是不列颠的"皇家"杂草。在这个岛上,在每条路的路肩和灌木篱笆上,都能看到荨麻在站岗放哨。

天黑后把你的手放在任何一个栅栏拐角的地面上,或者灌木篱笆之下,或者任何一块农田的田坎上,那么十之八九你会吃惊地把手飞快缩回。这植物竟然有如此邪恶的獠牙!简直就像是蜜蜂的利刺。在摸了荨麻之后,你的手好几个小时都会有灼烧感和刺痛感。我和我的小儿子在杜恩河的河岸边劲头十足地采集野花,突然我听到他的尖叫声,就在离我几码远的地方。这当儿我自己探进草丛中的手也是一阵刺痛。我忙抽回手来,感觉好像把手伸进了大黄蜂的蜂巢里似的。一瞬间我明白我的小儿子遭遇到了什么。我们把灼烧的手指放到水里,但这其实更加剧了荨麻的毒性。荨麻是一种墨绿色的植物,长势非常茂盛,高度在一到两

---

[1] 该节诗歌典出丁尼生的《悼念集》(*In Memoriam A.H.H.*)中的第七十二首。

英尺左右，这使得碰到它的人无一幸免于它的伤害。荨麻成了篱笆里保护别的花朵的警察。谚语有云，"在荨麻的危险之下摘下安全的花儿"。这句谚语在这个岛上有着特别的意义。我们自己的荨麻品种我最为熟悉，这是一种叶片很大的加拿大荨麻。这种荨麻生长在树林里，羞涩又精美纤细，刺也非常温和。这种荨麻通常都被牛儿啃吃掉了。毫无疑问，没有哪头母牛的舌头可以忍受得了不列颠荨麻，尽管，据说把这种荨麻晒干之后，可以做成很好的饲料。另外，除非把这种荨麻煮熟，否则猪也吃不下去。只有在饥馑时节，荨麻才被广泛地拿来食用。还有，把荨麻干燥之后，它的纤维据说和亚麻的纤维差不多一样。人们告诉我，对其稍作处理，可以消除它的刺激性，不过我可没法鼓起勇气做此尝试。奥菲莉娅（Ophelia）[1]用下面这些植物编制她的花环：

用的是毛茛、荨麻、雏菊和长颈兰[2]

不过这里所说的荨麻恐怕是去掉了毒刺之后的死荨麻吧。

我结识了一位苏格兰农夫。一个星期天下午，他带我在他的田地里闲逛。中午之前我去了他所属的教会，下午，他和他的儿子去了我所属的教会。他们和我一样，都非常喜欢我那教会的布道。这是五月里明媚的一天，杜恩河的河岸和河边的斜坡足以打动任何人。我们脚下的小路沿着河道走了一段距离。金梅草

---

[1] 奥菲莉娅（Ophelia），莎士比亚剧作《哈姆莱特》中的人物。

[2] 本处引文典出莎士比亚剧作《哈姆莱特》（*Hamlet*）第四幕第七场。译文引自：[英]莎士比亚.《哈姆莱特》.朱生豪 译，吴兴华 校.载《莎士比亚全集》（九）.北京：人民文学出版社，1978.117

像花瓣有一点点收拢的大毛茛,这里一丛那里一丛地点着头。在一处,河岸地势宽阔,微微有些斜坡,半圆形地环绕着河水。这里是一大片平坦广阔的田地,朝着河心延展开去,直到那湿润的长满草的河岸。苏格兰语中把这样的地势叫作"斜堤"。我们躺靠在草地上,听着鸟儿歌唱。除了云雀之外,其他所有的鸟儿对我来说都很新鲜。同时,我们聊着生长在我们周围的花儿。在一处潮湿的地方,生长着一丛康乃馨,很像是美国的碎米荠属或美洲荠类植物。这种花儿就是莎士比亚所描绘的"银白色的女罩衫"。只不过这丛花不是白色的,而是一种苍白的淡紫色。在花丛旁边的地面上,有草地鹨的一个鸟巢。草地鹨是鹨鸟的一种,而我的农夫朋友想让我相信鹨鸟属于森林云雀,而后者正是我希望看到的鸟儿。草地鹨的鸟巢里有六个鸟蛋。鸟蛋上有棕色的斑点。一窝六个蛋——真算是很多了,我想。不过之后我发现,在这样的乡下,鸟巢里总是挤满了鸟蛋,正如在人类的居住区里,也挤满了孩子一样。一种伞形科的植物,看起来很像野生的胡萝卜,这里那里地点缀在草皮上。我的同伴说,这是山胡桃果,也叫土板栗。另外,在这种植物的根部,还有带甜味的,可食用的球根。为了印证他说的话,这位农夫伸出手指挖了一个球根起来。这让我想起凯列班(Caliban)[1]在《暴风雨》(*The Tempest*)当中的句子:

---

[1] 凯列班(Caliban),莎士比亚剧作《暴风雨》(*The Tempest*)中野性而丑怪的奴隶,是女巫西考拉克斯的儿子。

**我要用我的长指爪给您掘出落花生来**[1]

这种植物在英格兰长得到处都是，但似乎并不是给人带来麻烦的杂草。

在斜堤那边，一处长满小树的坡上，我摘下我的第一支车叶草。这是一小簇纯白色的花朵，和美国的虎耳草属植物非常像，带有一股雅致的香味。它茎上的叶子呈螺旋形散开，和拉拉藤属一个样。把这种植物晒干之后，它的香味会变浓。只要一把就能让香味弥漫整个房间。

野风信子，或风铃草，已经开始凋谢了。但在树林里和田边，这里或那里倒还能采到一些。在不列颠，有几种植物是大自然最为慷慨丰富的礼物。风信子就是这几种植物中的一种。在有些地方，风信子在树林下面的草丛里长成一片，看上去蓝得就像天空一般，空气中更是弥漫着它那馥郁的香味。丁尼生说"风信子织成的床单"。美国东海岸各个州的树林里可没有这么繁茂的花儿。

美国的花朵，同美国的鸟儿和其他野生动植物一样，比不列颠的动植物要更羞涩更不合群。美国的花朵更多地长在树林中，不会那么广泛地撒播种子。汉荭鱼腥草在美国只生长在树林中，但在英格兰，它大量地播撒在空地上和大路旁。真是这样，我发现，在英格兰，没有什么森林花卉不会在森林以外的地方被人们看到。在田间地头，或沿着篱笆，或多或少都长着这些种类的花

---

[1] 该节诗歌典出莎士比亚剧作《暴风雨》（*The Tempest*）第二幕第二场。译文引自：[英]莎士比亚.《暴风雨》.朱生豪 译，方平 校.《莎士比亚全集》（一）.北京：人民文学出版社，1978.46

儿。个中的主要原因，也许是因为，在英格兰花朵并不需要什么过多的保护。无论冬夏，只要是在这块土地上，湿度都平均而充足。在湿润、凉爽、阴凉的环境中，这里的气候整体具有林带的特征，而树林中的空气则又潮湿又阴冷，几乎像是在地表之下的感觉。植物为了获得阳光和温暖从土里长出来。它们在这湿润丰饶的土地上洒下种子。每一粒种子都得到了滋养。

在我们美国，生长着多少独一无二的花卉啊，但我们那些最有代表性的花卉都是属于森林的造物，是一些只要嗅到耕作过的田野的气息就会消失的花朵。它们是野性的植物，就像鹧鸪和水狸鼠。这样的花儿有很多，比如说黄紫罗兰、杨梅属的所有花儿、大花延龄草、荷色牡丹、春美草属的所有花儿、延龄草属的所有花儿、兰花的大多数品种、风铃草、星斑紫罗兰以及其他。假如，上面所有这些植物生长在英格兰，那么它们极有可能会长在田野和空地上。不过，野草莓不遵守这个规则。在英格兰，野草莓只出现在树林中，而不像在美国的情形。在美国，除了一个更为珍稀的品种（林地草莓Fragaria vesca）之外，我们的草莓恰恰在耕地里长势最好，因此，莎士比亚对这种水果的句子似乎就不那么合适了，他说——

> 草莓在荨麻底下最容易成长；
> 那名种跟较差的果树为邻，
> 就结下更多更甜的果实。[1]

---

[1] 该节诗歌典出莎士比亚剧作《亨利五世》（*Henry V*）第一幕第一场。译文引自：[英]莎士比亚.《亨利五世》.方平 译.《莎士比亚全集》（三），北京：人民文学出版社.1994.347

不列颠的草莓，我相信，只会在树林和灌木丛中看到。熟透了的草莓个头上比我们美国的要小，颜色上也更浅。

在英伦诸岛上，大自然比起美国的没有那么变化多端，相反，更加稳定，更加一致。自然的造物在岛上也较少变化和对比，同样也较少反复无常具无所保留。自然之母吝啬于创造新的物种，但对于旧有的物种则任其不断繁殖，至于无穷。同在美国相比，我并没有观察到太多种类的野花，但是每种野花的样本数量则异常丰富。其覆盖面更广，但种类更少。你只要发现某一个种类，那这个种类的植株你就会发现成千上万棵。华兹华斯看到过"金黄色水仙"：

像银河的繁星连绵不断，
辉映着夜空，时暗又时亮；[1]

华兹华斯诗句所描绘的这种繁茂盛况，在几乎所有的普通野花那里，你都可以看到。毛茛、蒲公英、牛眼雏菊，还有其他好些田野花卉从欧洲来到美国。从这些花卉可以看出，大自然是多么慷慨将她的花朵作为礼物赐予了英国。七月，火红的罂粟花耀眼地闪耀在整个王国几乎每一块小麦地和燕麦地里。绿色的麦浪看

---

[1] 该节诗歌典出华兹华斯《我独自游荡，像一朵孤云》（*I wandered lonely as a cloud*）。在这首诗中，华兹华斯自比一朵孤云，在天上游荡，突然看见湖边树荫中一大片"金黄色水仙"（golden daffodils）。译文引自：[英]威廉·华兹华斯：《华兹华斯抒情诗选》.黄杲炘 译.西安：陕西师范大学出版社，2016.220

上去似乎被泼溅上了鲜血。其他花朵也全部都是这样，似乎没有一种植物不是从不列颠岛的一头长到另一头。我之前从来没有见过这么多的白苜蓿。从七月的第一天到最后一天，苏格兰和英格兰的田间地头都看得到这种花的白颜色。每一平方英寸土地上都有苜蓿花朵绽放。除非这花蜜被雨季的雨水给冲淡，否则对于蜜蜂来讲，这是多么盛大的丰收啊！当然下雨冲淡花蜜也是有可能的情况。在从苏格兰往南旅行的途中，我发现毛地黄蔓延的速度同我旅行的脚步一样快。同时我还发现，毛地黄在南方的乡村和其在北方的乡村一样丰茂。这是我所见过的所有野花中最漂亮和最耀眼的一种，一丛大大的像铃铛似的紫色花球，高踞在蕨类植物和灌木丛之上，沿着篱笆到处盛放。在萨里和汉普郡的灌木丛里，我见过毛地黄长到五英尺高，而在北威尔士的岩石当中，毛地黄还能长得更高。同毛地黄相比，美国没有任何一种野花能像这样惹人注目。毛地黄如此艳丽，如此繁盛，即使是坐在快速列车里的旅行者也不可能注意不到它，而步行的人会觉得这花儿像无数火炬排列在他脚下的道路上。随着花期来到，毛地黄的花朵逐渐爬上花枝，从一个月到六个星期的时间，花朵从枝干的最低端蔓延到顶处，其所形成的色彩层次无论何时都令人极其愉快，每一天都有新的花朵盛开，每一天都呈现出清新悦目的形态。从开花到凋落，这花儿从来不会显出破败的样子或疲态。较低的花蕾在六月的第一个星期开花，之后，紫色的波浪慢慢往上卷起，一朵一朵的花球向着蜜蜂和蛾蝶招摇，一直持续到七月末，那时你能看到花茎顶端还剩着两三朵花儿，在风中招手。这两三朵花儿依然像最初盛开的那些一样，完美而生动。我很奇怪为什么诗人们提及这种花儿的时候不多。丁尼生说到过"毛地黄的枝头"。我也在济慈（Keats）[1]的诗行中注意到下面这个典故：

……看小鹿跳纵，
使野蜂受惊，从仙人钟花丛飞出。[2]

还有另一个，来自柯勒律治（Coleridge）[3]：

毛地黄从高处
招摇它那疏疏落落的紫色花钟，要么在风里，
要么在一跃而起的云雀身下弯腰，
或者当山雀飞落[4]

云雀不会歇息在毛地黄的枝头，也不会栖息在任何花朵或树枝上面。云雀是彻底地生活在地面上的鸟儿，它不会栖息在高处。柯勒律治或许知道这一点，只是他在这几句诗中写得云雀会这样而已。

伦敦的一位通讯员让我注意到了下面的几行诗。这几行诗来自于华兹华斯——

---

[1] 约翰·济慈（John Keats），1795-1821，英国浪漫主义时期著名诗人。
[2] 该节诗歌典出济慈《哦，孤独！如果我和你必须同住》（*O Solitude! If I must with thee dwell*）。译文引自：[英]济慈《济慈诗选》.屠岸译.北京：人民文学出版社，1997.35。屠岸译文中的"仙人钟花丛"即是毛地黄（foxglove）
[3] 塞缪尔·泰勒·柯勒律治（Samuel Taylor Coleridge），1772-1834，英国浪漫主义时期著名诗人、文学批评家、哲学家，是华兹华斯的好友，也是英国浪漫主义运动的发起人。
[4] 该节诗歌典出柯勒律治《纪念品》（*Keepsake*）。

……找寻花朵的蜜蜂,

能够飞到弗尼斯山最高山巅,

却久久嗡嗡在毛地黄的花间:[1]

　　这位通讯员还加了这么几句,"诗味平淡,但是却很形象,正如一位德文郡的妇人将刻板无趣的牧师演说比作'搅动汽水发出的毕毕剥剥的单调声音'"[2],用正常的英文讲,就是毛地黄里蜜蜂的嗡嗡声,之所以这么形容,是因为孩子们为了好玩儿摇动毛地黄的花铃,那声音像汽水冒泡的声音。

　　在那些长在路边的谦卑的野花当中,我见过的最漂亮的要数纤小的蓝色婆婆纳花。直到临近六月末尾,无论我徒步走在何处,都难得有看不见它的地方。这花朵有小小的带状镶边,一大丛深蓝色的花朵挺立在路边的草丛中。它们将一片如婴儿般的小脸转向太阳。这样的情形总是能让我停下脚步,赞赏不已。婆婆纳比紫罗兰更漂亮,比北美的茜草属花朵更大,颜色更深。它是美国地钱属花卉的一个缩小版,而且更加精致。它的颜色是靛蓝色,习惯于同田间的青草相伴或生长在路边。

---

[1] 该节诗歌典出华兹华斯《修女不会因修院的斗室愁闷》(*Nuns Fret not at Their Convert's Narrow Room*)。译文引自:[英]威廉·华兹华斯.《华兹华斯抒情诗选》.黄杲炘 译.西安:陕西师范大学出版社,2016.204

[2] 原文为Drummle drane in a pop。Drummle在苏格兰语中是"搅动""弄混"的意思;drane是"沉闷"或"沉闷的演说"的意思。在英文中,pop做名词有酒精饮料或气泡饮料的意思。

蓝得可爱的小小婆婆纳[1]

丁尼生这样唱道。我在卡莱尔的坟墓上，看到婆婆纳同雏菊和毛茛一起绽放。严苛粗粝的自然所蕴藏的温柔的人性和诗歌的特征，都由这种花得到了很好的诠释。

在湖区，我还看到成片的牧场被一种野生天竺葵染成紫色。这种天竺葵的学名应该就是Geranium pratense。这种天竺葵同美国的野生天竺葵非常一致。一到五月，美国的野天竺葵就会密密匝匝地在潮湿的草地上铺成一片，和这里情形一模一样。唯一不同的是，英格兰的这种天竺葵呈现为深蓝的紫色。我还注意到，英格兰的夏枯草的紫色也比美国的更深。这儿的紫兰花同我们自己的相比，颜色同样更深，但形态上则没有美国的那么优雅宜人。另一种花我在六月间见到过。这种花的习性同美国的紫边兰花或金字塔兰花很相似，都有一种粗犷的平民气。要论起蓝紫色的野花，在美国最显著的也许都有欧洲血统，比如菊莴、蓝蓟或牛舌草、马鞭草、紫珍珠菜以及蓝铃花。除了秋紫菀和龙胆草之外，其他这些花儿的颜色在我们美国的植物圈里都非常容易发生变化。

根据挪威植物学家舒伯勒（Frederik Schübeler）[2]的观察，相比南方来讲，高纬度地区的植物和树木往往会长出更长的叶片和

---

[1] 该节诗歌典出丁尼生的《悼念集》（*In Memoriam A.H.H.*）中的第八十三首。译文引自：[英]丁尼生：《丁尼生诗选》.黄杲炘 译.上海：上海译文出版社，1995.198

[2] 弗雷德里克·舒伯勒（Frederik Schübeler），1815-1892，挪威植物学家。

更大的花朵，另外，很多花儿在南方是白色的，到了遥远的北方就变成紫色了。高纬度地区微弱的日照需要叶子有更大的受光面积，同样，北方地区昆虫数量更少，因此需要更大更显眼的花朵来吸引昆虫，从而确保交叉授粉。黑莓的花朵在美国非常洁白，但在英格兰则是无可争辩的粉红色。同样情况的还有泽泻属水车前草。美国的茜草属和地钱属花卉到了英格兰说不定也会变成深蓝色。另外，不列颠的花卉颜色这么深，同这里的海洋性气候也许也有点关系。正如我在美国所观察到的那样，同样的花，在新英格兰地区的海岸附近，颜色就要比它们在内陆的深。

仲夏时节，有一种花在潮湿的田野和宁静的河道边向每一位漫步者致意。这就是绣线菊，也叫作草地皇后。这种花属于绣线菊属。美国的绣线菊，"九层皮""草地香""草原女王"和其他一些花都在绣线菊属中，但是英格兰绣线菊的香味超过我们所有这几种花的味道。英格兰绣线菊的甜香味里仿佛有杏仁和肉桂的芬芳。我在斯特拉福德周围看到很多绣线菊，也在埃文河上泛舟的时候从船上伸手采了一大把。花朵像奶油的乳白色，漂亮极了。阿诺德将这花儿形容为"金发白肤的绣线菊"，倒真是恰如其分。

人们在英格兰培育了一种苜蓿，叫作绛红三叶草。长长的花头，像血一般鲜艳。当这种苜蓿开花的时候，整片地会呈现出令人惊叹的样子。绛红三叶草主要是种来作为绿色饲料。在我整个漫游途中，我没有见过一株猫尾草。尽管这种草确确实实起源于欧洲，但是似乎英格兰和苏格兰的农民很少有人知道它。蚕豆，或者又叫温彻斯特豆（Winchester bean），种植得非常广泛。这种豆子为大地带来了新的特征——它的芳香令人想到苹果园，是在野外能遇到的最令人陶醉的味道。

我很喜欢荆豆花,或者金雀花(苏格兰人这样称呼它)。它开出无数明黄色、像豌豆一般的小花。散发出的香气让我觉得是椰肉和桃子混合的味道。这种花摸上去的感觉像带刺的灌木,并不令人愉快,同美国这边的地刺柏很像。无论在哪里,荆豆花都沿着耕地边缘长成一线。犁头停下的地方,荆豆花就开始生长,它仿佛成了耕地的标识。荆豆花覆盖了荒野和公地,它和石楠花一道,将苏格兰和英格兰的高地涂上一层深深的颜色。石楠花,我没有见识到它盛放的荣耀。我在七月最后一天离开的时候,刚好是石楠开放的时节,不过我在北威尔士瞥见过它一眼,后来又在北爱尔兰再见过一次。两次看到这花儿,都非常令我高兴。石楠给了黝黑的岩石一圈紫色的镶边或流苏,看上去非常厚重,令人惊叹。英伦岛上的岩石从来没有像美国那边的那样,如此轻易地就给染上了颜色。石楠同绿草竞赛,看谁覆盖的范围更大,谁长得更协调一致。一到仲夏时节,石楠就给荒野和高地披上一件深褐色的衣裳。当石楠花开,这件衣裳就变成一件高贵的皇家长袍。一簇簇鲜花吸引蜜蜂前来采蜜。植株为鸟儿避风挡雨,还成为它们游戏的乐土。石楠还被乡下的农人用来搭茅草屋的屋顶,或者搓成绳子,另外还有很多别的用途。

我注意到英格兰有好些给人带来麻烦的杂草。不过这些杂草倒没有在美国现身。在英格兰,款冬会在犁过的田地上铺成一片。只要庄稼一长起来,款冬也会伸出它宽大多毛的叶子,然后覆盖住一大片土地。尽管在美国也能发现这杂草的身影,但是,就目前我所观察到的情况来看,款冬只生长在那些偏僻的地方。

羊酸模从海外来到美国,把无数贫瘠的,无法耕种的田地染得通红。但另一种更大的酸模（Rumex acetosa），则在英格兰的田地里极其常见。它们的茎能够蹿到两英尺高，这着实让我觉得很新鲜。各种不同的酸模，几乎其所有相关的种类，都适应了美国的环境，在这里的海岸上生长。

大体来说，想看欧洲野草的地方是在美国。这些野草在美国简直长疯了。它们就像放学后的男孩子，摆脱了一切束缚。整片广阔的土地任由它们自由生长。它们占有土地的程度简直让不列颠的农民感到吃惊。苏格兰蓟在苏格兰比它在纽约或马萨诸塞州更少见。毛蕊花我只在路边见过一次，而且那是在威尔士，尽管在英格兰岛上这种花到处盛放。前面提到过的伦敦的通讯员也谈到了毛蕊花，"它将绽放于孤独的荣耀中，然而，尽管它会开放出数以百计的花朵，可岁月流逝后，另一朵花儿在同一处居所映入眼帘。我们习惯于说，'在那样一个地方开出了一朵毛蕊花'。说这话时，就像看到彗星一样。此后的每一日，这花那像法兰绒一样的叶片，以及它的穗的生长情况，都会被按时地观察和报道出来"。蓝蓟、肥皂草、土木香、紫景天、白玉草还有其他一些，都确实在英格兰的土地上生长着，但我在那儿的时候一眼都没有见过。而这些花草在美国可以一大片一大片地看到。在英格兰，人们毫不留情地除掉杂草，没有给杂草留下一点生长的空间。你能看到男女老幼在草地和牧场上清除杂草的景象。每到六月，一种野生的芥菜就会大量地在生长谷物的良田里蔓延；这种芥菜开花的时候，会给燕麦地披上一层清新的淡黄色。这时，男人和孩子们就会小心地穿行在一畦畦的麦子间，把芥菜连根拔起，全部清走，视野之内不留一朵芥菜花。

整体来看，我要说不列颠的野花不如我们美国的漂亮，但是他们的野花数量更多,也更招人注意,同时与人的乡村生活联系得更加紧密。这情形在鸟儿方面也是一样。他们的鸟儿比我们的鸣禽更加常见,数量更多,歌声更响亮,但歌声的甜美和旋律的哀婉却有所不如。不列颠花卉的特征是粗壮和强健的。这种粗壮和强健令人愉悦。在优雅不足的地方,他们用数量来弥补。

在美国,春天第一批绽放的花儿有着惊人的精致。这其中有地钱属、春美草、杨梅属、血根草、唐松银莲、荷色牡丹——它们的美丽与精致,来自于木本植物所独有的形态。与此形成对比的是春天最早生长出来的那一批植物。这些植物有报春花、风信子、扁桃叶大戟、绿莬葵、葱芥、五福花、水仙花、白屈菜和其他一些。它们更加坚硬,长满绒毛,可以用作篱笆墙。这些花有很大一部分通过它们庞大的数量占据一席之地,报春花可以将篱笆宽阔的墙基成片覆盖,长度可达好几英里,就像铺上了一层花朵织成的毯子。我在英格兰广袤的田间和森林远足,但从来没见过任何花像我们的红花半边莲那样红艳得灿烂夺目;也从来没见过任何花像我们的草原百合或山地百合那样具有野性的优雅气质;那儿没有任何林木花卉像我们的釉彩延龄草和女屐兰那样引人瞩目;也没有什么沼泽花卉能比得上我们的美须兰和泉水兰,这两种兰花在新英格兰地区东南部都非常常见;没有什么溪边花卉能同我们的凤仙花比肩;没有什么岩间花卉能让看到它的人发出同看到我们的耧斗菜时一样的赞叹;没有哪种紫罗兰像我们的鸟足紫罗兰那样吸引人;没有任何蔓生花卉能够接近我们那无与伦比的杨梅的地位;没有任何蕨类能像我们的铁线蕨那样精致;也没有任何开花灌木像我们的杜鹃花一样甜美。实际上,英格兰的植物显示出的是一种普通的美。这种美清秀、悦目,但却没有我们美国的植物那样精致高雅、令人赞叹。这种对比很好地体现在两个国家的枫树所开出的花儿上——欧洲枫所开的花儿呆板粗糙，相比之下，我们美国的枫树所开的花儿有花边儿一样的优雅与精致。同样的，我们的白松拥有细腻得像丝绸一样柔软的长发，形成鲜明对比的是，欧洲松的叶子则要粗糙得多。可是，只要是他们所拥有的，他们就拥有极大的数量。他们的花儿很少会把自己的芬芳浪掷在荒凉的沙漠中。这些花儿总是簇拥在田地里、街道上，还有公路中，人皆可见，尽人皆知。它们在房顶上开放，在城堡的高墙顶端向人挥手。春天的草地被花朵织成的地毯覆盖。到了仲夏，所有的农田，从整个王国的一端到另一端，都被点染上火红和金黄的颜色。火红的是罂粟花，金黄的是万寿菊。

我只采了一朵白睡莲，那是在基尤的花园。我觉得在这花园里采花是一种冒犯。这白睡莲的花瓣比起我们的来，稍稍有那么点生硬，另外也没有香气。确实，如果说到发出香味的花卉，我们的种类远远要多得多。不列颠的花卉在这一点上看起来更加丰富，但这是因为在任何一种给定的种类上，他们的花卉样本数量要多一些。

当然，不列颠的的确确是鲜花的国度，春天似乎永远统治着那里，一年四季都繁花似锦，四时长青。这在美国那么恶劣的天空下，是不可能的。

# 第九章　大不列颠的丰饶

一

在横跨大西洋，从美洲新世界到欧洲旧世界的途中，旅行者慢慢接近一片陌生的海岸。海岸上是一个古老的、人口稠密的国度。航行中的一些迹象，让旅行者感到对岸的国度在慢慢接近。其中的第一个迹象，就是一群群的海鸥蜂拥而至。这些海鸥非常大胆，毫不怕人，它们尾随在船后，上下盘旋。当有食物碎屑或果皮从船上的餐室扔出船舷的时候，这些海鸥就一个猛子扎下去，或与同伴争抢起来。这些海鸥同那些我们留在身后的相比，立刻就显出了不同的气质和举止。它们多么大胆，从日升到月落，不知疲倦地追在船后。当你弯腰趴在船舷上的时候，这些海鸥紧紧地飞拢过来，几乎可以从你的手里抢走食物。这是空中的某种信号。这个信号告诉你，你正在接近的那个国家，生活饥馑且人口众多，而且，似乎这就是那个国家的全部。那个人群蜂拥而至、饥饿到无所不吃的欧洲，就要同你迎面相见。你正在接近一个物种丰富的国家的海岸线。在那里，最常见的物种形态并不多，但这些物种却置身于数量最大、竞争最为激烈的种群范围之内。在那里，鸟类和动物不光数量比我们美国的多，而且也更加具有领地意识、更加具有攻击性。它们同人类的联系更普遍，因为它们会同人类竞争，从土地里获取果实，所以它们学习了人类的方式，非常富于智谋，具有极强的繁殖能力和生命力，不会轻易地被抑制或驱赶，事实上，极强的毅力和多产的繁殖力，是它们的特征。这一事实迟早会让美国和不列颠都感到震惊。生机勃勃的大自然中似乎有一种原始的推动力和热情，想要目睹在新大陆或旧欧洲，哪里会造就新的经验。欧洲旧大陆，真的是将美洲新世界的物种看作是阳刚的、富于男性气概的。

带着对未来感到害怕的预感，新英格兰人看到了出生率在他自己的土地上迅速地衰落，看到了家族的血脉在后世的萎缩——这种萎缩就像他那里的溪流在夏天干涸的情形一样。对种族长久延续担忧的新英格兰人，也许将会在不列颠诸岛上看到能够安抚他们的某些东西。只消看看家畜那令人惊叹的繁育力吧！降临在新大陆那些老迈地域的干旱呐，完全不可能对不列颠诸岛上这些生命的源泉施加影响。在不列颠，生命的源泉依然像它们在三个世纪之前一样丰饶多产，一样用之不竭。爱默生有一首十四行诗。不列颠今天的情形依然非常符合这首诗最后一段的描写：

> 没有数字可将我计数，
> 没有部落填满我的房屋；
> 我坐在闪亮的生命之泉旁边，
> 静默地将洪水倾注。[1]

实话实说，这就是一场洪水，不列颠诸岛被滚滚人流给淹没。三千万人口，集中在一个地域面积同美国某个稍大一些的州

---

[1] 该节诗歌典出爱默生的《自然之歌》(*Song of Nature*)。

一样的岛上,有谁会说高水位线已然达到了?每一样东西都代表着一个物种;每个物种都处于少年时期,正迈步在通往其巅峰状态的路上。气血方刚;粗大的手脚;突出的犬齿;强健的肠胃和肌肉;健康的女性;对个人权力近于野蛮的觊觎;蜂拥而来的儿童和年轻人;对于户外活动和体育活动的热情;对刺激和冒险的热爱;每个人的样子都显露出清晨的朝气和青春,好像食物和睡眠使他们得到了很好的滋养;所有人都依然葆有动物般的天性,依然懵懂而天真——这一切都显示出,这里的人们没有减缓他们前进的步伐,也没有收下船帆,停止航行。无论是脚下的那片土地,还是土地上的人们,都没有现出任何疲态。相反,这二者都依然展现出一个新兴国家的活力和丰硕成果。这情形也许会让你觉得这些人像是刚刚才拥有了一片处女地似的。在他们身上,有一种先驱者的吃苦耐劳和勤奋多产。如同在我们边境地方那些早期的聚居地上的情况一样,这儿家庭数量在持续增加。请让我引用泰纳(Taine)[1]某部论著中的一段话:

> 英国人差不多总是拥有很多孩子——从富有的到贫穷的英国人莫不如此。女王有九个孩子,为全国树立了榜样。再让我们检视一番那些我们所熟悉的家庭:某某勋爵有六个孩子;某某侯爵,十二个;N爵士,九个;法官S先生,二十四个,其中有二十二位在世;几位神职人员,分别有五个、六个,以及多达十和十二个孩子。

---

[1] 这里的"泰纳"指伊波利特·阿道尔夫·泰纳(Hippolyte Adolphe Taine),1828-1893,法国批评家、历史学家。

这样的人口统计持续向上增长。在这片土地上，镇子和城市，就像群峰云集的蜂房。的确是位多产的蜂后，拥有众多孵卵的蜂巢！假如没有美洲、非洲以及澳洲的广袤土地让这些人口向这些地方移民，那么他们一定会互相踩踏，拥挤到窒息。苏格兰或英格兰的一座城市，同我们美国的任何一个城市相比，都要大上一倍，或是我们几个城市的叠加。其内部空间是双重的——在那些胡同和巷子的内部，人们蜂拥进进出出，像一群群苍蝇一样。每一个乡下的村庄都有窄小的胡同，街巷套着街巷。社会中那部分贫贱的人群就藏匿其中。这些身居背街陋巷中的人类像洪水般冲向世界的各个角落，带去了他们的国民特征。在爱丁堡某些古老街区漫步的时候，不知何故我想起了在家乡时看到过的岩燕的鸟巢。这些鸟巢密密麻麻地搭建在农夫谷仓的屋檐之下，每一英寸空间都被占据。每个鸟巢都挤在一起，甚至相互重叠。屋檐的裂缝也给填上了，每个有利的位置都被占据。鸟儿那悬垂的床铺和孵育小鸟的摇篮一个个重叠地排列着，显示出各种精致巧妙的造型，以及对环境的适应力。在伦敦和爱丁堡，街道和街道也像这般重重叠叠，另外还有高架道路，让一股人流在另一股人流头上前进。他们把斜坡和洼地都利用起来，创造出更多可滋使用的空间，让难以计数的人口能有容身之地。

一天，我在苏格兰高地步行穿过特罗萨克斯，几座蚁丘吸引了我的注意。这种蚁丘在这个国家非常典型。它们的规模并不大，也就比一个配克[1]的量筒稍大一些，但我从来没有见过哪种

---

[1] 配克（peck），容积单位，等于两加仑（gallon）。

蚁丘有这么多的蚂蚁，如此生机勃勃。这些蚂蚁聚居在一起，地面上好几码的范围内都因为它们庞大的数量发出清晰的沙沙声。美国的蚁丘我是知道的，也非常认真地观察和记录过。美国的蚁丘能够填满一辆货车的车斗。但是同这里的蚁丘比起来，美国的蚁丘就像是空空荡荡的公寓楼，或一座只有一个连队而非整个军团驻守的堡垒。特罗萨克斯的这几座蚁丘站在路边稀疏的树林中。每一座蚁丘以自己为中心，向周围辐射出五条主路来，看上去像车轮的辐条。这几根主路将青草和树叶略微地折弯，因此非常显眼。沿着每条主路，行进着两队蚂蚁，一队从蚁丘往外走，出去寻找补给，另一条返回蚁丘，带回去战利品，有毛虫、苍蝇、昆虫。这是一条源源不断的物资线，运回蚁丘这栋蚂蚁帝国的大厦。假如蚂蚁的运输队被任何一只毛虫或甲虫给卡住了，那么，出去的那一队蚂蚁就会掉转方向，搭一把手，而这五条主路中间的地面，被各个方向来来往往的单只蚂蚁连成一片，为搜寻食物而上下奔忙。在几码远的地方，路尽头的整片地面上，依然是相同的景象。假如我在一个地方站立一会儿，这些蚂蚁就会开始顺着我的鞋子爬到我的腿上来。跺脚把蚂蚁给抖搂下去，似乎只能给它们一点警告，最终还会激怒整个蚁群。在这种情况下，我被迫立刻撤退。同时，我看到一只很大的甲虫横着爬过来，我伸手抓住甲虫，把它扔到蚁巢上。蚁群立刻开始攻击甲虫，那阵势就像狼群攻击大象一般。蚁群攀在甲虫的腿上，翻过它的背，从正面发动攻击。甲虫急忙飞奔起来，冲过重重蚁群，然而又落在土堆旁边。那些爬到甲虫腿上的蚂蚁被其他蚂蚁拽住，直到四五只蚂蚁连成一线，拖在甲虫六条腿的每一条上。愤怒的甲虫扫过蚁群，然后又钻到树叶和树枝下面，希望将缠在它身上的敌人扫落下去，最终甲虫把自己埋进土里，算是逃过了一劫。之后，我又捉了一只蜗牛。这片地上长满了这种大蜗牛。它们又大又黑，但是没有壳。我捉的这只蜗牛足有我的大拇指那么大。我把这蜗牛扔到蚁巢上，蚂蚁立刻蜂拥而至，爬到蜗牛身上，将它们的颚扎进蜗牛的身体里去。这动作让蜗牛对眼下这具体的情况有所醒悟。它并非没有抵御敌人的办法。逃跑，像甲虫那样，它做不到，但它具有一件看不见的盔甲。这蜗牛开始从他身体上的每一个孔里分泌出一种浓浓的白色黏液。这种物质转瞬间就把接触到蜗牛的每一只蚂蚁从头到脚都给粘住。蜗牛分泌出的这种黏液好像即时鸟胶。当这一层厚厚的黏液外套把蜗牛整个儿包裹起来之后，蜗牛左右蠕动数次，将黏液部分蜕了下去，于是又将几百只它的对手给卷了进去。从来没有蚂蚁的军队或人的军队陷入过这地狱一般的沼泽。新的蚁群重新冲了上去，试图攀上这团糨糊；但其中的绝大多数重蹈之前同伴的覆辙，再度陷入泥淖当中。不过，有几只蚂蚁最终成功地爬上了蜗牛的背，但这使得另一波黏液的雪崩开始准备。而蜗牛似乎开始缩小身子，让自己鼓起勇气投入战斗。只要蚂蚁一接触到它，不论蚂蚁的数量有多少，它都用黏液将蚂蚁粘住。它向蚂蚁倾倒他装满怒火的胶水瓶，直到在它周围筑起一道黏液的壁垒，而壁垒当中粘满了无助的蚂蚁。新来的蚂蚁继续涌来，用下颚咬住这道黏液的壁垒，但最终就这样被粘在了上面。我在那儿逗留了半个多小时观看这场战斗，但最终在整个场面结束之前不得不离开。我猜蚂蚁最终获胜。蜗牛已经差不多用完了它的弹药，每一波攻击所准备的时间越来越长，效果也越来越有限。蚂蚁的计谋没有穷尽，它们用陷落在黏液里面的士兵作为桥梁。不过，它们最终如何脱身，又如何解决那一堆蜕下的黏糊糊的怪物，这倒是我非常想要知道的。

不过，给我留下深刻印象的，并非诸如蚂蚁那庞大的数量及其勃勃的生机这些方面，而是它们那种像海盗一般的掠夺习性。一直等我到达伦敦，我还依然禁不住想起我在北方看到的这些个蚁丘。其中的一个蚁丘，我要说，是我迄今见过的最大的一个。看看那些辐射开来的了不起的主路，通向整个蚁丘幅员范围内的每一个点，再看看那无数只的蚂蚁，在甬道上蜂拥前进，你推我赶，一直蔓延到周围的田野里面。看看那些修建在地底下的地道和走廊，还有地面上的"高架桥梁"，再看看蚁群的活动和供给，整个大地都是这些昆虫的狩猎场，整个地面上都听得到数量庞大的蚁群走动时发出的沙沙声。伦敦显示出极其宏伟的人类活动的方方面面。在这一情景面前，假如一个人由此联想到昆虫的世界，他应该可以得到原谅。假如人类都像苍蝇产的卵一样，那么世界上的男人和女人该有多么低贱和渺小啊。人流像潮水一般无休无止地涌动，街道就像是河床，挤挤挨挨的人溢满了河岸！你很难注意到一个个的人，满眼只是黑色的潮水。他丢失了自我，和其他人一起，成为一只没有意义的蝼蚁。他孤独地在地道和走廊中出生，来到地下通道里，像海里的一滴水一样被席卷着前进。我过去时常每过一段时间就到乡下走走，或者在圣保罗座堂（St. Paul's）[1]找一个无人的角落。通过这种方式让我内心得到平静。不过，需要不平常的努力才能在圣保罗座堂找到自我，而若是在乡间，你必须走得很快，否则伦敦就会超过你。一次，当我以为一整条路都铺展在我一个人面前的时候，一队伦敦的自行车手从我

---

[1] 圣保罗座堂（St. Paul's Cathedral），伦敦主教座堂。

背后悄然蹿出,像幽灵似的突然排成纵列。整个国土都打上了伦敦的烙印。伦敦这个大城市像个巨大的气旋,任何气流都朝着它的方向而去,无论你置身何处,你都能感受它的吸力。城市和乡镇好像持续不断地从它们所在之处断裂开来,向着伦敦的方向漂去,最终让自己汇入其中。在任何一个方面,你都能发现小城市同伦敦结合得更快。伦敦像一个恶性肿瘤,一开始吞没了一个器官,之后又是另一个器官。只是它并非全然是负面的,相反,也许它像地球上有城市这件事儿一样,自然而且合理。这是那片富饶慷慨的土地以及土地上吃苦耐劳、繁衍生息的种族最为合理的成果与自然的表达。伦敦并非是贸易和商业的结果,而是人的天性的成就,来自人内在的寻求家园和建设家园的本能。就伦敦的这一方面来说,它超过了我所见过的任何一个别的城市。我曾感觉到,并且始终感觉得到,它的吸引力。它是实实在在的人类居所的集合。这种感觉无处不在。它所有那些广袤和多样的工业,以及它的交通,似乎都是家庭式的,像是围绕一家人生活的家务事一样。我曾经从不同地方眺望伦敦,有伦敦的西北边界,有汉普斯特德荒野(Hampstead Heath)[1],有高门(Highgate)[2]周围。这座城市躺在泰晤士河那宽广、温柔的河谷里,就像一座广袤的乡村——一个差不多有四百万人口的乡村。生活于其中的人们觉得生活甜蜜且健康。他们保持着乡村的质朴和严肃的举止。看看他们宽阔的公园和游戏场,再看看上泰晤士河,在阳光明媚的星期天,划船聚会让河面多么热闹,又看看人们在郊外各处郊游野

---

[1] 汉普斯特德荒野(Hampstead Heath),伦敦一处自然公园。
[2] 高门(Highgate),北伦敦的郊区,在汉普斯特德荒野的东北角。

餐。的确，到了夏天，宽阔的河谷像个宿营地，萦绕其间的，是一片社交的甚至是节庆的气氛。当然，那里也有肮脏的处所和悲惨的人生，甚至是太多了，但它们都将自己藏到城市的各个角落。

## 二

一个丰饶的种族，一个丰饶的自然，云集于这些岛屿里面。这里的气候四季如春，漫长的五月仿佛永不结束。所有那些绵延不绝的生命形式显露出它们的特征，那是一种如春天般旺盛的活力和精神气。生命繁荣且丰盈。一代代生生不息，精力弥漫，血气充盈。海水里的盐分渗透进植物的经脉中，富含养分的各类水体将勃勃生机传递到大地里。这里的自然是热带和寒带的结合，一个多产，一个活跃。

这个国家的诗人是莎士比亚。从他那里，从文学和艺术两个方面，我们对于这个繁荣、生动、有趣的国家及其人民获得了同等的认识。要理解莎士比亚，只需要这样的土地、这土地所构成的背景。在他的字里行间，一方面是那种自我克制的诗学价值，另一方面则是狂放的喧闹和恣意的挥霍。

巨大的人口数量体现出普遍规律的原则：即使是在较为低层的群体中，也存在同样的丰富性，同样的奋斗意志和吃苦耐劳。自然学家们有这样一种观点，认为欧洲的普遍的生命形式，比南半球的或美国的那些来说，要更为晚近一些，也因此，根据达尔文的理论，其形式更为多样，掌控自然的能力更加强大。这后一方面的特征今天仍然对其有效，任何一位有能力的观察者都不可能对此视而不见。当欧洲的动植物与美洲的发生竞争时，后者，在很大程度上，将会碰壁，就像发生在澳大利亚本土动植物身上的情况一样。或者，是否我们也可以这样说，本土的动植物在欧洲文明到来之前就先行躲避开了，森林从土地上褪去，之后欧洲的物种到来，占据了它们的位置？然而既成的事实就是，即使面对重重障碍，欧洲的物种也依然显示出坚持下去的特征或趋势，依靠牙齿和爪子牢牢抓住一点机会，不管采取什么手段，都时刻做好准备，在别的物种挨饿的地方它们兴旺成长，在别的物种跌落的地方它们攀缘而上，在别的物种消亡的地方它们繁衍不息。这种情况很像有些野草，你越是筛种，它们反而越会从根上生长得更多。到头来，这些生命力极强的野草反而比本土原生的草更成气候。基本上每一种从旧大陆来到美国这里的物种都做好了准备，要杀出一条生路，占有这片土地。欧洲或旧大陆的人，旧大陆的兽，旧大陆的草和谷物，甚至那些杂草和有害的动植物，都占据了这片土地，而本土物种在它们面前丢盔卸甲，让出地盘。蜜蜂，连同它采蜜的野心，它的勤劳，以及它的种群，是那些其余物种的一个恰当的例子。还有英格兰家麻雀，当初我们为了引进它们挠破了头，但现在它们繁殖得多得都要成了公害，简直有成为这片国土上的瘟疫的危险。另外，我们这里几乎所有那些麻烦的杂草都是欧洲种。一旦一个新物种在我们这儿站稳了脚跟，它就会像野火一样扩散开来。假如不是因为我们养了欧洲猫，那欧洲的田鼠和老鼠就会把我们给吃光。野狼不单单在法国和德国这些古老且人口稠密的国家站住了脚，近年来还在美国急剧增加，以至于政府不得不出台额外的奖励政策用以捕杀它们。美洲野狼的身影何时出现在我们美国人烟相对稀少的东部和中部各州？它们像海狸一样消失得无影无踪。当然，也可能存在这样的可能，在一个像美国这样的新国家里,在野生动植物当中有这样一种趋势,它们慢慢地发展它们自己,直到最终重新回到并再度占据这片环境和条件已经被改变了的土地。这一趋势在植物当中存在,也可能在动物中间同样如此。如是而言,那么烟囱燕放弃空树干住到烟囱里,岩燕离开悬崖峭壁,住到谷仓的屋檐下,松鼠也发现它们可以在田间地头及周边地方生存,如此等等。在我自己居住的地方,建筑物周围本地老鼠的数量已经比过去有了极大的增长;在美国从前人们居住的那些区域,鼯鼠已经习惯了在房屋里繁殖;在西部,野狼也不像在东部那样那么容易地就被驱逐无踪;美国有些地方已经三十年看不到黑熊,但是如今黑熊也已经回来了。

我注意到,不列颠的动物和鸟类的很多习性看起来是两种因素共同作用的结果。一种是在它们自身密集的种群中相互之间的激烈竞争,另一种是它们同人类的联系。因此,鹧鸪不仅仅只是伪装它的巢,它还会很仔细地收拾巢周围的草,不让它进进出出的痕迹被人发现。田鼠会在它的地洞里贮藏大量的谷物,然后从地洞里面把洞口给堵上。丘鹬在受到侵扰的时候,会把幼鸟夹在双腿之间飞走,然后又飞回来把别的幼鸟一只一只地带走。海鸥会落到田地里大吃特吃谷物;野鸭以燕麦为生;乌鸦和寒鸦会拔起才种下的土豆幼苗;松鸡、鹧鸪、鸽子、田鹀这些鸟会去拔芜菁;老鹰经常会在猎人的枪下抢夺受伤的猎物;乌鸦会伫立在房屋烟囱的最高处;在东部,鹳鸟会在城市里面的房屋顶上筑巢;在苏格兰,老鼠跟随鸟类和苏格兰高地人转移到海岸边的鲱鱼渔场去,等捕鱼季节结束之后,又随着鸟儿和人类一起散去;白头鹰继续在深山里繁殖，它们下的蛋每一个都值一几尼[1]；野兔数量多得已经到了要动用网子和貂的地步了；松鸡、鹧鸪、鸭子、鹅通常都是捕猎的目标，但是它们继续成群结队地出现在猎人的面前，而这个民族在天底下最根深蒂固的爱好就是打猎了，还有，据说在某个乡下地方，丧命在乌鸦爪下的猎物，比整个王国所有猎枪打下的猎物还要多。

很多野生鸟儿在孵蛋的时期，会允许自己被人手触摸。在遮蔽式排水沟或农庄建筑物附近的棚架基座下面，经常能看到狐狸在那儿度日。水獭很久以前在美国的溪流当中就不见了踪影，而在苏格兰它们依旧保有它们自己的地盘，只不过它们到处都会遭遇人类的陷阱和猎枪。众所周知，要是有人捉走水獭幼崽，母水獭可是有勇气挡在人面前的。

托马斯·爱德华（Thomas Edward）[2]是阿伯丁的鞋匠和自然学家，他讲述了不少与野生动物有关的冒险，这些经历都是他在夜间观察野生动物时发生的。他讲到过的动物有鼬鼠、臭鼬、獾、猫头鹰、老鼠等。在他和这些动物的遭遇中，这些野生动物表现出令人吃惊的勇敢和大胆。有一次，一只鼬鼠结结实实地攻击了他。另一次，一只臭鼬想捉他放在衣服前胸口袋里的一只黑水鸡，爱德华当时已经准备入睡，但这只臭鼬来来回回试探好多次。另外还有一次，爱德华活捉了一只老鼠，他用根绳子把这只老鼠绑在他的背心上，打算把老鼠活着带回家去，结果当他打盹的时候，一只猫头鹰飞来夺走了这只老鼠。爱德华还说，他曾把

---

[1] 几尼（guinea），英国旧时（1663-1812）发行的一种金币名称。一个几尼等于21先令。

[2] 托马斯·爱德华（Thomas Edward），1814-1886，苏格兰自然学家。

他的手杖戳进过一只狐狸的嘴巴里。他的手杖杵下去时，那只狐狸刚好从它的洞穴中钻出来。狐狸咬住手杖，带着它一溜烟跑走了。还有一次，爱德华从一处悬崖往下攀，有两只狐狸在悬崖上的一块岩石上同他不期而遇。这两只畜生让他身处险境。它们冲着他咆哮，露出森森犬牙威胁他。爱德华伏低身子想把这两只狐狸踢开，两只狐狸一跃而起，从他头上跳上了悬崖。沿着苏格兰的海岸线，乌鸦懂得如何敲碎贝类的硬壳。它们抓着贝类飞到高空，然后把贝类扔到岩石上摔碎。苏格兰乌鸦的这一行为，和南非的某些鸟一样，很有智慧。那些鸟儿飞入迁徙过程中的蝗虫大军之中，然后用他们锋利的鸟喙啄去蝗虫的翅膀，使蝗虫跌落地面，之后鸟儿飞回来沿着地面从容地饱餐一顿。在高地，鹰群以野兔和羊羔为食，一旦鹰遭到牧羊人的猎杀，野兔的数量就会激增，然后啃掉所有的草皮，导致羊群挨饿。

在捕猎鲱鱼的季节，苏格兰海岸边沿线的场面非常独特。查尔斯·圣约翰（Charles St. John）在他的《莫雷郡自然史及捕猎》（*Natural History and Sport in Moray*）[1]对这些场面做了很好的描述。数不清的鲱鱼一群群地出现，这时候，天上有成千上万只鸟儿的追击，海水深处还有许许多多它们的天敌。鲑鱼和角鲨从下方猎食鲱鱼；海鸥、鲣鸟、鸬鹚以及北方塘鹅从上方攻击鲱鱼。此外还有渔民们。他们的渔船无数，组成一支舰队，把数以百万计的鲱鱼捕捞上船。鸟儿一头扎进水里，发出尖叫；渔民们呼喊劳作。海面上布满了受伤或撕烂了的鲱鱼，海滩发出阵阵臭味，

---

[1] 查尔斯·圣约翰（Charles St. John），1809-1856，英格兰自然学家、冒险家。《莫雷郡自然史及捕猎》是其著作。

那是正在腐烂的鱼碎屑的味道。这股味道再一次吸引来大批鸟儿和害虫。所有这些，都是非常典型的欧洲景象。鲱鱼的数量仍然没有减少；当鱼群进入北欧的峡湾时，人们会说，他们在同一片水域里拥有两群鲱鱼。

我在英格兰和苏格兰的时候，观察到很多重要的事情。其中之一，是鸟巢中鸟蛋的数量。我看到的第一个鸟巢，是草地鹨的，里面有六个鸟蛋。第二个，是柳莺的，有七个蛋。这些不列颠鸟儿，是否像我之前说的，和这里的人一样，真要比我们美国更加多产？毫无疑问，这是事实。我所观察过的鸟巢没有一个例外。有个男孩儿告诉我说，他知道有只鹪鹩的巢里有二十六个鸟蛋。当我听到这话时，我心中有一半儿是相信他的。普通的不列颠鹪鹩，同我们的冬鹪鹩差不多一模一样，它们下蛋时经常可以下到二十个以上，而我们的冬鹪鹩也就是五六个罢了。长尾山雀能下十个到十二个蛋；沼泽山雀，八个到十；大山雀，六个到九个；蓝盖鹦鹉，六到十八个；歪脖啄木鸟，通常能有十个那么多；五子雀，七个；旋木雀，九个；鹪鹩，八个；知更鸟，七个；霸鹟，八个，如此等等——不列颠所有或差不多所有的鸟儿，都比美国这边相应种类的鸟儿产的蛋多。美国绝大多数鸟儿的最高产蛋数量是五个。有些鹪鹩、旋木鸟和山雀能下六个或更多，但是，一般的美国鸟儿，你在它们的巢里也就能看到三或四个鸟蛋。这差不多算是普遍情况。我们美国的鸟儿中，能比欧洲的种类产更多的蛋的，似乎只有鹌鹑，另外就是雨燕。

这么多数量丰富的鸟蛋，被如此温暖、如此紧凑的鸟巢呵护着。柳莺的巢，正如我之前提到过的，这巢像是个茅草屋，还用羽毛做了装饰。整个巢搭在地面上，有着圆形的穹顶，很像我们的草地鼠的洞，巢的入口放在侧边。花鸡，是不列颠的禽鸟中数量最多，最为常见的一种。它们将巢搭在白荆棘里。这巢完全是紧凑齐整的奇迹。整个巢主要由极好的苔藓和绒毛做成。巧妇鸟的巢，里面有一打或更多的鸟蛋，简直就是完美的艺术品，是自然的爱物。我所看到的那些巢在路边一处悬崖的脚下，搭在长在那儿的几棵树的树根之间。你能看到一团团极好的青苔填在树根形成的不规则的框架里面。青苔中间的地方有一个圆圆的洞。在你的手指触手能及的地方，都异常柔软，搭建得极其精细。如果把青苔一点点移开，这一大团青苔的最中心就是这鸟儿的巢。

对这些鸟蛋来说，还要加上一点，就是它们在一定程度上能够避免危险对其的侵害。自然界有那么多的危险侵扰着鸟儿们的巢。这些危险来自松鼠、蛇、乌鸦、猫头鹰、鼬鼠，因此，你可以很快看出，不列颠的鸟儿为何会如此繁荣，数量也如此之多。每棵树上都有一只花鸡，每一平方杆（square rod）[1]地面上就有一只白嘴鸦和一只欧椋鸟。所有适合的地方都已经被占据了。我甚至觉得，如果每只欧椋鸟都能找到地方筑巢，那会有更多的欧椋鸟出现。墙上，塔楼上，树和树桩上的每一个洞；农场建筑上的每一处缝隙；古老教堂和座堂上每一个咧着大口的怪兽头滴水嘴里；每座塔楼、尖塔和城堡护墙里的裂缝，还有每一个雨槽和排水管的管口——只要它们能在其中找到点儿地方的——都已经被鸟儿派上了用场。

古老城堡的废墟成为很多鸟儿的港湾。其中最多的鸟儿是麻雀、欧椋鸟、鸽子和燕子。罗切斯特城堡的主塔或堡垒依然保存得非常完好，但却已经成了一个巨大的鸽子窝。管理城堡的女士

---

[1] 平方杆（square rod），面积单位。

告诉我，那里差不多有六百只鸽子。当这些鸽子飞起来在空中盘旋时，遮天蔽日的鸽子把整片天空都变成了白色。时不时地，这些鸽子会被捕杀了送到市场上去。日落时分，当鸽子回巢之后，雨燕就飞来寻找它们的藏身之处。这时候，有那么一会儿，整片天空又被染成了黑色。

同样再来看看白嘴鸦。它们就像鸡一样紧紧跟随着犁地的农夫们，在他们身后翻拣土里的幼虫和蚯蚓。它们确实就是鸡，在更宽泛意义上是披着黑色羽毛的农场家禽。白嘴鸦幼仔是享有盛誉的美味佳肴。童谣唱道："二十四只黑色的鸟儿被烤在一张馅饼里，送到国王的面前"。这二十四只黑色的鸟儿极有可能是白嘴鸦幼仔。白嘴鸦馅饼是一道全国知名的佳肴，而且看起来，其幼仔被捕猎的数量似乎已经足够使其整个种群在数年间全部灭绝。不过，确实需要对它们的数量加以控制，就像对待野兔一样，因为它们和人一样不会迁徙到别处。我曾经模模糊糊地有所耳闻，说我们的不列颠兄弟除了白嘴鸦馅饼之外，不吃其他任何种类的馅饼。而直到我看见他们射杀白嘴鸦幼鸟并且运到市场上之后，我才完全认识到这个情况。假如在你的果园或园林里有白嘴鸦栖息，那这可是一大笔利润的来源。在幼鸟刚刚能够飞起来之前，或者它们第一次冒险站到鸟巢外缘，或栖止于巢边树枝上的时候，它们就被捕杀了。我目睹过一次这样的捕杀过程，那发生在杜恩河的河岸上。整个过程就像是杀鸡。森林丛生的高地上坐落着一片古老城堡的废墟。白嘴鸦在森林中筑巢。巢的式样和美国野鸽子的非常相像。一位带着来复枪的年轻人刚开始这场打猎不久。他为猎场看守人射杀了不少白嘴鸦幼鸟。这片森林中差不多有将近一百个白嘴鸦鸟巢，而我被告知说，这一季以来，那儿已经有差不多三十打白嘴鸦幼鸟被射杀了。枪声响起的时候，白嘴鸦幼鸟的父母在空中盘旋，嘴里发出悲戚的鸣叫。白嘴鸦确实没有任何隐藏它们的窝的打算。它们把鸟窝搭在整棵树最外边的树枝上，远远地伸出去，而且好几个窝挨在一起，那么一大丛密密匝匝的短树枝和嫩叶形成的鸟巢非常显眼。年复一年，幼鸟就这么被杀掉，但白嘴鸦从未离开过它们的栖息地，老鸟们也没有被吓阻或就此放弃。还应添一句的是，尽管不列颠白嘴鸦这一物种在外形上同我们美国的乌鸦非常相像，但它和美国的不一样，不是食腐肉的鸟儿。不列颠白嘴鸦在田地里头觅食，因此不被人们看成是不干净的鸟儿。相反，不列颠食腐乌鸦反而是非常罕见的物种。这种鸟儿强壮且凶猛，经常会袭击甚至杀掉小羊羔和野兔。

上述关于鸟儿的事实，放在野兔身上同样适合，甚至可能其他的小动物也都一样。在不列颠，野兔一年繁殖七次，而且通常一窝能生八个幼崽。在美国，从目前为止我的观察来看，相同种类的野兔一年繁殖不超过两次，每次三只到四只幼崽不等。据说西部灰兔一年产崽三次或四次，每次四只到六只小兔。有人做过测算，在英格兰，以四年为期，一对野兔最终能繁殖出一百二十五万只兔子来。只要一季不采取措施，这些兔崽子就会反过来把农民们给吃掉。在汉密尔顿公爵（Duke of Hamilton）的园林中，野兔的数量是如此之多，以至于我觉得，任何人把眼睛蒙起来随便朝哪儿放一枪，都能打中兔子。我走在园子里的时候，兔子就在我的左右蹦来跑去，就像被风刮起的树叶一样。它们那棉花团一般的尾巴在林中闪过，比我们夏天夜晚的萤火虫还要密集。在高地，有开垦过的耕地；另外，在英格兰和苏格兰我走到过的其他许多地方，野兔的数量超过生活在美国山毛榉树林中花栗鼠的数量。在某些地方，猎物销售所得的税收成为国家利税的一个重要来源。整个英伦诸岛被捕杀的野兔数量难以说清。人们用猎枪射杀野兔，用貂捕猎野兔，用罗网或陷阱活捉野兔。野兔同时还是盗猎者最主要的捕猎对象。但即使如此，这片土地上依然活跃着那么多的野兔。在大不列颠，每年有三千万张动物皮毛的使用量，这还不包括几百万张的野兔皮。这些毛皮被用来填充床垫，也用来纺线和织布。

有一个物种属于我们美国，但同时显示出许多欧洲的优点，这就是科罗拉多甲虫。这种甲虫足够多产，并且能够坚持下去直到适应任何生存条件。不过，除非等到它跨过大西洋，并在海对岸扎下根来，否则我们就不能申明主张它所有的品质。

另外还有一些其他的生命，我们美国的超过了其祖国的。我在英格兰的时候，没有听到过青蛙或蟾蜍的叫声。英格兰的沼泽一片沉寂；他们的夏夜也悄无声息。我多么渴望听到我自家池塘里那些无数声音的大合唱，听到我们美国的雨蛙那细如银铃的叫声，听到我们美国的蟾蜍黄昏时节那尾音长长的、抚慰人心的呱呱声，还有我们美国池塘里的青蛙那像敲鼓打锣和低音贝斯的咯咯咕咕声。还有，英格兰的昆虫世界也远远落后于我们的。他们没有在草丛里拉小提琴的蚱蜢，没有呼噜呼噜鸣叫的树蟋蟀，没有发出刮擦声的蝈蝈，没有嘶嘶作响的知了。我从未听过任何来自这些昆虫发出的声音，无论是在草地上还是在果园里，也无论是夜晚还是白天。在美国，我们拥有无数的昆虫音乐家，他们构成了一支庞大的交响乐队。从在夏日黄昏优雅地拿起它的琴弦的袖珍表演家，到声音尖锐刺耳、音量渐次增强的秋蝉都是这支乐队的成员。有一位年轻的英国人把美国各地走了个遍。他告诉我说，他觉得美国有世界上最最喧闹的大自然。英国仲夏的大自然恰恰是另一个极端，万籁俱寂，悄无声息。除了有些地方那"白嘴鸦叽叽喳喳的栖息地"之外，再没有一丝声音来打破漫长的黄昏。不列颠的大黄蜂长着长毛，有短小的腰身。但它同美国的本地蜜蜂一样，只能发出轻柔舒缓的低音。它表现出的习性也同美国的蜜蜂一样——唯一不同的是它能更好地抵御寒冷和潮湿（我曾经看到它们在日落之后还表现得非常活跃，而当时我已经冻得哆哆嗦嗦地披上了大衣），也像野兔一样自己打洞——这一点美国蜜蜂可做不到。一天，我正坐在树林里，一只大黄蜂飞落到我旁边的地面上，然后把地面的泥土刨开，又是啃又是挖，给自己在泥里掘出一条通道来——真是一位正宗的英国佬，有能力给自己挖一个洞。

同样，如果谈到松鼠，我们也远远超过英格兰。我相信，在我家周围方圆半英里的范围内，生活着比英格兰任何一个郡县都要多的红松鼠，更别提灰松鼠、鼯鼠和花栗鼠了。我在英格兰的时候，在我所有闲逛和探查过的树林和果园里面，我仅仅只看到过两只松鼠。英格兰种的松鼠个头比我们美国的要大，皮毛更长也更柔软，而且似乎也更少美国松鼠那种窃窃偷笑、蹦蹦跳跳、装腔作势的态度。不过，英格兰是蜗牛的天堂。蜗牛爬过的痕迹随处可见。在一棵树的树干上我就数到足足一打蜗牛。我见过蜗牛悬在灌木和篱笆上，就像这些树结出的果子。我听到一位女士抱怨说，蜗牛爬进她的厨房，晚上爬得到处都是，到了白天则躲藏起来，让她清除它们的努力徒劳无功。画眉鸟知道在石头上摔碎蜗牛的硬壳，然后吃掉蜗牛。人们说，蜗牛有时候是花园中非常麻烦的害虫，因为它们会在夜间吞吃掉植物幼苗。美国的蜗牛除了会时不时吃上一棵草莓之外，什么时候吃掉什么东西了？那些以这种大个儿的不列颠黑蜗牛为食的鸟儿或其他生物——假如真有这样的鸟儿或生物的话——一定是永远不会挨饿的,因为就算是在高山的山顶上,我也看到过这些蜗牛。

生命的丰富性成为英格兰动物界的特征,而这一特征同样体现在植物身上。让我感到特别震惊的,不仅仅是野花的种类繁多,还有它们巨大的数量和广泛的分布。在欧洲,许多植物都繁殖力惊人,牛眼雏菊和毛茛就是其中最好的代表。毛地黄、虞美人、婆婆纳属的各种花儿、野生风信子、报春花、各种野豌豆花,还有其他林林总总的各种花卉,都一样长得无比繁盛。勿忘我极其常见,小雏菊简直就和青草一样到处都是。确实是这样,正如我在之前一章说过的,不列颠的所有野花似乎都以一种直率的态度生长着,其数量的丰富程度同我们美国的一枝黄和紫菀一样。这些野花没有羞答答的神色,也并不狂野。大自然对它们毫不吝啬,而是让每一种植物轮流妆点她的衣裙。某些稀有和精致的植物——好比我们美国的杨梅属花儿,我们的某些兰花和紫罗兰——藏身在树林中,对于生长环境的要求非常挑剔和严格。这些花儿在英格兰没有对应的品种。这个岛太小,物种之间协调得很好、很紧凑。每种物种所占据的土壤和气候都完完全全地均匀一致。耕地、森林以及溪流现存的状态早就长期存在。稳定的永恒性和万物间的平衡普遍存在。每一种造物都自有其所在,每一种植物都保有其家园。不需要做新的尝试,不需要冒险尝鲜,生命的各种形式已经建立齐备,其当前的趋势就是保持某种稳定的力量和充实的状态。在我们那个半球,事物的发展是间歇性的,起起落落,有消有涨。所以英格兰这种这种稳定的力量和充实的状态,一定会得到来自我们那个半球的观察者的欣赏。

# 第十章　切尼路的一个星期天

## 一

我在伦敦的时候，一个风和日丽的星期天下午，我去了切尔西（Chelsea）[1]，并且沿着切尼路漫步，还看了卡莱尔一生中居住了将近五十年的故居。卡莱尔最终也是在这座房子里去世。我在这条路上来来回回地走过很多次。十一年前我就到过那里，只不过当时是一个黑漆漆的、下着雨的夜晚，对于这条街或街上的房子，我没有留下任何印象。卡莱尔故居现在的样子比我期望看到的更加寒酸，更加门可罗雀。没有任何东西说明此处曾经是一个时代最最重要的文学家的住所，相反，这房子给人的印象不过是像无足轻重的普通人家而已。你也许原本会认为，像卡莱尔这样一位大人物，又在此地居住了那么长的时间，此地周边的房价会因此提高，有钱或有才华的人士也会被吸引到伦敦的这一区域来。然而，现在的情况却是，卡莱尔故居里面空无一人，百叶窗死死地关着，被煤灰染黑的水坑遍布在地下室窗户前的砖头地面上。整座故居看上去死气沉沉，已经完完全全地被遗弃了。这房子自身，尽管已经差不多经过了两百年，却一点儿没有显露出颓败的迹象。毫无疑问，在卡莱尔家族之前，这房子就已经见证过

---

[1]　切尔西（Chelsea），伦敦的一个区，在伦敦西南部。

许多屋主的衰落和湮灭。

我自己去拜访卡莱尔,是在1871年的某个秋夜。卡莱尔当时七十六岁高龄,他的太太已经去世了五年。他已不再写作,日子过得令人感到伤感。我们——康威先生(Mr. Conway)和我——到他家的时候,他正出门做晚饭后的散步。他大部分的散步和骑马似乎都在天黑之后。这行为暗示出他惯常的心境,一种憔悴和忧郁的内心状态。他即刻出现在我们面前,一件长长的灰色袍子裹在身上,长可及地。他向我们打招呼的声音轻柔,像一位慈祥的祖父,更是一位肩负了他自己的忧思的老人的声音。我永远不会忘记他的手握在我手里的感觉。他的手又大又长,还很柔软。除此之外还有他面孔上半部分的样子。深深地烙印其上的,有悲伤和痛苦,这悲伤里混合了对怜悯的渴望。他的双眼蒙眬模糊,挂着流不出也擦不去的泪珠。他的头发蓬乱,铅灰色的胡须僵直发硬,但他棕色的脸颊上显露出富有生机和优雅柔和的颜色。比起他的头发和胡须,这样的对比令人愉快,就好像在他那些粗犷的篇章上添加了些许诗歌的韵文。在他的举止动作中,我捕捉到某种羞怯和微妙的东西。这种羞怯和微妙的东西,同卡莱尔那被认为是粗鲁和严酷的那一部分,以同样的方式构成了另一重对比。他用双手支着头,手指插入头发当中,胳膊肘放在桌上,目光跨过桌子,看着我的同伴。正是我的同伴让谈话得以继续下去。在我们坐在那儿的两个小时中,卡莱尔的神态几乎没有改变过。他看起来多么严肃专注。当他说话时,时不时爆发出那种发自内心、又像自我独白似的笑声,这又多么令人惊讶。他的笑声不是因为我们的谈话中有什么幽默之处,而是他的思想的某种衬托,就像有人在做完某个严肃论断之后可能会说上一句:"啊,这个这个，这是怎么啦！"如果这些笑声可以放在他的《现代短论》（*Latter-day Pamphlets*）当中，或者他后期的政论性小册子里面，就放在这些笑声自然出现的字里行间，那么卡莱尔的这些出版物一定可以不那么冒犯别人。不过，当我告诉他我们把英国麻雀引进美国时，他的笑声中有了些欢乐。"引进！"他重复着，又笑了起来。他说，这种鸟儿就是"滑稽可笑的小倒霉蛋"，然后他担心我们会为"引进"这种鸟儿觉得后悔。他重复着一句阿拉伯谚语。那句谚语说，所罗门的神殿是修建在一万只麻雀的叽叽喳喳声上面的。之后他非常幽默地在他的谈话中把这句谚语用在那些像麻雀一样的人身上。这种人时时刻刻准备着对每一件伟大的事业喋喋不休，高谈阔论。他曾经看到过这样一幅场景。一只猫儿在栅栏上面缓步前行，而一排麻雀立在栅栏附近的屋脊上面。所有的麻雀全冲着猫儿叽叽喳喳，斥骂不休，全体一致地认为猫儿这样或那样，然而猫儿不闻不问，自顾自地走它的道儿。大多数人的结论不一定总是令人生畏，不论这结论是多么的全体一致。

最近，爱丁堡树立起了一座纪念司各特的纪念碑，卡莱尔被邀请前去参加一些相关的仪式活动，但是他断然拒绝了。"就算是天使加百列呼召我，我也不会去。"他说。给司各特立纪念碑还太早。让他们再等上个一百年，到时候再看他们对此会有怎样的感觉。卡莱尔从未见过司各特，他与司各特距离最近的一次接触，是有一次他担任信使，从歌德那儿传递一封信给司各特。他敲响司各特家的门，心下有些惴惴不安，但随即被告之那位大人物出门去了，于是心情复又平静下来。不久之后，他伫立在爱丁堡街头时，惊鸿一瞥地看到司各特一眼。他看到一辆很大的马车走过来。马车由好几匹马拉着，上面还坐着各色人等。在那些人中间,端坐着司各特。他高谈阔论,谈笑风生的样子,像个大男孩。卡莱尔每年会去一次苏格兰。我去拜访卡莱尔的时候,他刚刚从苏格兰回来,正沉浸在对他的故土悲伤又温柔的回忆当中。他是那样一种人,每一件美好的事情都能唤起他感伤的思绪。他说起他在某个北方城市的街头看到的那些妙龄姑娘和年轻的人群。那个北方城市,我想,一定是阿伯丁,那个让他充满愁绪的地方。一种来自灵魂的思乡之情笼罩着他,随着年纪的增长日益加深,从始至终,他都是一个孤独且被抛弃的人。

这一个夏季的星期天,当我再次踏上切尼路的时候,我的目光一次又一次地停留在那三个石头阶梯上。这三个阶梯通往那扇简陋的大门,每一个都有明显的凹陷,那是人踩踏造成的磨损。中间的一级,应该是人们落脚最重的一个,是三个中磨损得最为严重的一个——成百上千的大人物落脚其上,更有数不清的小人物踩在上面过。这个世纪所有著名的文学家,既有英国的也有美国的,几乎都踏足其上。如果有人能看见,会发现爱默生留在上面的脚印,一次是他年轻时,一次是他老年的时候。另外,在那个夏天的下午,我在切尼路徘徊沉思,在所有拜访过这所房子的人间,我想到得更多的也许是爱默生,连同他那在康科特(Concord)[1]新修在松树下面的坟墓。"在这儿我们又聚在一起了。"当简(Jane)[2]为爱默生打开门时,卡莱尔这样说。他立在他妻子身后,手里高举着一盏灯。这是三十七年之前,一个十月

---

[1] 康科特(Concord),美国马赛诸塞州一镇名,是新英格兰地区历史最为悠久的古老小镇之一。爱默生在此居住,并安葬于此。

[2] 这里的"简"指简·威尔斯·卡莱尔(Jane Welsh Carlyle),1801-1866,托马斯·卡莱尔的妻子。

的夜晚。这场友谊，两个男人之间对彼此的敬爱，显示在他们发表出来的通信中。他们的友谊，是英国文学史上最为动人的一段佳话。两人之间的通信由爱默生开始，由他先写信给卡莱尔。但随着岁月流逝，可以看出，两人的通信越来越成为卡莱尔的需要和慰藉。卡莱尔的情感依附于爱默生，并且恳请爱默生更多、更频繁地给予他关爱的表达。这一关系中有些非常可悲可叹的东西。爱默生这个新英格兰人，在某种程度上，在卡莱尔身边表现得克制和狭隘，而卡莱尔是个更加钟情，更富感情的人。相比起爱默生，卡莱尔更加没有那么自满自足，更少隐忍，因此也就更加容易觉得自己在这世界上非常孤独。从其性格和习惯来说，爱默生非常和蔼，非常善良；卡莱尔却动辄发怒，张口骂人，但实际上他的内心却实实在在地充满同情和关爱。也许，在他那个时代，他是整个世界上最最粗野的人，不具有温柔雅量的内心格局。对于芸芸众生，他充满鄙夷，但他却能够爱上某些特别的人。这种感情如此深切和强烈，使其简直超过了一般意义上"好"的程度。请允许我在这里说明一下卡莱尔那鄙夷的保留特征。除非你能完全理解它，否则他的鄙夷就是绊脚的障碍。他的鄙夷发自内心、完全真挚且不可避免，同时又真真正正的非常谦卑。后者是他鄙夷的根基。这种鄙夷的态度，他自己没法避免。这是他的真情实感，其中带有某种快意。同时，他的鄙夷当中不带任何恶意或怨念，更多的是怜悯，是从爱当中唤起的怜悯。我们同样知道卡莱尔总是受支配于毫不退让的道德和良知。他检验人类的标准，是绝对正直与完满价值这两条标准。没有爱与谦卑的鄙夷带来的后果是嗤笑、嘲弄、讥讽，一旦成了习惯，就成了思维定式。这些东西远远不属于卡莱尔那充满悲伤的谴责。"他的悲伤的分量，难道不同样意味着他的同情么？不同样意味着他将拥有的能力与胜利的分量么？'我们的悲伤是我们的高贵反转而成的映像。'我们绝望的程度，丈量出了我们可以希望获得什么能力，以及我们可拥有的声誉的高度。"（《奥利弗·克伦威尔书信演说集》）爱默生得到无数反馈的声音，也打动和赢得过许多心灵，然而卡莱尔却似乎更令人又敬又畏，而非让人爱戴，但是爱却是在其他一切之上卡莱尔最为需要和珍视的。因此，他对于爱默生可悲可叹地依赖着。这个人他坚信不疑，在其同时代的人当中，这个声音直抵他的内心并且打动了他。他感觉到爱默生的宁静与勇气，在他嘲讽的时候，他却似乎依赖于爱默生这个新大陆的希望。后者如此灿烂地照耀着他的内心。

帆张得最满的船也是同狂风暴雨搏斗得最厉害的船。卡莱尔的帆张得比爱默生的更满，他要面对和抵御的是来自全世界的暴风雨，是现代世界的一场伟大运动，民主主义的运动。人民走上前来，要求他们自己的权力。卡莱尔加入了进攻，并且大加嘲讽。他用了曾用过的最为丰富和生动的言辞，其给予的关注和认真的态度令人印象极为深刻。

我们对于爱默生非常爱慕，极为尊敬。他的贡献难以估量，尤其是他对于更为年轻和更加敏锐的头脑的贡献而言。我想，无须多说，就像我们的一个批评家斯特德曼先生（Stedman）最近评价道的，爱默生"远远在卡莱尔之上，就像灵魂和宇宙的事务远远高于那些当代的事务或历史世界一样"。在卡莱尔之上，爱默生当然是的，但是是在一个更狭隘冷酷的气氛中，而非任何别的意义，没有能够体现出更伟大的力量或更广泛的范围。爱默生对于真实世界的同情和怨责远逊于卡莱尔。爱默生没有背负这样的负担，没有与之开战，而卡莱尔却这样做了。卡莱尔的厚重，敏锐，以及洞察力的力量，都远有不逮。爱默生是一片宁静的云朵，高高在上地漂浮在晴朗的天空，而卡莱尔是一大片乌云，集聚着厚重的暴风雨。卡莱尔从不像爱默生那样温和地歌唱碧蓝天空的深邃，却总是向地面瓢泼倾泻狂风、雷电、暴雨、冰雹。他上升到爱默生的高度，但从不在那儿自顾自逍遥快活。爱默生有时候会失去自我，但卡莱尔从不会这样。卡莱尔的注意力转向另一个方向。他不高高在上，而是带着强烈的意识，脚踏实地于具体的事件和情况。卡莱尔对自己的评判具有同样的效果。这评判在1848年爱默生第二次访问他的时候，写在他自己的日记中。考虑到卡莱尔夸张的写作手法，他的这份评判是很真实的。他写道，爱默生同他自己的不同，就像"一位自在地坐在鲜花盛开的岸边的裸修者，同擦身而过累断了骨头筋疲力尽的工人或摔跤手"的区别。

所有人的都可能会选择爱默生的命运和爱默生的经历，这是多么的杰出，多么的安详，多么鼓舞人心，多么的美好，多么的幸运！但是在这两位朋友之间，我们的评价却更倾向卡莱尔。卡莱尔做了更加独一无二、更有难度、更加英勇的工作。他的工作是否更有价值或者更加重要与否，也许现在说还为时尚早，但他的工作一定更加艰苦，更需要卓越的技术。作为一个艺术家，在最大程度上使用术语；作为一位塑造"现实"的工艺大师，一个形塑师，卡莱尔在这方面无可估量地超过爱默生。理解爱默生的两个关键词，是"真实"与"优美"。这两者，在某种程度上，可以说存在于同一平面上，而且，从其中一个通达到另外一个也很容易。这是一段平稳的航程。卡莱尔的两个关键词是"真实"与"责任"。这两者处于非常不同的层次上,连通它们的路径崎岖险阻,因此才产生痛苦,挣扎,以及独特的力量。每个人都可以试试看,以理想的真实为原则,去形塑实际的政治世界和人类事务,这样做了之后,看你还能不能保持内心的安宁和平静。在这两者之间横亘着一条尼亚加拉河湾,必须修座桥,将这两端连通起来。可是这个人对河湾两端都有意见!无论是对真实世界,还是对理想彼岸。那些体现在他的作品中的行动的品质、有形的表现,都是独一无二的。"与其看他写了什么,不如看他说了什么",同理,与其看他说了什么,不如看他实实在在做了什么。在他的每一部书中,他都经历了一个行动中的人会经历的痛苦和敌意。他的精神状态和态度是一致的,同样一致的还有他对于抽象概念、理论、精深微妙之处和纯粹语词的不耐烦。的确,卡莱尔在本质上就是个行动中的人,就像他自己所认为的那样,命运驱使着他进入了文学。他像路德(Luther)[1]或克伦威尔那般真实和诚挚,因而他的缺点也如出一辙。他不像爱默生,仅仅只要"说"一件事情就能让他满意,他必须去"做"。从混乱中理出头绪,重建秩序,或者让死灰复燃,让过去重现,以各种办法让你说的漂亮话指向现实或得出结果。他说"永恒"总是建立在"现实"之上的。智慧的微妙之处引领着你,"不是导向新的明晰,而是导向更新的奥秘,轮中之轮,玄之又玄"[2],这一类的东西对卡莱尔毫无吸引力。"我博学的朋友,那令人惊异的智慧拘泥在琐碎的细节上,

---

[1] 马丁·路德(Martin Luther),16世纪宗教改革运动的倡导者。
[2] 原文为wheel within wheel, depth under depth。其中wheels within wheels是一句谚语,意思是某个情况受到隐藏的或未知的因素的影响,让整个事情变得比一开始更加复杂。

而没有倾注于挽什么样的绳索和带什么样的拖拽工具上路。因此对我来说，这些都不是最令人惊异的智慧。"

爱默生并不拘泥于琐碎的细节，但他稍微为这个世界的狂放的驽马们挽了把绳索。他告诉我们把大车栓到星星上[1]，而这颗星星毫无疑问是匹骏马，一旦被捉住并套上缰绳，那就得要位天才文学家才能赶得上它。这种忠告并没有多么切实可行的价值，除非它能让我们意识到这样一个事实：天地中的每一种力量对于一桩高尚且勇敢的行动都是友善的。

卡莱尔对爱默生那些精雕细琢的句子和超验主义的花招没有耐心。的确，从文学的角度来说，在这两位著名人物之间所有发表了的通信当中，最有意思的一个富有价值的阶段是，两人中的每一个均不知不觉地开创了其自身独特的方法和作品，而同时他俩中的每一个又都让对方形同自己。

爱默生要求从卡莱尔那里得到爱默生式的警句和隽语，而卡莱尔要求从爱默生那里得到卡莱尔式的雷霆之势。他俩都没有意识到，对方就是自己的理想的典范。那是一个人的内心要求他去做的事情，还有什么别的更值得去好好做的呢？对一个来说当然没有，但对另一个呢？毫无疑问地，我们中的每一个都会想要把我们的朋友代入到我们自己的形象里！卡莱尔想要爱默生更切实际，更实实在在，简言之更像他自己。"这个混沌世界的邪恶巨蛇基于不同时机，真的想要阳光之箭射进它们的心里，要炽热的烧火棍扎穿它们"；"像我正在做的一样这样去做，或者试着去

---

[1] 原文为hitch our wagon to a star。这是爱默生的一句名言，字面的意思如译文所示，隐含的意思是"胸怀大志"。

做，这样我就会更加喜欢你。这是很容易知道的事情，大自然会从奥利弗·克伦威尔的尸身中沤出很好的肥料，并从中长出一车斗的芜菁，但最好先去赞美并充分利用活的奥利弗本人。""某种存在于你自身中的能力，为的是'一种'言说，这言说它自己就是'行动'，一个艺术化的种类。你用振聋发聩的方式'告诉'我们，人的灵魂是伟大的；在象征了伟大灵魂的作品中'展示给'我们这样一个灵魂；这是这一信息的印记，早晚你会感到，你被呼召而来完成这件事情。我渴望见到些实实在在的'物'，见到些'事'，见到'人的希望''美国的森林'，或'造物'的一片创造。这些都是爱默生热爱和感到讶异的东西，都被很好地'爱默生化'了。爱默生刻画了它们，注入了爱默生的生命，并且从他那里释放而出，然后独自生存。"还有，"如果所有的东西想要得到我的同情，那我就要它们浓缩它们自己，拿走形状和肉体；我自己也有肉体；存在于发黄的叶片，追逐这秋天的风儿，我发现了是什么在嘲弄所有的预言，甚至包括希伯来预言在内"。"噫，要把自己拔高到高之又高的超验主义的高度实在是太容易了。这时候，除了终年积雪的喜马拉雅山之外，在你之下再看不到什么。地球收缩成一颗行星，深蓝色的天穹上洒满明亮的恒星，这一点对你，对我，都很容易，可是这将指引你去向哪里？我总是感到恐惧，对于了无意义的空虚以及仅仅对于肺部造成的伤害感到恐惧！"——类似这样的话还有很多。

另一方面，爱默生显然很是讨厌卡莱尔笔下那些说话冗长的主人公。他希望卡莱尔能用更少的句子向我们交代清楚想说的要点。火化你的主人公，他似乎是这么说；把他们身上的气和水都挤干净，只在我们手中留下一把构成他们的石灰和铁。他渴望的是那些"核心的单音节词"。他赞扬卡莱尔关于克伦威尔和腓德列大帝的两本书,甚至对他的朋友这样说:"我最想阅读的那本书将不会出现,换句话说,那是精选后的结果,个人信仰的精华,一本《真理之书》[1],很少的句子,终极道德的暗示,这终极的道德是你通过对过去和现在的人的深刻的质询淬炼出来的。"

这是高度典型的爱默生的风格。他致力于事物的精华。对于靠创造性的想象虚构而成的作品,他是没有耐心的,他会立即让这些作品腐蚀或蒸发掉。只需要交给他事物的核心,用最强有力的词语一击而中最纯粹的结论。这里头当然应该有画面和寓言,但却应当呈现为某种形而上或潜在的状态。他以莎士比亚诗句的精髓为滋养,而同时很显然地较少关注莎翁对人物的卓越刻画。这让人想起下面这个儿童谜语:在山脚下面有一个磨坊,磨坊里有一只柜子,柜子里面有一个抽屉,抽屉里头有一个小瓶子,小瓶子里的那一滴,就是给我全世界我也不换。爱默生要的就是瓶子里的那一滴。留着或忽略掉那些柜子、磨坊或所有这些迂回的措辞,只给他那最宝贵的精华。然而,这个富有艺术性的或创造性的头脑又不满足于因此而被删减了的东西——不要整个宇宙被缩减为一句隽语。卡莱尔要的是一个有血有肉的人物,另外,更重要的是,要这个人物全身心地沉浸在人世间的真实事物当中。

有些人在讨论卡莱尔的时候,从卡莱尔卑微的出身立论。但这些人根本说不到点子上。"不过就是个智力被美化了的乡巴佬

---

[1] 原文为拉丁文Liber veritatis,意即《真理之书》。这是法国画家克洛德·洛林(Claude Lorrain,约1600-1682)的一部书,内容是关于他一百九十五幅画作的绘画记录。克洛德·洛林的风景画最为著名。

而已。"一位气冲冲的女士这样说道,好像她拥有了"审判日"[1]的权柄一般。

在我看来,卡莱尔似乎与他同时代的任何人一样,完全不是个乡下人——他没有一点乡下人的特征或癖性,相反,他是一个如帝王般庄严和有威仪的人。正如他在谈论到他自己的某一本书的时候,他这样说,"不论是直面国王还是乞丐,都泰然处之,平等地报之以兄弟情谊和轻蔑态度"。乡下人的两个标志是麻木与怯懦,他们迟钝又沉重,不敢言明其灵魂是其所有。没有人像卡莱尔那样推搡催促那些顶满头衔的达官显贵,强迫他们遵守规则。卡莱尔不光是智力超群,出类拔萃的还有他的性格,他的意志,他做人的原则。他向英雄弯腰鞠躬,向勇气和个人价值敬礼,但从不向头衔或习俗低头。他那些自耕农祖先的美德和品性毫无疑问地遗传给了他。他行动的能力,他所具备的艰苦工作的精神,他那节俭克己的习惯,则来自他的家庭和族群。但这些都不是乡下人的特征,而是英雄的气质。他当然也有一些粗糙的方面,但同时也具有了不起的细腻和敏锐,他再度同第一流的优秀人物共享这些品质。从那些打扮得光鲜亮丽的"女作家"身上,你不可能得到克伦威尔和腓德列大帝那样的人生,你一定也得拥有同样的英雄气质,拥有同样难以征服的意志与决心。即使是爱默生也不完全胜任这份任务,他足够好,高度也足够高,但是他不够粗犷,不够宽广。卡莱尔作为学者的那一部分差不多总是被遮蔽在他男性气概的那一部分之下,后者体现在他作为作家的

---

[1] Judgment Day,直译"审判日"。指基督教神学思想当中的末日审判。

原始的活力和个人化的艺术激情中。他一点儿都没有用文学的大氅把自己遮掩或隐藏起来。甚至于说，他更是被文学的规则束缚住了手脚，他那安嫩代尔（Annandale）[1]的彪悍气质还总是以最令人吃惊的方式从这些文学规则中挣脱出来。他同时代的人们很快发现，如果说这是一位伟大的作家，那他也同样是一位伟大的人。他不仅仅来画出人们的图景，还来裁断他们，在天平上称出他们的斤两。他是一位杰出的艺术家，但奠定其作品基础的并非是艺术或文学的冲动，而是一种道德的、人性的、情感的冲动和吸引力——这种冲动是正义的、诚实的，或同情与爱的。

奠定《普鲁士腓德列大帝史》基础的、奠定《奥利弗·克伦威尔书信演说集》基础的，是对完美工作怎样的爱啊，是对真正的领导力怎样的爱啊，是对忠诚于责任怎样的爱啊，是对精通各种事务怎样的爱啊，实际上，是对纯粹简单的人怎样的爱啊！存在于这里的不是莎士比亚的公正无私，也不是希腊式的头脑灵活，更不是阿诺德先生要求的科学主义的不偏不倚，存在于这里的是拥戴，是辩护，是十九世纪的道德偏见。但这里同样也有"真实"，有创造性的触碰，有被再度激发活力的人与物，他们对理解有所感知，对于想象具有诱惑。在所有我所掌握的人物生平中，《普鲁士腓德列大帝史》是最富活力和真实的。如果我们当下的小说作品能有它一半儿有趣，恐怕我会稍稍读上那么一些。人物形象的塑造很像伦勃朗画中的人物；对战争和战场的洞见也很像拿破仑的，或腓德列大帝他自己；对事件的筛选，以及去伪存真的功夫，是最有耐心和勤奋的科学；那些描写的章节没有任

---

[1] 安嫩代尔（Annandale），苏格兰一河谷名。

何人的文字可以等量齐观。将这部作品做一整体观，那就正如爱默生所说的："因为它的道德判断，它是对人类，对国家，对现时代的风俗的审判日。"阅读它是为了读它对于历史的忠实记载；阅读它是为了读它无穷无尽的机趣与幽默；阅读它是为了读它诗性的火焰，读它风格上的精妙，读它在人类的同情心和努力上肩负的重担，读它那英雄主义的吸引力和富有激励作用的道德判断。卡莱尔所有的历史作品，都对历史做出了迅速且富有洞察力的一瞥，让人不觉眼前一亮，就像法国人所说的，敞亮事件，放入胸中。他的写作没有采取老套的写法，那种写法好比地形学考察，仅仅停留在事物表面。他的《法国大革命》更像是纵向的切片，是地质学家的剖面图而非地理学家的平面图。纵深的问题都挖掘出来了，深渊张开了口，宇宙的力量与火焰昂首阔步向前走来，变得可见和真实。这种力量分解和搅动起各种事物，并将这些事物投射于猛烈和耀眼的想象之光。正是这种力量使卡莱尔的篇章在他那种文学类型中独一无二、无可比拟。他也许在历史见识上有所欠缺，比如缺乏发展的意识、历史补偿的概念，但论到对于人物和事件领悟的生动性，以及刻画形象的功力，毫无疑问无出其右者。"那双凝视的眼睛和那只描写的手"，爱默生如是言道。

那些只看到卡莱尔的缺点就对他下了结论的人做了一件很不明智的事情。几乎他所有的伟大特征都有阴暗面。他刻画典型的能力有时候会偏离变成讽刺画；他对于画面感的把控有时会导向怪诞；他那雄辩的谴责有时也会变成谩骂；他那了不起的命名事物的能力有时会蜕变成乱取绰号的可恶行径；他持续不断的幽默，正如爱默生所说，让他注视着的每样东西都漂漂浮浮，但这种幽默也没有脱离那种古怪且冥顽不化的恶趣味的倾向。几乎每一页都有一两点这类的东西，有时候还会有非常显著的一例，不过这些都绝非首要问题，同时也经常为作品增添一种额外的趣味。那些伟大的人物，重要的事件，尽管由一只大胆、自由的手刻画出来，但却绝对不会被漫画化，不过在画面的边缘，会看到形形色色顽皮和奇异的笔触。在《普鲁士腓德列大帝史》中，有整个儿一系列的配角儿和插曲。这些人物和事情仿佛由一位大师级的讽刺漫画家勾勒而出。一些特征和行动的奇异之处被抓取出来，放大，在各种场合下被凸显。我们绝不会忘记乔治二世（George the Second）[1]的鱼泡眼和穿着吊袜带的腿；也不会忘记乔治一世（George the First）[2]那瘦削得像"五月柱"似的情妇；不会忘记沙皇皇后（Czarina）[3]的肥大脸颊；不会忘记可怜的布吕尔（Bruhl），"最为徒劳的人形穿衣架"，以及他那十二名裁缝和他的三百六十五套衣服；不会忘记奥古斯特（Augustus）[4]，"强壮的废人"，以及他那三百五十四名私生子。卡莱尔这部作品的任何一个读者都不会忘记"吉金斯

---

[1] 乔治二世（George II），1683-1760，大不列颠及爱尔兰国王，在位时间为1727年至1760年。乔治二世的妹妹，汉诺威的索菲亚·多萝西娅（Sophia Dorothea of Hanover），1687-1757，是腓德列大帝的母亲。

[2] 乔治一世（George I），1660-1727，大不列颠及爱尔兰国王，在位时间为1714年至1727年。其子即乔治二世。

[3] 此处原文为Czarina，亦写作Tsarina或Tzarina，指"沙皇皇后"这一头衔。

[4] 这里指Augustus II the Strong，"强力王"奥古斯特二世，1670-1733。1694年至1733年任萨克森选帝侯，1697年至1706年任波兰国王及立陶宛大公，1709年至1733年继续任波兰国王。奥古斯特二世臂力强劲，同时亦因私生子众多为人津津乐道。

的耳朵"（Jenkins' Ear）[1]——这是一名英国水手耳朵上被西班牙人割下的一片，而在这里被用来代表整个一系列的历史事件。的确，这只被割下的耳朵在历史中隐隐出现，直到它好像成为一个符号，一个黄道十二宫在那些时代里的符号。他管法国军队叫作"皇太子妃"，对其的刻画令人难忘，这刻画的手法成为其最杰出的历史讽刺漫画。书中是这样描写"皇太子妃"在费迪南德公爵（Duke Ferdinand）[2]面前跨过莱茵河离开的，"衣衫褴褛不堪，队伍混乱不已，在恐惧和随处可见的绝望里夺路而逃，跟跟跄跄、拖拖拉拉，就像在玉米田里被獒犬追赶的一群野鸡。跨过威悉河（Weser）[3]，跨过埃姆斯河（Ems）[4]，最终跨过莱茵河。他们的每一根羽毛，他们那一惊一乍、拖长尾音的腔调，在那几个月里到处都能听到。"另一个代表了卡莱尔怪诞效果的好例子，是对俄国女沙皇的描绘。这个例子推进到了这类描写最后的限制，甚至有所突破。俄国女沙皇煽动腓德列大帝的奥地利敌人对腓德列大帝宣战："采用精心组织的托词展开轰炸，甚至每一阵风都为她载满了虚幻的流言，没有一束日光直接照耀到这个可怜的女君主身上。她懒惰，如果她可以避免的话，还不算是最恶性的结果。但构成这位女

---

[1] 罗伯特·吉金斯（Robert Jenkins），英国商船船长，1731年因被怀疑走私被西班牙方面扣押。扣押期间，吉金斯的一只耳朵被割下作为惩戒和威胁。吉金斯回到英国后，将此事上报给当时的英王乔治二世，此后又于1738年在下议院的委员会前陈情。最终使得英王乔治二世于1739年向西班牙宣战。战争于1748年结束。史称"吉金斯的耳朵之战"（War of Jenkins' Ear）。

[2] 此处指Duke Ferdinand of Brunswick-Wolfenbüttel，费迪南德公爵，1721-1792。在"七年战争"期间（1756-1763），费迪南德公爵成功抵抗了法国军队对汉诺威的入侵，并将法军驱赶到莱茵河对岸。

[3] 威悉河（Weser），在德国西北部。

[4] 埃姆斯河（Ems），在德国西北部，在威悉河西边。

君主的，主要是贪吃的脂油，还有注入其中用来打底的碱。按照这个速度，边灌边搅拌，十年之后，人们就会发现这位女君主变成了一块肥皂和一大堆泡沫。"

卡莱尔差一点就成为这个世界见过的最可怕的恶棍，或者说，他的确，在某种情形下曾经是个神圣的恶棍，一个被净化了的、虔诚的拉伯雷。这个拉伯雷能够用大量真实形象的诨名来诋毁魔鬼。他用过的这些诨名，比任何活过的人用过的还多还生动。多么可怕的毒舌，多么丰富的词汇啊！他那些抨击对手的语言，是一条尖酸刻薄的河流，完全把他抨击的对象给氧化烧掉了。对于腓德列大帝和伏尔泰同时代的人，他的评价很低。他说那些人"不过是蜉蝣，这时代终日吃喝的猪猡，为饲料匍匐的爬虫，传播流言蜚语的碎嘴子，仅仅同他们那个时代的黄油和假发有关联，和永恒长青的伟人——像腓德列大帝和伏尔泰这两人，毫无瓜葛"。当他需要伏尔泰肖像的容貌时，他不假外求："在伏尔泰那里，假如站立在他心中那些光明的诸天使里的不是一个巨大、黑暗的魔鬼的话，那他拥有的就是为数众多的贪婪的、骚动的小妖精，或小魔鬼。他和他那些躁动不休的小魔鬼们，被不恰当地锁在或卡在一张对于他和他们来说实在太薄的皮肤里面。"

对于腓德列大帝的玩世不恭，卡莱尔这样说道："除了在理论中以外，其中总是有一种酸醋似的纯洁。"像"蛋白质一样的单纯"，是卡莱尔对维尔夫斯（Welfs）的评价。这个评价同样独到而且恰当。卡莱尔管报界人士叫作"密涅瓦（Minerva）的报纸猫头鹰"[1]。对此

---

[1] 密涅瓦（Minerva）罗马神话中的智慧女神，掌管艺术、贸易和谋略。

他们绝对不会原谅他。他还把修女们分发给病患的"慰问"称为"有毒的姜饼"。我们的天主教弟兄们也很难对这样的说法感到高兴。在《普鲁士腓德列大帝史》当中,你会不期而遇这样的措辞,比如"牛奶脸色的""一串念珠似的历史""像沉重的陶土一样的性格""关节僵硬的、像代数一样的虔诚",如此等等。

那些坚持想要辨析卡莱尔是否是哲学家或思想家的人,其实误解了他的意图。除了从德国形而上学学者那里得到一些思想之外,他没有哲学,也没有宣称有什么哲学思想。来自德国形而上学的那些思想观点,在他的《拼凑的裁缝》一书中这里或那里显露出一些。对于他所生活的那个时代,卡莱尔是个布道正义的牧师,也是个斥责时代的虚伪和不敬的批评者。他深深地钻入这些问题,切入到骨头,触及骨髓。他的声音敏锐、痛苦,像是预言一般,不但如此,还旋律优美、富有魅力。他的声音是怎样从同时代人喧哗嘈杂的嗡嗡声中穿透出来,飞扬在英格兰上空,然后又仿佛从道德信仰和力量的原始深度倾注于人们的耳朵当中!如果说人可以被缩减为某个制度体系,或者由逻辑测试来试炼,那卡莱尔也是这世界上的最后一个。你依旧可以尝试用锁链来捆住大海。而卡莱尔是诉诸直觉、想象以及道德感。他在精神抽象方面的能力并不强,他也不能处理抽象概念。他试图陈述他的哲学思想,最终的成果只是些残片,即弗劳德所谓的"精神光学"。对此卡莱尔自己也远远谈不上满意。他对数学的精通似乎对他有利,可惜很少被他用在纯粹思辨的领域。他的头脑迅速地沉淀在现实之上,沉淀在实际的人和事之中。这使得他成为他所成为的艺术家,而有别于一个神秘主义者或哲学家。同时,这或许也构成了爱默生对他的评价的基础。爱默生这样说:"在每一个句子中,都是个性大于智慧。"换句话说,在卡莱尔那里,有的是更多的目的性、更多的意志力、更多的对于道德的强调,以及更多的吸引人成为一个活生生的、同各种现实和事务搏斗的个人身份,除此之外,没有什么别的可以吸引他,让他成为一个耽于冥想的哲学家。

卡莱尔将他的一切都归功于他的意志力和他对于原则绝不放弃的坚持。不管怎么看,他都不是一个幸运的人,他没有任何好运的照拂,没有借力过任何时势,没有受到过任何环境的眷顾或帮助。他的人生从一开始就在不断地同风和潮汐角力。他要抗击他那个时代的很多东西,包括同时代人所珍视的思想、信念、潮流,他唾弃和冒犯了他的时代和国家。在卡莱尔之前,没有人对自己同时代人倾泻过如此具有毁灭性的蔑视。他的很多政论性文章,像尤维纳利斯(Juvenal)[1]的《讽刺诗》(Satires)一样火力凶猛。在卡莱尔那个时代,政治、宗教以及文学领域中的普遍观点和实践行为,都像一片蛮荒的荆棘地。因此对于卡莱尔来说,他可以欣然地划燃火柴,为更加高贵的庄稼清理这片土地。他要用火焰来净化土壤,并为其施肥。他的态度是警告和谴责的。他曾有志于进入公共领域,比如大学和编辑部。但他被所有这些机构都拒绝了。每一个人都向他伸出手说不。他被辉格党憎恨,为托利党所恐惧。他贫穷,骄傲,决不妥协,尖刻辛辣;他孤僻,胃口不良,情绪沮丧,被恶徒和各种邪恶的恐吓包围着。事实上,所有的诡谲之事都令人惊恐地针对着他。然而,他成功了,而且

---

[1] 尤维纳利斯(Decimus Iūnius Iuvenālis),活跃于公元1世纪末、2世纪初的罗马诗人。英语中通常称之为Juvenal。《讽刺诗》(Satires)是尤维纳利斯的一本讽刺诗集。

是以他自己的方式成功的。可以说，他征服了世界，是的，征服了众生以及恶魔，但这是个从一开始就持续不断且英勇无比的搏斗与抗争。贯穿他整个少年和成年后的早期，他都在为这场斗争鼓起勇气。每一次他认真思索的时候，他都是在给他的勇气一次新的激励。在他写给他的读者的信中，在他的私人日记里，在他所有的沉思中，他抓住每一次机会重新坚立他的决心，把他的目标拧得更紧。没有一瞬息的放松，而是保持从未间断的警醒和"孤注一掷的希望"。在他1830年的日记中，卡莱尔这样写道："哦，我不担忧贫穷，也甚至很少关注荣辱，对于取得名誉更是毫不在乎，但让我感到恐惧的感觉，是我停止我自己的斗争，不再意识得到我自己的力量，完完全全地变得极其世俗和失去道德。"一年之后他又写道："立此存照，汝，惰怠之徒[1]！整齐装束！迈开脚步！戮力奋斗！向前！向前！汝其于此，肃立振作，绑入麻袋。跳，向前，一如麻袋赛跑般；奋力冲刺，不狂不躁！"卡莱尔不同自己讲条件，也不同其他任何人妥协。他不会同意墨守成规；他要成为绝对道德的传声筒，绝对正义的代言人，实现那或可实现的结果。"悲哀属于那些在锡安坐享安逸的人呐"，卡莱尔有一次对约翰·斯特灵（John Sterling）[2]这样说道。他首次面对世界的姿态就是坚定严苛、绝不妥协的，对此，他从未有过一刻的放松。卡莱尔有他的方式同任何一个时代的人类相对，或者换句话说，道德有它的方式和卡莱尔处理任何一个时代中他与人类的关系。他没有自私的要求，只有理想的要求。杰夫瑞斯（Jeffries）

---

[1] "惰怠之徒"原文为德文Taugenichts。
[2] 约翰·斯特灵（John Sterling），1806-1844，苏格兰作家。

从中看到了卡莱尔的态度和真挚，于是对卡莱尔感到绝望，因为杰夫瑞斯认为卡莱尔是在用脑袋和一堵石墙相撞，而且卡莱尔从不梦想说石墙会在他的脑袋撞上去之前退让开来。这不仅仅是固执，也不是对自己观点的自傲：这是道德的雷声，是从西奈山（Sinai）[1]上传下来的雷霆之声。这雷声发自卡莱尔内心之中，他不敢背其道而行之。

卡莱尔绝非一个自私或追逐私利的人，尽管总是有这样的指责落到他的头上。他是他的天赋的牺牲品；他又使他人成了他的天赋——而非自私——的受害者。这种天赋，毫无疑问，更近于苏格拉底的魔鬼，而非任何现代人的。从始至终，他都身处于它的鞭打和专横之下，然而，他人生的座右铭是"放弃"[2]，克己，自我否定，这些他从歌德那里学习而来。他的心魔并非简单地占有他而已，而是统治着他、驱使着他。

柱头上的圣西缅（St. Simeon Stylites）[3]在他的忏悔柱的柱顶上待了三十年，人们宁愿谴责圣西缅的自私。追问他自己的归宿，跟随他自己的心魔，圣西缅的确是在那样做，而寻求他的安逸或享乐，要么被某种不值得的、不光彩的目的所推动，他无疑没有这样做。同样如此的也是卡莱尔。他的著作的每一部都算是某种忏悔柱，或者殉难柱。他在其上工作、受苦，被尘世弃绝，放弃欢乐与奖励，被最深重的忧郁与不幸所包裹，还要同形形色

---

[1] 西奈山（Sinai），圣经《旧约》中上帝向摩西显现的地方，摩西在此从上帝手中领受诫命。

[2] "放弃"原文为德文Entsagen。

[3] 柱头上的圣西缅（St. Simeon Stylites），约390-459。基督教早期有代表性的苦修士。他在叙利亚修建了一座柱子，并在柱子上面的平台持续修行三十年。Style是希腊文中"柱子"的意思。

色或真实或想象的魔鬼或障碍搏斗。在他写作最后那部伟大著作的过程中——十三年的时间,待在他屋子里最高一层的书房中,写作腓德列大帝的历史——这种与人世的隔绝,这种持续不断的苦工,以及忏悔的忧郁,是仅仅只有皈依宗教的信徒才会主动加诸自身的。

如果卡莱尔真的像他母亲所说的那样,"很难一起共同生活",那也绝非是因为他自私。他是个男人,从爱默生的早期名言中借鉴一句话来形容,就是他极易"因为个性中的狂暴而动怒"。他不可遏止地需要坚持他自己;他是一发飞速射出枪膛的子弹;他的调门被调至一个非凡的音高。也正是由于这些,这种个人化的愤怒的狂热——如果还有什么别的特征或品性可以形容的话——而非其他什么程度更低的情绪,经常把他变成一个令人感到不舒服的同伴和邻居。

同时,这里还可以添加一句的是,他的妻子有同样的抱怨,而且陷入深深的痛苦。她的痛苦表现为女人的方式,而且还没有任何宣泄的途径或减缓的法子,不像她的丈夫,可以在文学中得到纾解。这两个人在一起生活了四十年,没有孩子,各自都专注于发展自己的感受和独特的个性。难怪在这两个人之间,会或多或少地发生各种摩擦。这两人都很尖刻,很会挖苦人,思维又敏锐,说话直率不留情面,精力充沛,对吗啡和蓝色药片形成了依赖,与一切外在的东西都关系紧张。妻子没有任何同她的才能相配的职业,丈夫像赫拉克勒斯(Hercules)[1]一样耽于艰苦的工

---

[1] 赫拉克勒斯,罗马神话写作Hercules,希腊神话写作Heracles,即大力神。

作，甚至发出的抱怨还要更响亮一些。两个人都对享乐报以轻蔑的态度，两个人把生活中的小问题夸大成痛心疾首的悲剧，"超乎常人的强烈的感受性"是两个人都具有的天赋。卡莱尔太太差点死在一只黄蜂的刺下；卡莱尔先生几乎被鸡啼或狗吠折磨得心烦意乱。妻子脾气火爆易怒，丈夫忧郁沉默。一个刻薄，一个傲慢。两人的结合是因为互相钦佩而非爱慕——面对这样一对夫妇，有谁能够事先预见，他们的家庭关系会是和睦的？或者按照一般这类情况的处理方式，是否可以说责任全在丈夫头上，要怪就怪丈夫？丈夫和妻子太相像了。他们的这场婚姻绝非两个对手的结合。在任何一点上，这两人都没有什么方面可以互相抵消，或者取长补短、互相弥补，因此，尽管他们之间深深挚爱对方，但他们似乎从未达到婚姻应当为彼此的关系所带来的那种恬静与抚慰人心的默契。他们都拥有伟大的美德，高贵、慷慨、勇气、深厚的仁爱等，但这两人都没有平凡而微小的情操。他们都极易屈服于微小的烦恼，琐碎的忧虑，无足轻重的干扰，比如虫子、公鸡、驴子、街上的噪音等等。对于重大的突发事件，重大的场合，他们都能沉稳应对，这一点简直毫无疑问，但是日常生活中的那些平凡琐事和生活中的压力却把他们的灵魂折磨得千疮百孔。卡莱尔太太下乡一趟回来的时候，经常的心情是"脑子都被搅成了泡沫"——这可完全不是什么关于甜蜜的想法或美好的事情的奉承话。卡莱尔会这样说她："完全不是个糟糕的小妇人。她和我一起相处得非常好。老实说，不是每一个人都能和她相处的。"这评价无疑倒是事实。弗劳德同样也从他个人的认识谈了他的看法。他如是说："他的心肠更软，而她则要铁石心肠一些。"

到此，我们已经接近了卡莱尔生平和思想中最为核心的部分，换句话说，即他对于英雄和英雄品格的迫切探求。这是理解卡莱尔的总钥匙。他写作和所要弘扬的主要内容全在于此。他是个人力量和勇力之价值的媒介和模范，他还将这种观念投射到当下的文学和政治当中，并以火药和鱼雷来加以强调。对于人类，他有一种强烈而自负的妄想。他总是被某种人类所具有的贪婪和饥饿所攫获。这是一种永不满足的渴求，一种对强大且独特的个性的渴求。他希望接触这样的个性，并且同其发生碰撞。终其一生，主宰着卡莱尔的正是这样的激情（这确实可以算得上是一种激情）。他以不同的英雄以及英雄们的品格滋养他自己的灵魂，他写作的所有成就都是对这些内容的探索。无论是在书籍中、社会里还是在政治上，假如他找不到这些内容一丝一毫的踪迹，他就会认为看不到助益和价值。卡莱尔是个理想主义者，但是他对于思想本身却又很淡漠。他身上所具有的是人性，是非常丰富的、实实在在的人的个性的气息和激励。在卡莱尔1821年写给他兄弟的一封信里，他这样说道："在这个国家里，我就像是一个异类，一个陌路人，一个从遥远地方来的行脚僧。"他那所有的能力，是"起来造反，但是因为没有势均力敌的对手，所以只能自己跟自己搏斗"。他一定得到城市去，去到爱丁堡，最后去到伦敦。在伦敦，十三年之后，人们发现他那对英雄的渴求依旧像从前一样那么热烈。"10月1号。今早想起从前那个做一名爱丁堡的工程师的初步计划，差不多思考了好一阵子，甚至已经准备恢复这个计划了！这是个赚到面包的办法，也是个与人们建立起关系的办法。这两件事是我最为重要的需求和期盼"。

除了人，或者说除了英雄人物之外，没有什么别的能够触碰他、打动他，使他满意。他代表和支持英雄人物以及英雄崇拜，而且只在乎这一点。给他奉上编织得最为合理的理论，或者世界上最为宽宥大度的思想，他的态度要么是冷淡的、不理会的，要么则会公开地恶语相向，而如果让他看到勇敢坚毅的人物，或者想到任何一种崇高的个人品德——牺牲、服从、尊严——那他身上的每一分精力都会被调动起来并且做出反应。白日梦者和狂热分子怀揣着千禧盛世的蓝图冲向他，想从卡莱尔这里获取援助和安慰，但他们得到的往往是重重摔在他们面前的大门。这些人不明白，卡莱尔所要寻求的，是人，而非观念。的确，如果有什么流行的"主义"或"改良方案"之类的念头，像软帽里的苍蝇一样在你的头脑中挥之不去的话，那么，切尼路5号是所有的房子里你最应当避开的那一个。毫无可能把像卡莱尔那样的思想同你的观念相互嫁接到一起，他作品中那些做着苦工、汗流浃背的英雄们绝无可能同这些观念相调和，然而，卡莱尔欢迎任何做着实实在在工作的人，任何有勇气做实实在在工作的人；他欢迎任何凭借其自身的能力完成那些真实具体工作的人们。"然而，凭着上帝的名字，你是什么？并非虚无——你说。那么，如果不是的话，有多少，又是什么？这是我想要知道，而且必须立刻知道的，是我正前往的道路！"（《文明的忧思》）[1]

---

[1] 这段话的中译文在两种《文明的忧思》中都译错了。宁小银的译本作"可是以上帝的名义，你有什么样的提问艺术？并不是一无所有——你说！那么，有多少，是什么样的？这就是我将会知道，甚至是我不久必须知道的，是我的必经之路。"见：[英]卡莱尔.《文明的忧思》.宁小银译.北京：中国档案出版社，1999.158。郭凤彩的译本作"但是以上帝的名义，你有什么样的提问艺术？你说：并不是一无所有！好吧，有多少？是什么样的？对此，我即将知道，我也必须知道，这是我的必经之路。！"见：[英]卡莱尔.《文明的忧思》.郭凤彩 译，金紫 校订.北京：金城出版社，2011.108。《文明的忧思》原文为What art thou? 并非"提问艺术"。

卡洛琳·福克斯（Caroline Fox）[1]，在她的回忆录中讲述了这样一件事。1842年，在康沃尔郡的某处矿井发生了一场爆炸，爆炸是因为炸药的引线被提前引燃而发生的。一名矿工被困在矿井坑道的底部，爆炸就发生这坑道的下方。事故发生之后，矿井里的矿工们一次只能被救出去一个。结果这名矿工一直待在最后，让其他人先撤离。最后这名矿工也奇迹般地从爆炸生还。卡莱尔对这名矿工深表同情。他探访到这位英雄，并且发动一家企业设立了一个基金来改善这名矿工的生活处境。在一封给斯特灵的信中，卡莱尔说到生活着这样一位真正勇敢的矿工，宣传他的事迹对于社会有所助益，对于和他同时一起工作也有所助益。"把他的事迹告诉所有的人，"卡莱尔说道，"像这样的人必须被孵化和树立起来，要是把他像早餐的鸡蛋给吃掉才是可耻的！"

卡莱尔对于个人英雄有这样一种严重的偏好，他所有不作为的罪过和犯下的过错都从中生发而来。可以这么说，他对于个人英雄的偏爱或倾向性成了他整个思想观念的分水岭，他观念的每一条小溪或水流都迅疾而喧闹地向这个方向席卷而来。吸引他的，是彭斯生命中的悲剧，是约翰逊（Johnson）[2]生命中那阴郁的英雄主义，是司各特生命中充沛的男性气质，是歌德的贵族和王者气概。爱默生向卡莱尔称赞柏拉图，然而这位古希腊哲学家辩证法的琐碎细节无穷无尽，"这些东西和我能有什么关涉？"

---

[1] Caroline Fox，卡洛琳·福克斯，1819-1871，生活于英国康沃尔郡的女作家。她最著名的作品《忆故友》(*Memories of Old Friends: Caroline Fox of Penjerrick, Cornwall*) 以日记和通信的形式记录了她同很多著名人物之间的交往及轶事。

[2] 这里的"约翰逊"指塞缪尔·约翰逊（Samuel Johnson），1709-1784，英国作家、诗人、散文家、文学批评家、词典编纂家。

卡莱尔这样说，但是，当卡莱尔发现柏拉图对于雅典民主憎恶之极、甚至对其大加鄙夷的时候，他对柏拉图的看法就大为好转。历史轻快而迅疾地将其自身转变成给他的传记。全人类的事务的大潮衰减并且退潮，流向对于少数强力意志的服从。除了道德品质之外，我们没有发现卡莱尔借鉴或阐明任何观念和原则，他总是追寻或探求英雄行为。

他高扬的是个人意志的这条原则，人的支配地位居于事件之上。他看到的是法则的统治地位；没有人比他看得更清楚。"永恒法则无言地呈现于任一处所、任一时刻。因为永恒法则，行星在其轨道上旋转运行；因为同永恒法则的某种联系，街车在它们那大道上往返来往。"但是法则在他那里依然是个体意志，是神的意志。在宇宙中，除了个性之外，除了自觉的意志和力量之外，他什么也看不到。他相信的，是一位个人化的神。对于这位个人化的神的确信，他具有一种内向性的基础。这一内向性确信的基础存在于他自己那强烈的个性，以及对于个人力量和天赋的生动理解之中。看起来，他相信的似乎是一个个人化的恶魔。至少，他辱骂"老尼克-本"（Auld-Nickie-Ben）[1]，而一个人很难会想到辱骂一个抽象的概念。不论我们认为卡莱尔如何的不切实际，他自己却是彻底地被实际问题所占据。一个被解开束缚的理想主义者，朝向此岸世界的实际事务，并且抱定决心要让这些实际事务变得更好。那些将改革者和所有热情的理想本质送到他面前的，并非他的信仰的特征，而是他的信念的热烈冲动。他对狂热葆有

---

[1] Auld-Nickie-Ben是苏格兰语，auld等于old，老；Nickie-Ben是苏格兰语中对魔鬼"撒旦"Satan的称呼。Auld-Nickie-Ben直译就是"老魔鬼"，本处译文采用意译和音译结合的方式。

真诚,对反抗怀有真心,对长期议会(The Long Parliament)和国民公会(the National Convention)[1]怀有真挚的感情——这是卡莱尔唯一赞美过的两次议会政治。当他看到真理的时候,他所做的并不是远远地站在真理一旁、心平气和地对其做出陈述,相反,一旦他的思维相信某物为真,他整个人的每一部分都被迅速调动起来朝向那个方向,这旋即成为他被压抑的所有精力的一重宣泄。这像是一股潮水,甚至有时候还会演变成卡莱尔式的愤怒和力量的大洪水。从歌德到这位伟大的苏格兰人,带着前者身上那非凡的洞见以及冷静、不受拘束的道德本性,就好像从阅兵典礼到战场,从梅兰希通(Melancthon)[2]到路德。说歌德不够真挚,这远远不是事实:他是万物的眼,有全视的能;他洞悉一切,但却是从他自身一端和他自己的立场来看的,所为的目的亦是沉思和自得其乐。在卡莱尔那里,他的视角则是痛苦与忍耐中所具有的创造性,因为他的道德本性非常及时且彻底地支持他的思维,这像是战斗的号角,他身上的每一种能力都调动了起来。恰是卡莱尔身上的这一方面使得他与改革者和狂热分子成为同类,也使得那些人对卡莱尔有更多的期待,这种期待超过了他们从他那儿已经得到的。卡莱尔身上具有艺术家的气质,同时他把个性与个人力量这些核心的真理牢牢攥在手里,正是这些因素将他从那压倒

---

[1] 长期议会(The Long Parliament),英国议会历史上从1640年到1660年一直没有解散的一届议会。国民公会(The National Convention),法国大革命期间出现的最高立法机构,存在的时间从1792年到1795年,其初期的代表人物有让-保罗·马拉,乔治·雅克·丹东,马克西米连·罗伯斯庇尔。

[2] 菲利普·梅兰希通(Philip Melanchthon),1497-1560,德国路德宗宗教改革家,马丁·路德的合作者,第一位将宗教改革的理论思想系统化的神学家。

了他朋友欧文的那种命运中拯救了出来。

从卡莱尔那猛烈而狂暴的个人主义中生发出来的，是他对于个性的领悟和描绘人物形象的能力。也许，不算过分地说，在所有的文学写作里面，还没有哪一个作家能像他这样，是一位塑造人物形象的大师，一位技艺非凡的画家，一位阐释历史人物和他们的面貌的相面师。古代的艺术家们拥有这样的技艺，给一个人画像，或者雕刻他的塑像，进一步赋予这个人以形体，几乎把这个人重新加以创造。这种技艺在现代已经变得越来越稀有，而卡莱尔在这方面却相当卓越。作为艺术家，正是他这种非凡的天赋，使他有资格跻身于伦勃朗（Rembrandt）、安吉洛（Angelo）、雷诺兹（Reynolds）以及古代的雕塑大师之中[1]。他能够准确无误地像命运一样指出人物的缺点或优点之处。他对人的了解，就好比骑师之于马匹。他为约翰逊、鲍斯威尔（Boswell）、伏尔泰（Voltaire）、米拉波（Mirabeau）[2]等人所做的描绘，是多么精彩的大手笔！他所刻画的柯勒律治（Coleridge）[3]，毫无疑问胜过所

---

[1] 这里的"伦勃朗"指伦勃朗（Rembrandt Harmenszoon van Rijn），1606-1669，荷兰画家。叫Angelo这个名字的画家或雕塑家历史上有很多，此处无法确证。叫Reynolds的画家历史上也很多，此处疑似为约书亚·雷诺兹（Joshua Reynolds），1723-1792，英国画家，尤其擅长人物肖像画。

[2] 此处约翰逊指塞缪尔·约翰逊；詹姆斯·鲍斯威尔（James Boswell），1740-1795，苏格兰传记作家，其最伟大的作品是他为他同时代人塞缪尔·约翰逊所写作的传记；伏尔泰（Voltaire），1694-1778，启蒙运动思想家，哲学家；奥诺雷·加百列·里克蒂，米拉波伯爵（Honoré Gabriel Riqueti, Count of Mirabeau），1749-1791，法国政治家。

[3] 这里的"柯勒律治"指塞缪尔·泰勒·柯勒律治（Samuel Taylor Coleridge），1772-1834，英国诗人，文学批评家，哲学家。他同华兹华斯（William Wordsworth，1770-1850）均为英国浪漫主义文学运动的发起人，也是"湖畔诗人"（Lake Poets）的代表人物。

有别的作家笔下的柯勒律治形象，尽管这个形象在很多方面都不够完善。同样，人们担心那可怜的兰姆（Lamb）[1]是否会被一直铭记到最后。卡莱尔所塑造的人物中，没有哪一个会比兰姆的形象激起读者更大的反感。不过，从一开始就很清楚，卡莱尔不可能喜欢兰姆这样一个夸夸其谈的家伙。毫无疑问，当卡莱尔在《文明的忧思》当中写下下面这段话的时候，兰姆或兰姆这一类的人存在于卡莱尔的视野当中。卡莱尔这样写道："这可怜的粉饰若能以讽刺的形式出现便可深入我心——正因为这些颠三倒四的言语是最普通不过，所以我对它们的记忆会更深！空洞无物的言辞体现了人心的悲哀。伪装所体现的并非就是美，而袒露则必定是美德！诚实的微笑者宛若太阳温暖的光辉般惹我喜爱；虚伪的人以及多数的舞蹈（不包括圣维图斯的类型）却使我心生厌恶！"[2]

假如卡莱尔拿起的都不是钢笔而是画笔，那他可能留下的是一画廊本世纪从未有人见过的肖像画。在他的书信、日记和回忆录等当中可以看到，对他来说，说起一个人就是通过大量的笔墨，形象化地来描绘这个人的脸。请允许我选取其中一些。下面是卢梭（Rousseau）的脸庞，选自《论历史上的英雄、英雄崇拜和英雄业绩》（*On Heroes and Hero Worship and the Heroic in History*）："他的面容显示一种高傲的、气量狭窄的情态：突出的额头骨，一对深陷的眼睛，看上去有令人迷惑不解的神情。表

---

[1] 此处的"兰姆"似指查尔斯·兰姆（Charles Lamb），1775-1834，英国散文作家、诗人，同柯勒律治、华兹华斯等人交好，是当时英国文学圈子中的重要人物。

[2] 中译文引自：[英]卡莱尔.《文明的忧思》.郭凤彩 译，金紫 校订.北京：金城出版社.2011.13

现为一种山猫般的锐利目光的凝视。一副苦相,甚至是卑贱的苦相,同时也有一种与苦相截然相反的表情,有点平庸粗俗,只因他的暴躁的感情把这些东西掩盖了,这是一种人们称之为狂热者的容貌,他是一个令人遗憾的气量狭小的英雄!"[1]再下面是对丹东(Danton)的一瞥:"在他那黑色的眉毛和粗鲁的、垂头丧气的面容下,显露出的神态像是精神委顿的大力神赫拉克勒斯。"[2]然后是卡米尔·德穆兰(Camille Desmoulins):"有一张邋遢的恶棍的脸,因为天赋而闪闪发光,就好像有一盏石脑油灯在里面燃烧。"[3]透过米拉波那"毛茸茸的粗眉毛,和一张粗糙得像刀劈斧砍又缝合起来的、长了痈疮的脸,天生难看,又长了天花,一副不加节制、德行尽失的样子,唯有天赋的火焰还在燃烧,就像彗星的火光,发出耀眼的煤烟闪光,穿过最为黝黑的混乱"[4]。

在第一次同约翰·斯图尔特·密尔(John Stuart Mill)[5]见面的时候,卡莱尔向自己的妻子如此介绍密尔,"一位苗条高雅的年轻人,个子挺高,面孔小巧清秀,长着一个罗马式的鼻子;一双小眼睛,诚挚地笑着;态度谦逊,严谨的谈吐体现卓越的才华;热

---

[1] 中译文引自:[英]托马斯·卡莱尔.《论历史上的英雄、英雄崇拜和英雄业绩》.周祖达 译.北京:商务印书馆,2010.218

[2] 这里的"丹东"指乔治·雅克·丹东(Georges Jacques Danton),1759-1794,法国大革命早期阶段的主要领导人。本段引文出自卡莱尔的《法国大革命》。

[3] 卡米尔·德穆兰(Camille Desmoulins),1760-1794,法国记者、政治家,法国大革命期间扮演了重要的角色。他在童年时代就与罗伯斯庇尔是密友,之后也是丹东的好友和政治伙伴。本段引文出自卡莱尔的《法国大革命》。

[4] 米拉波见前注。本释引文出自卡莱尔的《法国大革命》。

[5] 约翰·斯图尔特·密尔(John Stuart Mill),1806-1873,英国哲学家、政治经济学家,自由主义哲学流派最为重要的思想家之一。

情，然而清晰简明；虽说不上了不起，但确实是个很有天分、和善可亲的年轻人"。

差不多也是同时，卡莱尔还见了一位伦敦的编辑。对这位编辑，卡莱尔描绘道："一位高个子，散漫松垮，有细长而柔软的头发，皱皱巴巴，像冬天般冷冰冰的，感情激烈的样子像用连枷噼噼啪啪打谷子似的男人。"在卡莱尔头几次拜访伦敦的时候，有一次他走进英国下议院："奥尔索普（Althorp）讲话，这人毛发浓密，一脸络腮胡子，样子像个农民；休姆（Hume）也一样，脸上扑了粉，是个面孔白净，魁梧壮实的家伙；还有魏瑟瑞尔（Wetherell），是位年老的绅士，眉毛又浓又粗，神情精明，言辞嘲弄挪揄；再往后是戴维斯（Davies），一个长着罗马式鼻子的花花公子。"如此等等。对他见到的每一个人，他都一定会给他们勾勒幅肖像画。德·昆西（De Quincey）[1]"是你一生中见过的最矮小的一个人，但他却有一张极其文雅和睿智的脸庞，唯有一点是，他的牙齿被鸦片弄坏了，另外，他的下唇有一点点向外突出，像是块搁板"。李·亨特（Leigh Hunt）[2]："肤色黝黑（我猜，这是非洲人种的痕迹）；浓密干净的头发又黑又粗，脑袋的形状非常好看，淡褐色的眼睛漂亮且炯炯有神，脸上表露出认真且又聪慧的神情（这是初次见面时很让我们吃惊的一点）。"

下面是他对丁尼生所做的描绘："那个好脾气的、很有特点

---

[1] 这里的"德·昆西"指托马斯·德·昆西（Thomas De Quincey），1785-1859，英国散文作家，报刊编辑。德·昆西有服用鸦片的嗜好，并且以此为主题写作自传，名为《一位英国鸦片服用者的忏悔》（*Confessions of an English Opium Eater*）。

[2] 这里的"李·亨特"指詹姆斯·亨利·李·亨特（James Henry Leigh Hunt），1784-1859，英国批评家、散文家、诗人、作家。

的、老眼昏花的、皮肤古铜色的、头发蓬松的人,就是阿尔弗雷德;他满身灰尘,全是烟味儿,自在又从容。外表上,他走路大摇大摆,但在内心里,却有一种沉着镇定,显示为一种宁静的混乱与烟草气息中的难以言说的东西。当他出现的时候,时不时会表现出伟大的一面——一位最最平静的、怀有兄弟情谊的、心地踏实的人。"

这里是他1840年写下的狄更斯(Dickens):"清澈智慧的蓝眼睛;高高瞪起的眉毛看上去极为夸张;嘴巴很大,向前突出,非常松弛;一张极为生动的脸庞,当他说话的时候,脸上的五官以一种奇特的方式不停地运动——眉毛、眼睛、嘴巴,全部的全部。在此之上,是一头稀松的卷发,有最普通的颜色。这些都集中在一个矮小、紧凑的身体上面,真的非常矮小,而且穿着一身好得过分的'奥赛'风格服装,——完完全全就是一个匹克威克。"[1]

下面是对希腊史学家格罗特(Grote)的一瞥:"这个人有着笔直的上嘴唇和大大的下巴,嘴巴长开着(滔滔不绝的嘴),而其他方面,个子很高,有着呆滞的、深思的眉毛,以及又长又软、蓬松凌乱的头发,看上去像极了一个发达的新教牧师。"[2]

在向爱默生讲述他在伦敦要会见的人时,他说:"骚塞(Southey)的肤色依然是非常健康的颜色,像是桃花心木的棕色,有一丝白发,而一双眼珠转得飞快;老罗杰斯(Rogers),脸

---

[1] 查尔斯·狄更斯(Charles Dickens),1812-1870,英国作家,维多利亚时代最伟大的小说家之一。"匹克威克"是狄更斯小说《匹克威克外传》的主人公。

[2] 乔治·格罗特(George Grote),1794-1871,英国历史学家,其做著名的作品为《希腊史》(*History of Greece*)。

色苍白，肤色也是雪白，头发稀疏，整个人冰冷得像雪，而一双大大的蓝眼睛，无情、悲伤，像搁板一样的下巴向前伸出，很有讽刺意味。"[1]

在另一封信中，他给韦伯斯特（Webster）[2]画了一幅肖像画："作为一个逻辑思维的操练者，倡导者，或者议会的赫拉克勒斯，一个人第一眼看到他，会倾向于支持他而反对整个现有的世界。晒成棕褐色的皮肤；不规则的脸庞像峭壁一样；阴沉的黑眼睛在高高凸出的眉眼下面，像是阴沉的无烟煤炉子，需要的仅仅是被鼓起风；那像獒犬一样的嘴巴咬得紧紧地；就我记忆里面而言，没有其他任何人能像他一样让我更好地描绘出'沉默的狂战士之怒'[3]。"在写作他的历史的时候，卡莱尔想要为他心目中的英雄找到相称的肖像画。对这件事他极其重视，甚至视这件事的重要性在其他一切事情之上。他广泛地搜寻这样的画像。他在德国不计其数的画廊中漫游，想要找到一幅腓德列大帝的真正的肖像，而最终，主要地是因为好运，偶然发现了他孜孜以求的东西。"如果有人愿意出上百英镑去买一双威廉·华莱士（William Wallace）[4]的货真价实、无可争议的旧鞋子，并且从苏格兰的四面八方跑去看

---

[1] 罗伯特·骚塞（Robert Southey），1774-1843，英国浪漫主义运动诗人，"湖畔派诗人"之一。"老罗杰斯"此处应指Samuel Rogers，塞缪尔·罗杰斯，1763-1855，英国诗人。

[2] 这里的"韦伯斯特"指丹尼尔·韦伯斯特（Daniel Webster），1782-1852，美国政治家，分别代表新罕布什尔州和马萨诸塞州两次进入美国众议院，代表马萨诸塞州进入美国参议院，另外还两次担任美国国务卿。

[3] "沉默的狂战士之怒"原文为silent Berserker rage。Berserker是古代挪威战士的指称。这样的战士在战场上陷入一种精神上的迷狂状态，仅以兽皮披身，不着盔甲，作战忘我，不知疼痛。

[4] 威廉·华莱士（William Wallace），？-1305，苏格兰骑士，是苏格兰独立战争（Wars of Scottish Independence, 13世纪-14世纪）期间最重要的领袖之一。

上它一眼的话，那么一个人为了一张货真价实、鲜明可见的他的面庞的影子——要么凭借艺术的自然，要么凭借艺术的魔力——愿意付出的代价现在就具备了！""我经常发现，肖像画和文字写作的传记相比，一幅肖像画比半打'传记'具有更好更实际的说明作用，或者，更进一步，让我说，我发现，一幅肖像画就像是一只小小的点亮的蜡烛，通过这支蜡烛，那些传记才能在第一次翻开的时候被读懂，而那些人文的解释也才能由此而做出。"

二

无论在任何时候、任何地方，卡莱尔所代表的都是如下这些品质：英雄、意志的力量、个性的权威、充分适当性，以及个人力量的义务。同时，他彻底地抵制另一些东西，并且以一串惊雷来加以强调。这些东西包含现代的同质化非个人倾向、"昭昭天命"观[1]、盲目的从众跟风、合众为一、多数决原则、非政府主义、无领导状态、"自由放任"原则。除非有证据表明存在一个强大且至高的人类意志在指导行动，否则他就不会对该行动具有信心；除非英雄人物执缰掌舵，且把那些无声又盲目的力量牢牢地束缚和勒在其身下，否则他就对这番冒险不感兴趣。美国南北战争[2]中，北方的立场就无法招募到或打动他。那是一场人民的战争；强人的手腕并没有那么明显，那也是一场思想观念而非个性的冲突，其中也没有核心或统领性的人物让各个事件围绕其运转。他

---

[1] 原文为Manifest destinies，是一个政治学术语，出现于19世纪的美国。这一观念认为美国被赋予了扩张至整个北美大陆的天命。

[2] 美国南北战争在这里的原文为the War of the Rebellion。

怀念的是他的克伦威尔,他的腓德列大帝。至于他最终被引起的兴趣,那也是针对南方的,因为他听说过南方的奴隶制度,他知道黑孩子"星期五"[1]有主子,在他的耳朵里,主子的皮鞭的抽打声,是比废奴运动的步枪声更为动听的音乐。而在所有这些的背后,他认识到的只是一个含糊的、被错误引导了的慈善事业。

卡莱尔并没有从事物的关联性这一角度来看待事物,他也不像哲学家那般思考。他将事物分开孤立起来看,因此或多或少都会有冲突和对立存在于其中。我们责备他刚愎自用、固执己见,但恐怕这更多的是一种精神和性情上的不愿妥协。他不是一条汨汨流动的涓涓小溪,而是一股猛烈向前、乘风破浪的激流。在他年轻的时候,他尝试过写诗、尝试过小说,但他没有精神上的灵活性使之在这几种文体上获得成功。他的道德激情,他信仰的火焰都实在太强烈了。

人有对外界刺激做出反应能力,这种能力存在于人的身体里面,它是有益的。一切有机自然界当中也都存在着这种反应和躲避的能力,这种能力是有益的,但显然地,在卡莱尔的思想中,不存在这种反应能力。他从不从他自己最极端的立场做出反应,从不期望报偿,从不寻求将他自己放置在平衡点上,也不根据其他相关的事实来调整他的立场。他看得到的只有英雄的价值,有能力的人物。他以粗暴的方式将自己陷入这一现实层面之中,并且如此地孤立它、夸大它,最终使得它不与任何现代的事物体系

---

[1] 黑孩子"星期五"原文为Cuffee。在克里奥尔文化中,依据非洲传统,黑人孩子出生时,视孩子的性别和出生在一周中的星期几,给孩子一个相应的名字。如果是出生在星期五的男孩子,就叫作Cuffee或Cuffy,这天出生的女孩子则叫作Pheba或Phibbi。

相适应。卡莱尔非常诚实地确信，现代政府和社会组织正在飞快地冲向混乱与腐朽，这是因为英雄、因为自然涌现出来的领袖没有成为各项事务的主导者，这英雄或领袖完完全全地忽视了各类核查与补偿，同样也忽略了另一个事实，即，尤其是在一个民选政府（popular government）[1]之下，国家既非由其统治者的智慧或愚蠢所建立，亦非由此所撤回，相反，国家是由其公民大众的智慧和道德的特征所左右的。"在绝大多数人差不多正确的地方，"卡莱尔对自己这样说道，"一切就都正确；而他们不正确的地方，一切就都错误。"如果说让美国最有能力的人进入国会或担任总统，与第二有能力的人或第三有能力的人担当此任，会有什么差别？会对，比如说，经济增长和国家财富产生什么不同程度的影响？至少在正常时期，我们最有可能预计到的结果是，普选机制会为我们产生出一个公共领袖的样本式人物，这个样本式人物在一定层面上代表了市民中较高阶层的平均能力和忠诚度的平均水平。在非常时期，在国家陷入危机、有切切实实的紧张局势笼罩在整个国家之上的时候，自我保护的本能发挥出来，命运自己会把最有本事的人推上舞台。大灾大难造就或发现伟人，例如克伦威尔、腓德列大帝、华盛顿，以及林肯。卡莱尔在他的设计中完完全全地略去了竞争原则。这种竞争原则运行于自然的任何一处——在你的田地和花园里，也在国家政治和稠密的人群当中——自然选择，适者生存。在人为环境下，这一法则的运作或多或少受到制约，但在一个民族的挣扎和分娩的阵痛当中，人为的环境就消失了，我们最终触及真实的大地。在美国独立战争期

---

[1] 民选政府（popular government），意即民主制度。

间,我们的军队经历了怎样一个分类和拣选的过程啊——直到真正的船长们,真正的领袖们,被发掘出来。不是腓德列大帝们,或许也不是威灵顿(Wellingtons)[1]们,而是这片土地能养育出的最优秀的人物!

民选政府的目标不是发掘那些具备特殊和与众不同天资的英雄,并将其推举到权力的宝座上,正如农业的目标也不是在农产品展销会上夺得头筹一样。这样的目标可以希冀和追求,但并非必不可少。当自由政治(free government)使人民从特权领袖们的手中获得独立,并且确保民主意志和良知能够有自由且完全的表达,那这就是自由政治获得成功的时候。关于美国政治的一些看法,建立在普选制度总是,或通常是失败的基础上,认为美国政治是将最有本事的人推举上权力宝座,然而,任何一种这样的看法都是片面和不科学的。对于我们那些已经上任了的领导人们,无论何种程度的平庸之才我们都能够忍受,甚至我们已经在忍受,并且,也许在处理日常政务的过程期间,庸常才是最最安全和最佳的选择。我们也不会再臣服于任何伟大领袖的脚下,即使我们曾经这样想过。的确,再也不会有人呼求伟大领袖的降临了。当人民已经现身于历史舞台,英雄也必须就地待命。在我们这个国家,人民已经是多么经常地检查并且纠正其领导人们的愚蠢和顽固了!正如卡莱尔所说,"奴隶制度最轻微的一个表现是

---

[1] 历史上最有名的一位威灵顿公爵,是英国人阿瑟·韦尔斯利(Arthur Wellesley, 1769-1852),他也是第一代威灵顿公爵,1815年在滑铁卢一战中,他打败拿破仑。

被假上级压迫"[1]，这应当说是正确的，但是，这是否意味着我们又应当接受这命题的另一侧面呢？即是说，根本性的问题是找到由我们的"真上级"所建立的政府？其实应当说，根本性的问题超越于政府这一层面，而在于拥有一个建立在原则之上、不受一般政治波动干扰的国民（nationality）。任何一个公民都拥有帝国的恩赐，比如英格兰血统，因此，不论是在欧洲还是在美国，他们今日都对他们选出来的领导人无所亏欠、无须感恩。如若不然的话，英格兰民族一定在老早时候就灭绝了。

"人类的美德，"卡莱尔在1850年写道，"如果我们对此寻根溯源，并不那么稀有。构成人类美德的基础如同阳光一样到处都是、极其丰厚。"这也许可以很好地抵消他另外更加悲观的论调。他说："这世界上有蠢人、胆小鬼、无赖、贪婪的叛徒，他们唯一真诚面对的只是他们自己的欲望。这些人在社会的每一个阶层都大量存在；没有比看到这些人选举和做决定更可怕的事情了。"但如果我们也"对此寻根溯源"，这一论调完全不对。"民主，"他说，"自然而然地，是自我取消的事业，并且，从长远来看，带来的最终结果，是零。"

因为万有引力定律客观实在、不可改变，因此事物不会在猛烈的冲击下被挤向引力的中心。卡莱尔身上的某些特征，让他作为一个历史学家和传记作家令人愉快并且给人深刻印象，但是依然是这些特征，说具体点，就是他那双凶猛的、像是可以把人给吞下去的眼睛，让他在现实政治的领域里无法施展。

---

[1] 中译文引自：[英]卡莱尔.《文明的忧思》.郭凤彩 译，金紫 校订.北京：金城出版社，2011.57-58

请让我从卡莱尔的《现代短论》中引述一段很长但很典型的文字，以此为例，说明他对于普选机制的谬见。像这样的文字他还有很多：

"你不能通过卓越的投票制度让你的船绕过合恩角。这艘船可以投票这个或投票那个，可以投票在甲板上或投票在甲板下，可以以最最和谐精致的章程形式来保障投票，但是，这艘船要绕过合恩角，就会发现须得满足一系列条件。这些条件，要么是已经投票表决过了的，要么就是由古老的'元素力量'[1]所紧紧铆定，早已精确固定、坚定不移了的。这些力量根本不会在乎你怎么投票。如果你能够——不论是通过投票还是不投票——探明这些条件，并且英勇顽强地遵从它们，那么你能够绕过合恩角。如果你不能，那么狂风将会把你吹回去。那些难以躲避的冰山，那些来自原始混沌的愚蠢的私人议员，将会用最混乱的'警告'把你往前推。你会被冻个半死，被抛上巴塔哥尼亚的（Patagonian）[2]峭壁，或者被冰山议员们警告得战战兢兢，再被扔到海底最深处'海魔王'（Davy Jones）[3]那里，然后你就再也不可能绕过合恩角了！全体到甲板集合——是的，的确，整艘船的船员可能会非常意见一致。这种意见一致，就此时此刻而言，对全体船员和他们那空想出来的船长（假如他们有这么一个船

---

[1] 元素力量（Elemental Powers），西方古代传统，认为自然界若干基本元素构成万物，类似于中国的"金木水火土"五行学说。元素力量意指从洪荒时代就成立的最最基本的要素，对此无可怀疑，不可动摇。

[2] 巴塔哥尼亚（Patagonia），南美洲最南端地方，属安第斯山脉最南端，分属智利与阿根廷。

[3] "海魔王"原文为Davy Jones，用法起源不明，意指"水手们的魔鬼"，溺毙的水手和沉船假如一直沉在海底，则都归到海魔王那里，因而又有Davy Jones' Locker这个成语，意指海底。

长的话）来说，毫无疑问是非常舒服的。但若他们全体一致地转舵，抢风而行，结果却驶入深渊之腹，那对他们就一点好处也没有！由此说来，一艘船，毫无使用投票箱的必要，同时也不需要空想的虚拟船长。相比而言，人们更加希望的是其他一些'实体'——因为所有的实体都在同样严格的法律体系的规范之下——这些"实体"由此可被用于显示足够的智慧与理智，或至少也是自我保护的体现。自我保护，是自然的第一律令。空想的虚拟船长们连同那全体一致的投票行为，在当前被看作是一切的法律和全部的预言。"

这段话充满卡莱尔式的智慧——那种压倒一切的力量，另外还有生动的叙述，然而，这是否就是民主的案例，是否就是普选机制完全发挥的情形？在这儿，永恒真理再一次显示出来，正如永恒真理在我们的作家同这个题目联系起来的任何一处都会显示出来一样。在卡莱尔的篇章，例如"礼炮"（minute-guns）当中，永恒真理再次出现，似乎是在通过数人头的方式决定，某位约翰或史密斯是否应该参加议会或国会，同依据万有引力定律来裁定事情是一致的。一艘船需要绕过合恩角，但如果它发现船上没有指挥的官员，那么这艘船最可能要做的事，是通过某种或多或少接近于数人头的方式，来选出一位船长、一位最有本事的人，来指挥并让船只顺利通过。如果没有一个有本事的人，那么毫无疑问，此番航行一定凶多吉少，不论有没有投票箱，海上的深渊都一定会造成牺牲。不论在什么样的情形下，要想通过投票来消灭风暴或者改变洋流，都几乎是不可能的事情，同样，就好像在民主体制当中，通过吁求普选机制来解决伦理或科学原则，一样是很难办到的，但是，卡莱尔命中注定要见识那潜藏在海面之下的深渊，同时，永恒真理统治着生命中的每一个行为。他以一个可怕且巨大的视点观照万事万物。一个事实是，一个人如果不向那些统治宇宙的力量、那些规定了星球运行方式的力量弯腰，他是不可能松开他自己的鞋带的。但是，无论他弯腰与否，或采取任何一种方式，他都不可能对那些力量施加裁决。那些临时的、权宜的东西——各种手段和调整，在卡莱尔那里，与那些虚假的、伪造的、幻影的东西一致。这些东西好比自然的脚手架，已经广泛地进入到了对这个世界中那些粗鄙事务的管理当中。对于这些东西，卡莱尔一概弃若敝屣。在所有的文明世纪，时间似乎能够最终解决现在和未来的问题——这一点在美国尤甚——政治不过是脚手架罢了；它并非我们栖身的房屋，而是房屋的附属品或必需品。政府，从长远来看，绝无可能比它所管理的人们更好或更坏。在投票选海魔王做总管的时候，我是在投票支持或反对那不可改变的宇宙规律吗？难道投票这一行为意味着一个错误，其后果令人毛骨悚然，以至于投票这件事儿最好终止，然后将选择总管这件事儿留给太阳系中的进化法则？

卡莱尔并非是个调和主义者。当他观察某桩事情的时候，他是用集中且放大的目光来看待它的。这样一来，正如之前我所说的，这桩事情立刻就变得来同其他的事情不相调和了。他和我们都知道那些流行的蠢事，以及民众追随骗子的倾向，但他不可能也不会让民选政府和多数决原则同这些东西相调和。林林总总的谬误、形形色色的夸夸其谈、难以数清的骗术，如此等等，却都那么容易在社会上通行！聪明人会用怀疑的眼光来看待流行的事物。最棒或最好的书就一定是最有学问的书吗？那些伟大的理论、那些伟大的改革，难道不都肇始于青萍之末，发端于少数同多数的斗争当中吗?愚众难道不总是用"把他钉十字架,把他钉十字架"[1]来迎接他们的救主的吗?无论在哪个时代,是谁成为烈士,是谁又被迫害?宽阔大道通向何处,哪一条又是窄路?[2] "这是否能证明,自创世以来,就存在某个既定的普选机制,用来支持最有价值的人或物?然而我一直都明白,真正的价值,无论在哪一个领域,都是很难甄别出来的。因此,所谓的最有价值的人,如果他诉诸普选机制的话,并没有什么机会。"

卡莱尔把自己植根于这些事实之上,而在这些事实和普选机制的迷人魅力之间,他眼中看到一条巨大的鸿沟。不对这里的这些事实提出质疑,则我们或要质问它们是否真的涉及民选政府的问题,或者与民主投票有所联系?如果真是这样,则其基础就从其下方被一举抽离掉了。世界的确是被少数人统治和领导的,而且还将继续如此。多数人,或早或迟,都要追随某个个人。在这个国家,我们都已成为废奴主义者,我们中有些人对我们自己都感到吃惊和困惑;我们甚至都不知道这是如何开始发生的,但其实这就发生在废奴主义者被多数人围剿的时候。说来令人惊讶的还有,政府的行政机构改革也已经在我们的政治家当中获得了共识。有些事情已经发生,当我们还在呼呼大睡,或在嘲弄取乐的时候,浪潮已经汹涌而起,波涛席卷了我们所有的人。然而同样

---

[1] 此处原文为Crucify him, crucify him。典出圣经《新约》"福音书"。耶稣在罗马巡抚彼拉多处受审。彼拉多询问犹太众人如何处置耶稣,犹太众人如此回答彼拉多。

[2] 此处原文为Where does the broad road lead to, and which is the Narrow Way?典出圣经《新约·马太福音》7章13节-14节。这是耶稣"登山宝训"中的内容。耶稣形容说宽阔的门、好走的路,都引向灭亡,而窄门、难走的路则通向"永生"。

真实的是，在任何形式的政府之下，没有什么因素可以将那个出类拔萃的人、那位英雄，置于一切事务的领导地位。因为这些因素自身没有造就任何形势，也缺乏我们称为命运或运气的那种对情势的综合把握。如果世无英雄，那么悲哀属于那些丢失了造就伟人的秘密手段的人们。

最有价值的人通常有其他的工作要做，因此会避开政治。卡莱尔自己就不可能接受引诱从而支持议会。"谁将会统治呢？"他说道，"谁就可以没有统治也能适应？除非被强迫，否则对此最为适合的人，是所有人当中最不心甘情愿的那一个。"然而他不可能被强迫，因此他依然是我们唯一的希望。那我们应当做些什么？一个由最适合的人组建的政府可以凭借一己之力拯救人类，只是最适合的人还始终没有现身。我们对他一无所知，他亦并不认识自己。这一情形令人绝望。这亦即是卡莱尔对于现代政治所感到的绝望。

读过卡莱尔的《普鲁士腓德列大帝史》的人，有谁没有时不时地感觉到，卡莱尔很乐意成为一个真正的国王——就像这位伟大的普鲁士大帝——的臣民？像这样的一位国王，的的确确是他的臣民的父亲；一位至高无上的君主，领导着所有的事务，将政府的方方面面都把控在他自己的手中；他是帝国的一位农夫，始终致力于改善、扩大和增强他的帝国——就像真正的农人对他的农田所做的工作，而他辛勤的程度没有别的农夫比得上；他是一位受人尊敬、令人爱戴同时也让人畏惧的人物；他称所有的女人为他的女儿，称所有的男人为他的儿子；觐见并同其交谈，是人们一生中的大事；对臣民，他是牧人；对敌人，他是雄狮。这样一位人物，赋予了一个国家精神与性格。他是头脑，人们是身躯，其影响与力量从这样一位英雄身上喷涌而出,灌注到哪怕最底层的农夫的生活中;他的精神弥散在整个国家当中。这是理想的国家,极富想象的魅力,在其中,存在一种艺术性的完满。也许,这就是为什么它如此吸引卡莱尔这个手法高超的艺术家的原因所在。然而对于我们来说这是多么不可能啊!对于任何一位说英语的人士,就他们的行动和选择来讲,都是那么不可能。这不是因为对那样一个人物来说我们是不值得的,而是因为一个全然崭新的秩序已经到来。通过人类政治和社会的进化变革,这个崭新的事物的秩序已经恰如其时地到来了。曾经的旧世界已经离去。那个英雄的时代,那个强大领袖的时代,已经终结了。人民登上了历史舞台,并且坐在裁判席上,裁决一切想要统治或领导他们的人。科学也已到来,每一样事物都要经受实验的检验。个人判断变得至高无上。在国家中我们唯一的希望——至少在政府部门这一层面,存在于人民的集体智慧,并且,由于总是会遇到极端情况,因此,也许这一措施——如果它被充分认识到的话——是同别的方案一样完善且具有艺术性的方式。卡莱尔所说的,那广大人民的"集体愚昧",也许在他一生当中也没有片刻时间真的见识过;他从未见到过,多数人的智慧可以成为那缺乏引领的盲众的"无智慧"之外的另一种可能。他似乎忘记了,或是不知道,普选机制——在美国成为样本——的确是一种分类和筛选机制,是搜寻聪明人、真正的代表的办法。他似乎也忘记了或是不知道,广大的群众不是被问道谁可以统治他们,而是被问道,在两名候选人当中,他们更青睐谁。在选择候选人的过程中,无论候选人体现出怎样的智慧与领导才能,这两者都具有他们相应的分量。简言之,仅民主自身,就不但为自然而然的领导才能开辟了疆土,还为其提供了一条清晰明确的发展道路。在反对党的压力下，国家之内的所有政治智慧与正直，存在于人民大众以及他们所选举出来的人之间。

毫无疑问，民选政府基本上同其他任何公众的东西一样，会分担公众普遍性的各种状况。民选政府制度很少能选出最卓越的人，同时它也绝不会选出最卑劣的人。民选政府建基于人民平均的德行与才智水平上面。

在每个国家和每个时代，都存在着获得公共声誉所有条件的伟大人物，他们还会博得人民的投票。另一方面，也存在另一种人，他们具备获得公共声誉的诸多条件，但就真正的伟大来讲，却少有这方面的特征。还有的人，虽然很伟大，但却不具备获得公共声誉的任何条件。最后的这类人是改革家、革新者、开拓者，他们的伟大留待今后的时代来发掘。普选机制不可能选举出这样的人。在其他两种类型的人之间，如果更有可能被选出来的是第二种，那是因为第一种人确实是太少有了。

有一种倾向认为，大众跟在骗子和假行家屁股后面团团转，但是关于这种倾向存在着大量的错觉：如果是一部分人，他们也许是会上当，但更大规模的民众则不会，而且那些上当的人很快也会看清他们犯的错误。只要是真实的价值、真正的优点，它们自己会赢得人们持久的选票。在每一个社区或社群中间，最好的人总是会获得最大多数人最高的敬意。无论在世界上哪个地方，那些最受人们热情珍视的名字，恰是那些最值得受到珍视的名字。当然这无法防止那很特别的一类伟人被他们同时代人排斥和否认的事实。这一类伟人超前于他们的时代，他们预示的是新的学说和信念。这就是自然的秩序。少数人引领和拯救世界，世界在不久之后会认清他们。

也许没有人会怀疑卡莱尔内心中无意识的领域有多广阔、有多重要。在他清醒意识到的意志和目标背后，还铺展着多么巨大和未知的一片领域，而这才是真正控制其生命的力量。各种事情从这片未知领域之内生发出来，依凭他的意识各取其形、各定其名，并最终裁定了他的生涯。在这儿，环境的影响开始起作用，其中有种族的、家庭的因素；在这儿，"时代精神"[1]亦形塑了他，尽管他对此并无所知；在这儿，"自然"，或我们所经常说的"命运"，支配了他并使其成为他所是的那个人。

这个意识之外的领域构成了每个人和每个民族国家深刻且未知的背景。伟大的运动从这里肇始；深宏的进程从这里继续；种族或民族国家的命运真真切切地在这里建立。新的思想撒在这片土壤里；新的人物、遭到鄙视的领袖在此播下他的种子。如果这些思想真有活力，那么它们就会茂盛生长，并且在合适的时候呈现出来，变成整个群体都会意识到的财富。

没有人比卡莱尔自己更清楚地明白，无论谁是名义上的君主或立法者，但事实却一定是，聪明的人实质上掌握着权力，自然形成的领袖始终占据领导地位。智慧将会显露出来：世界上唯有这件事情不可抑制，无法废除。无论是在美国这里还是在英格兰，没有哪一个教区、城镇、社区——不管其规模大小，不是最终由蕴于其中的某种智慧所管理、塑造、引导和建立。所有的支柱性产业和企业都自然而然地聚拢到最有能力管理它们的人的手中。有智慧的驱使无智慧的劳作，资本流向有资本者的手中，这

---

[1] "时代精神"在这里的原文为Time-Spirit，这个术语来自德文的Zeitgeist。

道理正如百川归海一般自然。

  风吹水流力归勇士。[1]

  从来没有也不可能有任何政府不是由最聪明的人组建起来的。在一切的民族国家和社群当中，最终是自然法则起决定性作用。如果人民当中没有智慧，那他们的统治者当中也就毫无智慧可言；代表人的德行与智识同他的选民的德行与智知没有本质上的不同。愚蠢的人、没有价值的人、目光短浅的人依赖于他们天然的主人或管理者以获取食物、工作，甚至生命本身。这一状况在今天的美国同其在古老的封建时代或族长制时代依旧真实一致。这二者之间的关系并不那么明显、那么亲密或自发自愿，但这种关系却的确至关重要，触及本质。假如聪明人不让自己被感觉到，或被听到、看到，我们将如何能了解到聪明人？假如管理者不管理我们，我们又将如何知道管理者？如果真正的船长们不站到前面来，或当他们如此做了的时候我们却并不知道他们的话，是否会有什么危险？我们可以不知道路德、克伦威尔、富兰克林（Franklin），或者华盛顿（Washington）[2]吗？

  卡莱尔说："人，尽管很少像他所认为的那样，但的确有服从上级的需要。正是通过这种需要，人成为具有社会性的存在。

---

  [1] 该节诗歌典出华兹华斯《1802年九月在多佛附近》（*Near Dover, September* 1802）

  [2] 这里的"富兰克林"指本杰明·富兰克林（Benjamin Franklin），1706-1790，美国国父。这里的"华盛顿"指乔治·华盛顿（George Washington），1732-1799，第一任美国总统。

如若不然，人不可能形成群体。人服从那些他认为比自己更好、更聪明、更勇敢的人，而且将永远服从这样的人，并且时刻准备好且乐意这样做。"在我们这个时代，聪明人想过多少种方式，通过多少种途径，才最终抵达我们，并使其自己成为我们的首脑，或者按照他所喜欢的样子塑造我们，让我们成为演讲家、政治家、诗人、哲学家、传道者、编辑人。无论他有什么智慧的思想需要宣讲出来，或者有任何计划将要实施，演讲台或布道坛一定准备就绪，无数听众也都准备聆听，这就好比蒸汽机的气压已经上来，做好了准备将他的智慧喷发到地球的四面八方。他可以建立国会或者议会，真真正正地实施或废除法律，就在他自己的壁炉边，在任何一个具备出版自由的国家里。"如果我们对其加以考察，则事情的本质事实是，每一个英国人现在都可以选举他自己进入国会，而完全不必质询任何选举程序。如果他心目中有任何关于投票、观念、见解的想法，或任何关于尘世或天国的内容，他难道不可以拿上一支笔，只要在可达到的范围内，随心所欲地往所有人的耳朵和心里灌输这些东西吗？"（《文明的忧思》）[1]。或者，则到处都有布道坛，等着被有价值的人去占据。真正的英雄在这里恐怕不能实现的是什么？"的确，这难道不是恰如其分地引导全体的灵魂、生命以及视野，那被我们称之为精神导师的东西么？"有人甚至说，"让我为国家创作歌曲，我不在乎是谁设立法律。"当然，一个民族中伟大的诗人是其真正的缔造者和国王。他的统治延续几个世纪，他的统治留在心里。

---

[1] 这段引文原文注明出自《文明的忧思》，但考察《文明的忧思》，并未见该文段。这里的中译文系译者自译。

在更为原始的时代，在通过更未开化的方式组织起来的群体当中，英雄、强人，能够像平原上的水牛或南美潘帕斯草原上的野马一样越众而出，获得领导地位，但在今天的时代，至少在说英语的民族当中，这一地位多多少少一定得来自于人民的投票。可以非常肯定的是，假如卡莱尔生活在十七或十八世纪，他一定不可能认识到他在十九世纪所认识到的克伦威尔或腓德列大帝这样的英雄。在任何情况下，在任何事件中，死去的人比活着的人统治我们得更多；我们不可能逃得了过往的历史。我们在此继续，并非仅仅是因为洒在当下的阳光、雨水，及其带来的露珠，而是依凭过去岁月之永恒的阳光。

"英格兰这片土地有它的征服者和持有人，从一个时代到另一个时代，从一天到另一天，这些人不断变化着，但这片土地真正的征服者和创造者，以及永恒的持有人则是下面这些人及其代表——如果你能找到他们的话：英格兰土地上所有的英雄的灵魂，各自以其成就和作为；所有曾为英格兰铲除荆棘、排干污水的人，所有为英格兰设计明智举措的人，还有所有在英格兰做过或说过真实且勇敢事情的人们。""著作？已完成的和已遗忘的著作的数量在我的脚下沉默地躺在这个世界里，它护送我、陪伴我、支持我，并使我活下去，无论我行走或驻足在何处，无论我想或做何事，它都促使自我反思！"在我们自己的政治生活中，我们的第一任总统可有停止其总统职责么？那位严厉且无可责备的爱国者，他是否不再坐在那儿，喃喃说出他的忠言？

事物具有能够自我纠正、根据其自身的恰当标准进行自我调节的先天趋势。然而，卡莱尔对此并无信心。不光如此，他没有信心的东西还有：自然的保守力量，以及确保自然自身的秩序与延续能够维系下来的抑制与平衡;达尔文主义的原则——根据其原则,整个地球上的有机生命都是逐步演进的,更高更复杂的生命形态是从低级的生命形态一步步爬上来的,这是一种真正意义上的"重生"[1]。达尔文主义的这种原则或力量,可以被称为"命运",称为"需要",称为"上帝",或任何你觉得合适的称谓,而这种力量最终将一个人、一个种族、一个时代,甚至一个社会群体从选择的层面、机遇的层面、个人意志的层面提升出来,并放置到普遍律法的领域当中。毕竟,就生命而言我们自己能做的如此之少;历史的进程、国族的命运、任何人的目标所达到的结果,以及方向、意志,都那么的渺小。宏大的是命运本身,个人微不足道! 人类的身体由大量的部分或微小的细胞结合而成,每一部分或细胞都有其适当的作用和功能,为了这些目标身体日夜不停地勤勉工作,且并不思考除此以外的东西。身体的姿态、胖瘦、颜色,其健康和力量的程度等,都不是哪一个细胞或一组细胞所决定的,而是由一个更为高屋建瓴的、超越于细胞层面之上的律法所决定。一个国族最终的命运或其总括,也许,同意识得到的意志和个体公民的目的关涉极小。而当你进入到更广大的群体、更漫长的时间的时候,自然的法则就介入进来了。这一天热,那一天冷,今年春天来得迟,明天春天来得早,但地轴的倾向使得冬夏时节确凿无疑。风往这边吹,或往那边吹,但大风暴的旋转和运行则朝某个普遍的方向。地球的风向永远不变,山间的清风永远没有两日相同。飓风只带起局部的海水,最深也不过几英尺,而潮汐的脉搏则深达海底。人类和

---

[1] 原文为palingenesia,从其希腊文词源的字面意义上看,即是"重生"或"重新创造"的意思。这个词在哲学、神学、政治学以及生物学领域均可成立,或可翻译为"轮回"。

世界上的人群经常扮演着北极探险者一般的角色。在北极的探险家们朝着某个方向飞奔，而他们脚下的浮冰向着相反的方向漂得更快。这种运动方式，在这个国家，经常降临在政治和教会的各个派别上。气质是情绪的原因；个性的宿命是意志反复无常的原因；家庭的偏见是情绪与意志反复无常两者共同的原因；家庭偏见的原因，是种族的专横暴虐，若再往深挖，是气候的力量，是土壤、地质，以及物理和道德环境等因素的整体力量。然而我们依然是自由的人，只要我们能够自立于上述因素之上。我们没法去除命运，但是我们能够在一定程度上利用它。子弹的抛射力不能抵消或终止重力；它利用重力。漂浮的雾气正像垮落的雪崩一样是万有引力定律的一副真实图景。

如我所说，卡莱尔探索的深度超过了意志和选择的领域，超过了人类的道德义务的层面。然而在生活中，在行动上，在实际实施过程里，没有人可以在此找到庇护。一个人求告于他的哲学思想，是在他在战场上遭受打击之时，而非从那时起之后。你不可能躲得掉蹒跚的"时代"去搭上步履稳健的"永恒"的顺风车。"时代很糟；那好，所以你要在那儿让它变好。""有人在展示运动的不可能，但公共大道不应当被这些人所占据。"（《宪章运动》）

三

卡洛琳·福克斯在她的《忆故友》中，记录了一则关于卡莱尔的逸闻。这一逸闻很是尖酸，但在她那个时代非常流行，甚至在此之后还以其他的某些形式流行过。这则逸闻说，卡莱尔拥有"一大笔"未曾投资的信念——这信念他像现金一样随身携带着,要我说,倒像是运营资本。不过可以非常肯定的是,这一笔信念确实没有被锁在任何一个社会的或教会的保险箱里。卡莱尔把其中的很大一部分用在他的日常工作中。要完成《奥利弗·克伦威尔书信演说集》和《普鲁士腓德列大帝史》的写作需要的信念可不是一星半点。的确,在他的同时代人中间要是有人也有这么积极的信念,又还不投资在证券纸上,那倒是件令人可疑的事情。卡莱尔的宗教,作为当前一个活生生的现实,同他一起深入到每一个问题里面。他不相信宇宙的造物主从这世界中抽身而去,抑或在这桩事业里,造物主仅仅只是一位睡着了的同伴。"原罪,"卡莱尔说,"以及诸如此类的东西,已经够糟糕了,这一点我毫不怀疑,然而净化之后的罪,黑暗的无知,愚蠢,黑暗的谷物法(corn-law),[1]监狱和公司,它们又是什么?"对于宗教的种种信条,各种理论,不同的哲学思想,改革世界的诸种计划等,卡莱尔毫不关心,他连一分钟都不会投入到这些事情里去,但对于英雄、劳动者、行动中的人,公平正义、诚实正直、勇气,这些吸引着他——在这些事物上,他倾注了他的信念。对其他人来说是完全无所谓的东西,在卡莱尔这里是迫切紧急的现实。他在乎的每个真理或事实都有一个个人化的倾向,指向行动,指向责任。他不可能把他自己投入到宗教信条和公式化的准则当中去,而是致力于那些立即就能在力量、公正、品格等方面有所回应的东西。他没有哲学层面的不偏不倚。他已分裂,有一种道德上的惊厥,

---

[1] 谷物法(corn-law),指英国自1815年至1846年间实施的针对进口谷物严格限制和提高关税的一项法令。其目的是保护本国农业生产者的利益免受成本低廉的外国谷物进口的冲击,但结果却是导致了粮食价格和工人工资的上涨。

像岩石一样直立着。这也造就了他演讲中那强烈的、奇崛的个性——那种精彩的生动性和力量感。那种支配他的阴郁、低落的情绪，融合了一种不屈不挠的工作的精神和有所助益的信念，就显得那么的引人瞩目。这样的勇气，这样的信念，对于本质层面的合理性与健康性抱有无法动摇的坚定信仰——这种合理性与健康性根植在他那个混乱搅动着的愚蠢和邪恶的世界下面，同那样的悲观和消沉结合在一起，以上种种从未在任何一个作家身上见到过。从这方面来讲，这让我想到，卡莱尔更像是"世界之树"[1]的树根，而不是枝干，是那些中枢及主要的树根中的一个，连同所有那些暗示出的东西一起，辛勤工作、努力拼搏，尽管身处晦暗当中，但却充满光明的精神。他是怎样钻研和探索的啊；他是如何使万物生长并绽放鲜花的啊；他为了呈现英雄的最后一滴献血，是如何细细地筛筐泥土的啊！几位命运女神也驻足于此，神圣之井中的泉水亦相伴流淌。卡莱尔迅速、敏感，充满柔情与怜悯，然而你若一旦反对他，或者想要把他从他所坚持的东西上拧下来的时候，他也会表现得同样野蛮且残忍。他情绪爆发时像暴风雨一般，但也留下德行那清澈、振奋的气氛。他并不传达他所感受到的晦暗与消沉，因为他直截了当且永不疲倦地让我们勾连起希望与信念那永恒常在的源泉，让我们勾连起给予生命和复兴生命的源泉。天堂尽管陨落，但真理与正义的星星依旧照耀。卡莱尔像是个无家可归的游魂，不着一丝，袒露身体，任凭风刮。他感受到的，是宇宙间那可怕的大寒冷。无论是在教父们的教义

---

[1] 原文为Igdrasil，又做Yggdrasil，是挪威神话中的神树，出自挪威神话《埃达》（*Edda*）。此树的枝叶伸入天际，三条树根在大地上延展，构成了整个世界的结构。

中，还是他那个时代的任何观点或信念里，他都找不到任何庇护所。对于那些可怕质疑的锋利边缘，恐怖难解的神秘，以及深不可测的问题与职责，他不可能也没有试图为自己抵挡开这一切。他在上帝可见的显现中生存和工作。这对他而言并非神话，而是可怕的事实。在他面前呈现并裂开的是怎样的浩瀚无限啊！他仿佛这样一个人，一个突然间就得要看清他同宇宙之间的关系的人，既要在物质的层面，又要在道德的层面，通过宏大的视角，并且从不在生命的过程中失去敬畏、惊奇、恐惧，以及被激发而来的启迪。那些遮蔽的面纱、熟知事物的幻觉、司空见惯的东西，都被扯开丢到一旁。自然的变成了超自然的。每一个问题，每一种特质，每一项职责，看上去都同那浩瀚无限相对立，就像在夜里，像是第一次看到的，那以营火为背景的幢幢人影。那如恒星般不移易的、那如宇宙般广袤无垠的、那如时间般亘古无穷的——我们对此要么逐渐熟悉，要么则完完全全再看不见。但是卡莱尔却从未看不见它们；他对它们的感知变得病态般敏锐，发展到不可思议的程度，就好像他能够看清手的每一个动作、每一片树叶的掉落，就好像他是太阳散发出来的光芒。一种"想象力的桀骜不驯的情绪"（用卡莱尔自己的话说）已经成为他的习惯。在生命和历史中，他只能看到悲剧性的一面。事件在逼近，那种千钧一发的平衡就如一字脱口就会引发雪崩一样。我们看到杰夫瑞斯（Jeffries）永远惊讶于他的热诚，他意识中的变化是如此的急剧，从念头发展到行动的过程是如此的迅速且不可避免，以至于那富有机趣的拥护者会将他看作是需要避开的人。

"每一天，每一刻，"他说道（在他38岁的年纪），"对我来说，自然的世界更变成魔幻的世界；这是它应当成为的样子。同样，每一天，除了在'现实'中以外，我看不到真实的诗篇。"

"我整个思考方式的要点，"他继续说，"是把自然的东西提升为超自然的东西。"1832年他写信给他的兄弟约翰（John）说，"我每一天的日子变得更加认真，更加严肃，而非更不快乐。对我而言，创造整个儿地看起来越来越神圣，自然的变得越来越超自然。"他人生的整个八十五年光阴一点儿也没有驯服他，他那"生活可怕又精彩"的观念也完全没有被磨钝。有时，鸦片或麻醉品对于肌体的作用是反向的，不是诱发睡眠，而是使人更为强烈地保持清醒和敏锐。生活的止痛剂在卡莱尔身上产生的就是这样的效果，不是让他镇静和麻木，而是给他注入了更多预兆般的幻想和惊奇的新鲜由头。这样的一种精神状态存在某种危险，如果它采用文学的方式，则会搞得一团糟。好在卡莱尔对于现实有非常广阔的把握，而这拯救了他。我说过理想和现实在他身上是合二为一的吗？他把理想的变成了现实的，而且是唯一的现实。凡是他触碰过的，他都将其变成有形的、实际的、生动的。思想像被抛出的石头，喷出的词语像烧红的烙铁，扎透的比喻像投出的标枪。他的句子中有某种东西能够抓住要点，就像酸液能腐蚀金属。他那微妙的思想，非凡的才智，就像化学家手中看不见的气体，同某种力量一结合，就震惊了读者。

卡莱尔和普通的宗教狂不一样的地方在于，他能向暴风雨袒露自己的胸膛。他的态度与其说是求恳的，不如说是如角斗士般克己隐忍的。他不同任何东西讲和，不在任何东西中逃避。他鄙弃幸福，蔑视安稳，嘲笑逸乐。"在人生中，有比热爱幸福更高级的追求；没有幸福他也可以，并反而由此得到赐福。""诸神的生命向我们显露为一种崇高的悲伤——以无尽的战斗来抵御无尽的劳作的真诚。我们最高的宗教被称为'哀伤崇拜'。因为人子没有高贵的冠冕,他所戴的,不论是旧了甚至是朽坏了,都是一顶荆棘冠。"卡莱尔自己所崇敬的,是对"永恒正义"一种桀骜不驯的激赏。他不请求宽恕,也不给予宽恕于他人。对于严酷的命运,他报以不灰心、不妥协的一瞥,以其本身待之。绝望压不垮他,他会碾碎绝望。绝望压得越重,他工作得就越努力。消除不幸的办法,就是蔑视它;战胜魔鬼的办法,就是挑战它;通达天堂的途径是对着它转过背去,像诸神一样表现得无所畏惧。撒旦也会被他自己的火焰烤焦;陀斐特(Tophet)[1]也会被它自己的硫黄炸掉。"卑鄙的两足动物!"托尔夫斯德吕克(Teufelsdröckh)对自己说道,"在你面前摆着最糟糕的,其总和是什么呢?是死吗?对,是死亡,炼狱的剧痛也是,魔鬼和人可能做、将要做或能够做的挑战你的一切也是!你没有心吗?无论是什么,你都不能忍受吗?你作为自由之子,虽被抛弃,但在炼狱消耗你时,也要把它踏在脚下吗?那么,让它来把,我将面对它,蔑视它!"这是托尔夫斯德吕克的《持久的否定》,是对自我的毁灭[2]。当卡莱尔凭他自己的武器击溃了魔鬼撒旦时,那"持久的肯定"就以

---

[1] 陀斐特(Tophet),典出圣经。根据希伯来传统,在耶路撒冷有一条名为"欣嫩子"(Hinnom)的山谷。陀斐特是山谷中的一处地方,信仰古代迦南宗教的崇拜者在这里将儿童烧死作为向摩洛(Moloch)和巴力(Baal)的献祭。耶和华定这一做法为罪。参见和合本圣经《耶利米书》7章31至32节、19章第6节和11节至14节。陀斐特因这罪的缘故,被耶和华的硫黄火给烧毁,参见和合本圣经《以赛亚书》30章33节。

[2] 卡莱尔著作《拼凑的裁缝》(*Sartor Resartus: The Life and Opinions of Herr Teufelsdröckh*)中的一章《持久的否定》(The Everlasting No)。托尔夫斯德吕克是《拼凑的裁缝》中的虚构出来的人物。译文引自:[英]托马斯·卡莱尔.《拼凑的裁缝》.马秋武 冯卉 等 译,林书武 校.桂林:广西师范大学出版社,2004.158

更为绚丽的形式使更多的人选择踏入他的领地，同时更在这个世界，在你的身边找到你的理想。"你的条件只不过是你用来创造同样理想的材料罢了，只要你赋予材料的形式是英雄或是诗人，那么，这种材料是这种还是那种，又有什么关系呢？"[1]如我之前所说，贯穿卡莱尔一生的核心词，是德文的Entsagen，或英文的renunciation，"弃绝"。只有当一切的利己主义全部被抛弃的时候，最完美的宗教之花才会在灵魂里绽放。神圣的、英雄主义的态度是："我不问天堂，我不惧地狱；我独自渴望真理，无论它将我引向何方。""真理！我高呼，尽管天堂因为我追随真理而将我碾压；没有谎言，尽管天上的乐土是背弃的代价。"真理——真理是什么？卡莱尔回答道："就是你尽一切灵魂、尽一切才能、尽一切力量所相信的，为此，你做好面对陀斐特的准备——那，对你来说，就是真理。"卡莱尔自己就是这样一位探求者。卡莱尔是否找到了真理，对此我们的认同与否无关宏旨。宇宙的法则就是，在爱与渴望完美至上的地方，真理就已经被发现了。那就是真理，不是文字，而是精神；探求者与被探求的对象合二为一。上帝可以寻觅而得吗？"摩西呼喊道：'哦，主，何时我才能找到你？上帝说，当你知道你已寻找的时候，你就已经找到了我。'"这就是卡莱尔的立场，就其可被定义的程度而言。他憎恶教条就像憎恶毒药一般。没有什么直接的或教条的宗教信仰或宗教观点的表述是他能够忍受的。因为他对于艺术不可阻挡的感觉，所以

---

[1] 原文引自卡莱尔著作《拼凑的裁缝》中的一章《持久的肯定》（The Everlasting Yea）。译文引自：[英]托马斯·卡莱尔.《拼凑的裁缝》.马秋武 冯卉 等 译，林书武 校.桂林：广西师范大学出版社，2004.181

他弃绝了教会,这本是他的父亲为他所设计的道路;他不可能接受教会所依赖于其上的教条,以及泥土基座上树立起的黄金偶像。黄金是他紧握住的,就像所有严肃的灵魂都会做的那样,但泥土的教条却是他迅速抛弃的。卡莱尔23岁的时候,在与一位朋友的信中谈到这个话题时,他说,"无论我们变成什么,我们永远不要停止诚实人的所作所为"。

## 四

卡莱尔具有强大的自我。但去做他觉得他应该去做的事情,去像他一如既往地那样抵御和对抗那广大的、咆哮的、汹涌的现代世界,的确需要一个强大的自我。那临到古老先知的话语,在非止一端的意义上同样临到他:"看哪,我今日使你成为坚城、铁柱、铜墙,与全地,和犹大的君王、首领、祭司,并地上的众民反对。"[1]卡莱尔的确是坚城、铁柱、铜墙,在这个意义上,他将自己牢牢锚定在他自己的决心和目标上,同时,也坚定地对他所身处的时代报以对立或敌视的态度。

弗劳德刚完成了一部卡莱尔的生平传记,但要我说,这部传记在趣味和文学价值上无法同他别的传记相媲美,尤其是在他那部杰出的史特灵的生平传记之后。这部传记在字面的实际意义和功利意义上,将其主人公向我们呈现为一个先知,就像一个能够提前知晓事件发生的预言家。弗劳德并且还说,当前还不可能

---

[1] 原文这里所引的段落来自于圣经《旧约·耶利米书》1章18节。这里的先知就是耶利米。这段话是耶和华神临到耶利米时所说的。译文参见和合本圣经。

对卡莱尔的著作做出充分适当的评价。我们必须等着看他对于民主、美国、普选制度、物种进化等的观点是否正确。"他的信息是否是真实的，需要拭目以待。""如果他错了，那么他就误用了他的能力。他所教导的那些原则也是错的。他把自己当成一条路的领路人，但对这条路他自己也一无所知；他对他自己的欲望将会导致对他本人和他的作品最为迅速的遗忘。"

然而这个人是真实的。丝毫无可怀疑的是，如果情况就是这样的时候，他想传达的信息可以安全地被留下来并保存好它自己。在我们自己的日子和世代，不论我们的"政治自由的珍贵观念及其同类的推论"被证明正确与否，我们已经从这信息那里获得了足够的力量与收益。所有精神性和预言式的高妙表达都立即成为它们自己的证据和辩护，否则它们就没有价值。弗劳德先生是否真的认为，耶利米和以赛亚的预言已经成为永恒的"人类的精神遗产"的一部分，是因为在实际意义上它们在诸多明确的事例中得到了印证，而不是因为它们从一开始是真实的并且始终都是真实的，如同苦灵对上帝的灵魂那充满激情的渴慕与坚起以及向往，在任何一个时代都是真实的？尽管卡莱尔仅仅被看作是一股令人烦扰的颠覆性力量，但他具有伟大的价值。从来没有任何一个时代，尤其是在一个像我们这样的时代，关于种族的观点和道德信念不需要深耕培土，已经从根基发生了松动——粗暴的、轻蔑的、残忍的力量令人震惊。相反，有上万种途径和手段在表面搔痒，将高尚的东西打磨光滑，研成粉末，变得庸俗。在这些手段当中，首先就是庞大到无所不在的新闻出版，它毫无个性，丧尽良知；其次是各种学会、布道坛、小说、俱乐部，所有这些"栽培"的都是外表，让生活变得肤浅与单调。首席社评或评论文章,还有周日布道,这些能达到什么样的深度呢?相反,是像卡莱尔这样的力量打破了我们的自鸣得意。他的观点令人震惊,但内涵深刻。人类道德和智识的所有资源都被引入其中。可是他的预言在字面上的印证和核实呢,我们需要坚持这一点吗?预言家难道不是他自己的证明么,就如同诗人一样?我们必须要征集证人并且走上事实的审判庭么?唯一会被问道的问题是:他是否是位受到鼓舞的人?他是否是权威的声音?他有没有触及底线?他真诚吗?他是否立足且扎根于自己的性格。硬币的价值并非是由其上的印章决定的,尽管纸钞是这样。卡莱尔的话不是保证,而是实践。假使是的话,它们现在就很好。采用政治观点来检验卡莱尔,就好比采用莎士比亚戏剧里对于历史事实的忠实性来检验莎士比亚一样,或者用哲学论断卢克莱修(Lucretius),或以神学评判弥尔顿(Milton)或但丁(Dante)[1]。卡莱尔同上面这几位作家中的任何一位一样,与众不同,富有想象力,因此他的情况也需要置于同样的基础上来进行评判。他的话语中与我们关涉最甚的,是他像一位预言家一样触及实践、触及责任、触及自然、触及灵魂、触及生命——那应当珍视的理想,他执着的准则。

卡莱尔是一位触及宗教愤怒和宗教狂热的诗人,并且,他以和古代的先知同样的正直与精神面对他的时代和国家。除了死亡和毁灭,他不预示什么,不预言什么。那是背弃主之道路的人的死

---

[1] 这里的"卢克莱修"指卢克莱修(Titus Lucretius Carus),约前99-55,罗马诗人、哲学家,其作品为《物性论》(*De rerum natura*);约翰·弥尔顿(John Milton),1608-1674,英国诗人、政治家,代表作《失乐园》(*Paradise Lost*);但丁·阿利基耶里(Dante Alighieri),约1265-1321,中世纪晚期意大利诗人,代表作《神曲》(*Divine Comedy*)。

亡和毁灭，用现代的话来说，就是背弃自然与真理。他分享了希伯来传统对于生命与道德律令的感觉，即生命的极度神秘与可怕，道德律令的壮丽与无情。他一贯的情绪并非沉思与喜悦，而是斗争与"绝望中的希望"。敬畏，是一个含义深邃的神学词汇——对于天主的敬畏——卡莱尔懂得这个词的意味，而现代人很少能懂。

卡莱尔对于他的国家和他的时代是敌对的，除他以外，什么人还可以这样？就让他从另一个方面成为钉牢钉子的锤子吧。他不相信民主，不相信人民主权理论，不相信物种的进化，不相信耶稣和犹大享有政治平等。实际上，混合着愤怒与悲哀的情绪，他拒不认可整个美国的政治观念与理论：卡莱尔的学说的核心包括适者生存、劳动高贵、司法至高、英勇、怜悯、领导性格、真理、高尚、智慧等。有谁会说他学说的这些核心真的甚至最终与现代运动中有价值的、永恒的，以及有建设性的东西相矛盾甚至有妨害呢？我认为，这是能够建议的最好的药品以及用药之道，是最好的支柱与平衡。想要造就优秀的民主人士，没有什么书籍像卡莱尔的一样。在美国，我们更加需要珍视他，并把他的教诲放在心上。

卡莱尔说话绝对真诚，这是他最高的价值。这一点不是基于信念、传统，以及他那个时代的惯例，因为他与这些东西基本上都格格不入。他的真诚是基于一种他个人的、庄严的确信。关于他自己、他的造物主有什么样的意志，他对此具有一种确信。有那么多的写作和布道听起来空洞且不真诚，其原因同卡莱尔的相比，就在于那些写作者和布道人，绝大多数都受到当下流俗的观念或陈旧的传统的影响。他们传递出来的，要么是他们自己曾经学到的东西，要么就是当下流行或能取悦人的观点。他们赖以利用的资源是一系列公认的信念和情绪，完全没有像卡莱尔那样个人的、自出机杼的东西。他们的言说不是从他们自己的思想或自己的经历出发,而是一种含含糊糊的、没有特征的,笼统的念头和笼统的经验。因此我们像是从蓄水池或水库里喝那一池死水,而不是从喷泉的泉眼饮到活水。卡莱尔总是引导我们来到那充满张力的个人化、原创性的信念的源头。这源泉可能是温泉,或者是硫黄泉,或者是喷泉,比如间歇性爆发的喷泉,就像弗劳德所说的,喷出大量的蒸汽和石头,也可能是最为宜人好喝的泉水(卡莱尔似乎是所有这些类型的交替),但无论在那种情况下,却都是出自自我的源泉,来自内在的深处,有时甚至来自冥界深处。

卡莱尔悲悼于他的阴郁和孤寂,他灵魂中的这种孤独也弥漫于他所蒙召踏入的道路。在很多方面,他都是一个流亡者,一个漂泊者,孤独无助,无有常时,像是个迷失道路的人,有时悲苦地摸索前行,有时绝望地劈开各种各样的障碍为自己开出一条路来。他显现出他作为一个伟大之人、一个出类拔萃又独一无二的天才的与众不同、非比寻常。这样的人隔上数个世纪才会出现,他们在任何意义上都没有代表性,他们没有前导,也不留下追随者,他们遗世独立,自外于常人,像是高耸的孤峰或擎天一柱,傲立于众山峦之上。卡莱尔不与他那个时代和国家的任何人为伍,无论伟大者还是渺小者。他的信息不受他们的欢迎。对于民主所有层次的趋势,卡莱尔都以巨大的反抗力或反弹报之。难怪他认为他是世界上最孤独的人,并且不断地悲悼他的寂寞。他的确就是那最孤独的人。在他的同胞和国家所有产生过的伟人当中,也许,没有一个像他那样遗世独立、格格不入。对于自己同胞们的生活与向往,也没有人像他那样与之缺少任何共同之处,或者,对于自己时代的时代精神,更没有人像他那样对此毫不依靠。他那个时代的文学、宗教、科学,以及政治,对他而言,都毫无差别地让他觉得憎恶。他的精神就像"达连的山峰"(peak in Darien)[1]一样孤独。他感觉得到,他自己处在时代的一条狭窄地峡上,面对着两种永恒——永恒的过去,与将要到来的永恒。每天、每时,他都感到那深渊一般的孤独包围着他。也被赐予最丰厚的同情心,但同时施与的同情又那么少;对公共福利的焦虑成为他扛起的重担,但却与他打算为之服务的公众没有生死攸关的或密切的联系;他深切地理解他那个时代的种种社会和政治问题,但却没能完成任何足够可行的解决方案;他对宗教很有热情,但却拒斥任何教义和崇拜形式;他鄙视陈腐的信仰,又嫌恶新的;他尊崇科学,并且表达对科学的感激,但却带着恐惧从科学不可避免会得出的结论上退缩回去;他本质上是个行动家、实干派,具有英雄的气质,但却被迫变成了个"写书的作家";他是一个声讨民主的民主人士,一个鄙视激进主义的激进分子,"一个没有教义的清教徒"。

上面所有这些东西度量出他的真诚的深度。他永远不会丧失内心和希望,尽管内心和希望没有什么有形实在的东西可资依

---

[1] 原文peak in Darien典出英国浪漫主义诗人济慈(John Keats)的一首十四行诗,《初读恰普曼译荷马史诗》(On First Looking into Chapman's Homer)。乔治·恰普曼(George Chapman,约1559-1634),英国戏剧作家、翻译、诗人,他将荷马的两部史诗翻译为英文。济慈不谙希腊文,对无法领略荷马深以为憾,直到他读到了恰普曼的译文,虽非原文,但感觉发现了一个新的天地,于是写作了这首十四行诗。诗歌最后用西班牙殖民者柯忒斯(Hernando Cortes, 1485-1547)的典故。柯忒斯及当时的欧洲殖民者远征中美洲,在达连地峡的山峰上第一次看到了对面的太平洋,吃惊得说不出话。"达连"现为巴拿马达连省。参见:[英]济慈.《济慈诗选》.屠岸 译.北京:人民文学出版社,1997.

凭。他具有一个宗教信徒的虔诚与热情，但没有信徒那慰藉心灵的信念；他具有改革家炽烈的真挚之情，但却没有改革家明确的目的；他有科学的精神，但却没有科学式的冷静与公正；他具有英雄的内心，但却没有英雄的超然无情；他挣扎过，搏斗过，极度苦恼过，但却没有得到任何胜利的感觉；他的敌人都隐而不见，在很大程度上是假想的，但正由于这样的缘故，就变得更加可怕和不可战胜。重担在身，他真的很孤独，而且，能够拥有"绝望中的希望"，于他，就是最好的了。他唯一的工作，实现的是如此的痛苦与阵痛，却并没有带给他满足。当他有点闲暇，他内心中的魔鬼就开始折磨他，喊"工作，工作"，而当他辛勤工作时，他的那些阻碍、迟钝、沮丧几乎要将他碾碎。

有一点可能是真的，那就是他认为，对于人类，他具有些特殊的使命，那种像路德曾有过的确凿的切实的使命。他对于信念的强调和热情只有那些革新世界的伟大人物才拥有。他肩负着人类罪恶和愚蠢的重担，而且必须对其做出弥补。他的使命就是弥补人类的罪恶和愚蠢，但方式也许和他所认为的非常不同。他孜孜以求想要恢复的是一个彻底远去的时代，那个威权者的时代，那个英雄式领袖的时代，然而回到那样一个时代，他无论怎么做也没有效果。民主的大潮涤荡席卷了一切。他就像鞭打海水的薛西斯（Xerxes）[1]。对于他真正的使命，他还远远没有意识到，因为他最终馈赠给我们的，正是他对于英雄的探索所暗示出的和所提

---

[1] 这里的"薛西斯"指古代波斯国王薛西斯一世（Xerxes I，前518—前465）。薛西斯一世在准备攻打希腊的时候，在达达尼尔海峡（Hellespont）上修桥，但暴风将桥摧毁。薛西斯一世怒而鞭击大海三百下，并投枷海中。

出的那些东西。就算他没有唤起我们对能统治我们的强人的渴望，他也使我们重新爱上所有那些充满男性气概和英雄性情的品质，就好像是重新揭示出这些品质的价值。他揭下所有的肤浅和虚伪从未露出过的尊容。他让所有的人更加容易地变得更为真实和诚挚。他自己成为了新鲜的道德信念和力量的源泉，这也因此成为他最终达到的效果和价值。古老长存的真理永远需要重新阐述，并以广泛且意想不到的途径再次应用在新鲜的地基上。卡莱尔是如何重新阐述并对其进行补充的啊！真实，诚挚，勇气，正义，男子气概，宗教性，将它们全部融入他那个时代的良知里面。教士们那早已习惯的神学传统像块裹尸布，很快就把他们变成僵化的木乃伊，而卡莱尔从教士们的口中、从他们传统的神学裹尸布中掏出存在的伟大现实，迅疾地呈现给他们活生生的、正在呼吸的现实。

有那么一些人，是这个世界既不可能创造，也不可能毁灭的。可以加上一句的是，卡莱尔就是这些人中的一个，是一颗从炽烈天际飞来的陨石，假如没有自我燃烧完全的话，它一定会重重地砸落，并且绝对不会找一个方便的或柔软的地点，用他那文学化的表述来说，就是一颗燃烧的明星，而以他的性格和目标来讲，则是一切人当中最为实在，最不可战胜的一个。"你，哦，世界，你将如何从这个人那儿保护你自己？你不能用你的那些个几尼来雇佣他，也不可能用你的绞刑架和法律惩罚来约束他。他像魂魄似的躲避着你。你不能驱策他向前，也不能阻止他。你的惩罚，你的贫困、忽视、侮辱：看吧，这些全都成全他。"[1]

---

[1] 原文引自卡莱尔《文明的忧思》第四篇《开创未来》(Create Future)第七章《天赋被误导》(The Gifted)。译文参见：[英]卡莱尔.《文明的忧思》.郭凤彩 译，金紫 校.北京：金城出版社，2011.

# 第十一章 在海上

只有航行在海上，一个人才会感到真的置身户外。在陆地上，他被高山或森林封闭在其中，或者或多或少地被天际线那锐利的线条给笼罩住了。然而到了海上，他会发现好像屋顶被拿掉了，围墙也给推翻了；他再也不会觉得是被握在大地的手掌心里了，而是趴在它赤裸的脊背上。在他与无限之间，没有任何东西隔绝。他置身于室外的伟大宇宙当中，就像是正朝向月球或火星航行。环绕他的，是一种琼宇般的孤独和虚空。他唯一的向导或地标就是天上的星星。大地已经消失不见了，天际线也没有了。留给他的，唯有苍穹。船在这片冰冷的，像玻璃似的蓝黑色液体上犁过，这不是水，而是某种来自太空的稠密的以太。现在，他能看到天穹的曲线，而这，原本是被山峦隐藏起来的。在这更好的条件下，他现在能很好地研究天文了。假如他是在这天体空间中的一面巨大盾牌上出生的话，那么他所得到的印象也许就不会有太大的不同。他或许能发现同样的虚空，同样空寂、同样消极的空间，同样的空无一物、无所确定、沉重压抑的户外空间。

必须承认的是，海上的航行在想象上给人的印象比实际感受到的印象要更深。整个世界都被抛在身后。所有对于大小、数量等级、距离的标准都全部消失了。在海上，没有尺寸、没有形制、没有透视比例。宇宙都缩小成一个泛着波浪的水的圈子。这样的旅程日复一日，你似乎也被某种魔力给绑缚于这航程之上。天空变成了一个又薄又紧的穹顶，再或者，一层云的薄幕似乎随时会落到你的身上。对围绕在你周围的这片广大和虚空，你不可能看见，也不可能有所认识。没有任何东西可以给其一个定义，或者引发它们。三千英里的海面，同三英里层峦叠嶂的山峦所形成的界限相比，给人的冲击要淡一些。的确，形式、数量等级、距离、比例等的宏伟壮观，都是发生在岸上的。穿越大西洋的航程，就是一次八到十天的穿过虚空的航行。是否是在前进，没法感知。你没有经过任何固定的参照点。究竟是这蒸汽船在移动，还是海水在移动呢？抑或是错乱的大脑的一次舞蹈或产生的幻觉？昨天、今天、明天，你都身处在同样的地方，身处乌有之地的同一段空白当中。每天，船行走三百英里或更多的路程是想象出来的，并不真实。每个夜晚，星星都在头顶舞蹈，在船索间的同一个位置旋转。每个早晨，太阳从同样的波浪背后升起，然后踌躇且缓慢地走过整个险恶的天际。目光变得饥渴地搜寻有形的或不变的线条，想找到一堵天际线的高墙来举起天空，并把天空隔开，这样可以让目光获得一种空间感。你开始理解水手都会变成富有想象力和非常迷信的一类人。这是把他们囚禁其中的狭窄视界所导致的反应，——这样的命运之环围绕着他们并压迫着他们。他们想要逃离，就只能求助于超自然的帮助，但在海上，相比于陆地上各式各样的形态和色彩，能够刺激想象的东西要少得多。大海看起来是多么冰冷，多么残忍，多么原始啊！

在海上，唯一看上去让人觉得熟悉的东西是云朵。这些是从家乡而来的信使，但它们的样子是多么疲惫和郁郁不乐啊。它们沿着天际线伸展开来，似乎是在寻找一处山丘或高峰，希望能栖止其上，然而它们找不到任何支撑，似乎只有屋顶没有四壁，只有桥面没有桥墩。你会得到这样的印象，似乎云朵都变得微弱模糊了，而且，如果云朵延伸得再远些的话，要不了多久，它们就会全部坠入海里去，但是，一旦雨来，对于云朵而言，雨水似乎就显得像是个嘲弄或讽刺了。有谁会茫然地相信，云朵会尊重大海，因而留住它们那无用的雨水呢？不会的，云朵对待大海像是对待蓄水池或泉眼一般，觉得大海无关紧要，不会区别对待。

一个晴朗的星期天，大海的表面像玻璃一般。一整天在我们的南面都有一条长长的云带，像是起伏的山峦，而天空其余的方向则晴空一片。这片云带在强烈的阳光下是怎样地闪闪发光啊！云带最高的那些顶点闪烁的光芒像是一束满满的月光，并在水面上洒下一条宽广的光带，呈现出白色或金色的样子。这片云带从西南方显现出来，无穷无尽地延展开来，一直在东方消失在天际。那是仲夏时节的层叠云，盘曲且懒散，是已经离开岗位的雷雨云，暴风雨的领袖换上了便装。整整一天，这片云带都留在天空，陪伴着我们的船。云朵的姿态确定，但同时又无时无刻不在变幻。看着这样子，目光有多么陶醉！云带的下部或底边非常平直，而且连续不断，像是海洋的边缘。云带下方的空气，像是统一的花岗岩层，尽管看不见，但却非常稳固地支撑起上面的云带。整片云带最高的那些顶点破碎且不规律，但这么广大的一片云带，没有一丝一毫的部分沉落到这空气的花岗岩边界下面。云朵的下部就像是天花板，这就是空气经常所呈现的均衡。这种样子的云朵是好天气的信号，无论是在海上还是在陆地。在山区，这样的云也是经常可以见到的。那种时候，云雾安稳下来，遮挡住高山所有的山峰，雾气在每一个山谷上形成一条像海平面一样均匀的线，这条线下面不会有一点点团雾沉下来。很有可能，天气好的时候，大气形成的气流都像这样均匀，而因为一些不清楚的原因，大气发生乱流和搅动，于是最终导致暴风雨。

当太阳接近地平线，这一大片云朵投下巨大的蓝色阴影，各自朝着不同的方向。这番景象给眼睛带来了新的享受。

另一天下午晚些时候，云朵形成的样子更加友好和受人欢迎。从西北方的天际线上，升起一条长长的、不规则的紫色云朵。这云朵的样子完完全全地刺激了远方的山脉。太阳在云彩后面沉入海里，投射出的壮观的光芒像是车轮的辐条。这景象很像是来自我家乡的卡茨基山。接下来，沿着云彩的下方，一条低矮的、树木茂盛的海岸线出现在视野里，但这"海岸线"其实是低低地铺展在水面上的雾堤，只是它的样子和轮廓看上去完完全全像是平整且草木葱茏的海岸。你能非常明显地看到这片雾堤消散的位置，以及海水开始的地方。我长久地坐在船上，能看到云彩的那一侧，并让我的眼睛心甘情愿地欺骗它们自己。这番景象让我生发出一种舒适的感觉，我不能剥夺我自己享受这种感觉的机会。这是种外向的感觉，而梦想和白日梦指向的是内在的体验。那种盲目的、本能的对于陆地的爱，我以前不知道这种冲动有多么强势和不由自主，直到我发现我自己在看到那虚幻的海岸时，浑身都热了起来。就算只是一片阴影，空空如也的海面也有那么一部分被这阴影填满。大海的荒芜孤寂使人难以忍受，而这种荒芜，至少在阴影的那个方向，有那么一霎被消除了。要么在海上，要么在陆地，我们是怎样地拥抱幻影啊！当我意识到这并非真实的海岸时，我的内心并没有什么变化。我依然可以感受到这片幻影带给我的亲切的影响,即使当我已转过身去。

  在夏季,雾气铺展在大西洋上,仿佛浅浅的一层羊毛,看起来,我敢说,像来自几英里高处的发霉的斑点。海洋深处的寒冷洋流升起到海面上,接触到海面上更加温暖的空气,就形成了这样的雾堤。在很远的地方就可以预先看到这些雾堤,它们看上去离海面如此之浅,让人觉得这艘巨大汽船的船首一定能够从这雾堤之上劈过,然而汽船完全没有做到这一点。当汽船进入这片朦胧的雾气时,船巨大的汽笛发出嘶吼的轰鸣声。你或者正在自己的铺位上打瞌睡,或者正坐在船舱读书,一切给你一种朦胧的感觉,我们正在驶入某个港口或者码头。汽笛的声音如此受欢迎,还给人一种有别的船只接近的暗示,然而,我们那洪亮且重复多次的汽笛只有一次唤起了回应。每个人都从前方那雾气浓重的晦暗里听到了回应的汽笛声,大家都提高了警觉。我们的汽船立刻将引擎减速,同时加大了汽笛的嘟嘟声。两艘船只很快就探明了彼此的方位。那艘船从我们的右舷驶过。它那汽笛的嘶吼声继续向我们显示出它航行的轨迹。

  又一天下午的晚些时候,当我们逐渐向班克斯(Banks)[1]接近的时候,一片雷雨云的云团和云峰沉入了地平线,这时甲板上纷纷议论,说在海面西缘又深又锐利地刻入天际的,是冰山。船长的话被引证为权威结论。不过也许他是在鼓励大家这一错觉。因为疲惫不堪的旅客们需要个什么新的刺激点。每个人都愿意,

---

  [1] 欧洲和北美叫班克斯的地名很多,但原文说这是从英格兰向美国返程的途中,并且疑似看到冰山,则这里的班克斯有可能指加拿大东北部的班克斯岛。该岛是加拿大北极群岛(Canadian Arctic Archipelago)中的一个。

甚至渴望相信那些就是冰山。还有些人希望那些就是冰山，因此听到任何相反观点的证据都态度冷漠，不情不愿。我们相信我们想要的，或者相信那些符合我们的便利，或者快乐，或者偏见的东西。一个人不需要去到海上才能学会微弱的逻辑将会使我们倾向于相信什么。如果目不转睛地凝视着这些冰山，会觉得这些冰山每时每刻都在变换形状，新的裂口打开，新的尖峰升起，但这些形象都可以很容易地得到解释，就是对细微迹象的盲目轻信。这些冰的山峦是在翻滚，或者裂成碎片。在受过普通教育的男女人士当中，最罕见的事情之一是这样一种能力，即接受以及衡量任何一种触及自然现象的证据，尤其是在海上。如果船长故意说天际那里变幻的形状只是一群在浪尖上跳跃嬉戏的鲸鱼，那所有的女乘客和一半的男乘客也一定会相信的。

在五月初去往英格兰，我们遇到的都是好天气。天气温暖，阳光充足，一如六月。这是离不列颠诸岛有约一个星期或更多的"中心"位置，距离海岸线有五百或六百英里。我们是从低纬度的地方往上走，所以这很像是在登山，但不同的是，当我们爬到了山顶，发现那儿是夏天，而寒冷的春天被抛在身后，在山谷里徘徊。当我们在八月初回程的时候，春夏的顺序则完全颠倒了过来。苏格兰寒冷、多雨，而且船在海上时，有那么好几天，你都很难把远方的海面同天空区分开来。所有的一切都是阴沉沉、雾蒙蒙的。在大西洋中心，我们进入了美国的气候。那片广袤的大陆，在西边的阳光下晒着太阳，迎着仲夏的热力光彩闪耀，让人感觉那仿佛是这片咸水之虚空的中心。海水同天空清晰地截然分开，变得像是闪闪发亮的钢铁的盾牌，而环绕海水的天空则像玻璃的穹顶。一连四个傍晚，都能清楚地看到太阳沉入浪花里面，那情形，有时像是太阳熔化并最后融入到了海水里。一天傍晚，一团雾堤似乎要阻碍太阳落山。于是太阳划过长长的一道，同时有一部分被埋在团雾中，雾气仿佛被撕开了一条裂缝，太阳就缓慢地消失在这条裂缝里面。在此之后的一段时间里，雾堤发出红热的光，像是一条火线。

随着我们离家的距离越来越近，天气也变得越来越热。我们从山顶降下，进入到着火的山谷。大海宽阔地伸展开来，就像融化的玻璃在漫长且缓慢抬升的原始海平面上弯折起来。剑鱼浮在海面上，这里一只那里一群地享受阳光，懒洋洋地完全不打算避开航船：

> 空气宁静，在海面上
> 光洁的帕诺珮（Panope）和她的姐妹们在嬉戏。[1]

是不是有一条鲸鱼吹响它的号角，或者显露出它那耀眼的脊背，吸引一大群人聚集在栏杆边观望。一天早上，一只鲸鱼不怀好意地扎进船行进的路线里，离开船仅仅几百码的距离。

在生气勃勃的自然当中，最为美丽的景象，莫过于在这些灿烂热情的日子里偶尔见到的群群海豚了。这些海豚跳跃着、追逐着，明显是在同船只竞赛。从汽船激起的那像玻璃似的浪尖上，会有两只海豚成对地一跃而出。它们飞过光滑的波谷，扎入另一个浪尖。它们摇晃尾巴，尽其所能不被波浪拍到。它们就像在夏

---

[1] 该节诗歌典出弥尔顿《利西达斯》（*Lycidas*）。帕诺珮（Panope）是希腊神话中海洋里的宁芙（Nymph）。

季的牧场上嬉戏打闹的小鹿或小牛。这是我在冷酷的大海上看到的唯一触及了欢笑,或青春与嬉戏的场面。野性与荒芜是海上统治一切的感觉。海鸟的叫声古怪且忧郁,表达出命中注定的永久孤独。不过,海豚知道什么是陪伴,并且聚集在它们自己的领地。当你看到这些海豚从浪花中跳跃而出,那感觉仿佛是学校放学。男孩子们一拥而出,蹦蹦跳跳,嬉笑不停,而且,当看到我们刚好经过时,彼此叫喊道:"来赛跑吧!大家加油!我们一定能打败他们!"

你能通过观察晚上的星星注意到汽船航线的任何变化。几乎有一个星期,金星在晚上从我们北边很远的地方沉入海里。我们回家的航线是南向西南。之后,一天晚上,当你正在甲板上散步的时候,你带着敏锐的愉悦,看到金星端端正正地穿过了索具的正前方。这艘快船已经拐了个弯儿,它已经嗅到了纽约港的味道,现在正直直地朝着纽约港而去,新英格兰就在它右边远远的地方。现在,船帆和烟囱开始出现。海上的所有航路都汇集在这儿汇集:满索的大船,所有的帆布全部挂上,慵懒地在平滑的海面上上下起伏,从我们的船边经过;刚刚看到船帆沉落到天际线以下,像是没有船壳的幽灵船,而同时又看到好多汽船,在这里或那里喷出黑烟。天空也被熏得一片晦暗。此刻我们经过的这些汽船是昨天从纽约离开的。"罗马城"号汽船——带着她三个烟囱和长长的船身,像是两艘汽船合在一起的样子,注视着那些经过的船只——正沿着南边的天际慢慢爬行,准备好了要消失在某艘船的后面。天上一大片白云在海面反射出光芒。"罗马城"号就航行在这片光芒里面。水面上这明亮的航线像是一轮满月。之后她滑入那越来越模糊的远方,我们也滑过热带海洋。汽船来了个漂亮的冲刺，正好抓住潮汐正满的时刻，第二天一早，掠过桑迪胡克（Sandy Hook）[1]的沙洲，没有多花一点点时间和多占据一英寸海水。

---

[1] 桑迪胡克（Sandy Hook），美国新泽西州岛礁名。在新泽西州最东端，伸入大西洋。